Nuova Narrativa Newton

1258

Della stessa autrice:

Tre mogli

Titolo originale: *The Wrong Family*

This edition is published by arrangement with Harlequin Enterprises ULC
through Berla & Griffini Rights Agency.

Traduzione dalla lingua inglese di Francesca Campisi
Prima edizione: maggio 2022

ISBN 978-88-227-6437-9

www.newtoncompton.com

Realizzazione a cura di Librofficina
Stampato nel maggio 2022 presso Puntoweb s.r.l., Ariccia (Roma)

Tarryn Fisher

La famiglia sbagliata

Newton Compton editori

Per Traci "Face" Finlay e zia Marlene

PRIMA PARTE

1
Juno

Juno aveva fame. Per poter mangiare, però, doveva raggiungere il frigorifero senza tagliarsi.

Individuò tra i frammenti di vetro più grossi un percorso abbastanza sicuro per aggirare l'isola della cucina. Ai piedi solo un paio di calzini sottili, avanzò cauta da una piastrella nera a una bianca, come se giocasse agli scacchi viventi. Aveva ascoltato la lite, ma adesso riusciva anche a vederla nei cocci di ceramica sparsi a terra, simili a denti. Non poteva spostarli, né tantomeno rischiare di ferirsi. Oltre l'isola vide una bottiglia verde rovesciata a terra, dallo squarcio a U scorreva un fiume di vino sotto il blocco dei fornelli.

Juno osservò la scena con blanda curiosità mentre raggiungeva la meta. Il vecchio frigorifero General Electric si aprì con un ronzio, le bottiglie dei condimenti tintinnarono nello sportello. I ripiani erano perlopiù vuoti – pulita ma vuota, notò Juno, anche l'essenza della casa e di ciò che conteneva. "A parte oggi", pensò, riportando lo sguardo alle stoviglie massacrate. Si premette due dita sulle labbra e sospirò rivolta verso il frigorifero. Non erano passati dal supermercato. Cercò di ricordare l'ultima volta che erano rincasati con la spesa, le borse riutilizzabili di Winnie più flosce delle tette di Juno. "Ci andranno presto", si disse. Avevano un figlio da nutrire, Samuel, e i tredicenni mangiavano come lupi. Tuttavia rimase in apprensione. Prese gli unici due Tupperware dal ripiano del frigorifero e li rivolse alla luce. Spaghetti, di tre giorni prima. Erano asciutti e collosi: li avrebbero buttati quella sera stessa. Juno posò il contenitore sul bancone della cucina. Nel secondo c'erano avanzi

di riso fritto. Lo osservò più a lungo; ne aveva sentito il profumo di cottura la sera prima dal suo letto, lo stomaco che brontolava. Aveva provato a riconoscerne gli ingredienti dall'odore: basilico, cipolle, aglio, i teneri peperoni verdi che Winnie coltivava nell'orto.

Rimosse il coperchio e ne annusò il contenuto. Poteva raschiarne via solo una piccola porzione superficiale. La mangiò fredda, seduta nel tinello affacciato verso il giardino sul retro. Avevano litigato per la casa, poi per i soldi, finché Winnie aveva scagliato la casseruola contro qualcosa – non la testa di Nigel, presunse Juno, dato che quella mattina lui era ancora vivo e vegeto. Il vino aveva fatto la stessa fine qualche secondo dopo.

L'orologio sopra la porta segnava le dieci e diciassette. Juno emise un profondo sospiro. Aveva sforato i tempi, il che significava niente doccia per quel giorno. Si affrettò a mangiare, corse a lavare e asciugare la forchetta, poi aggirò in punta di piedi la casseruola defunta, storcendo il naso per il disastro. Qualche giorno prima aveva iniziato un libro e voleva riprendere la lettura. A sessantasette anni restavano pochi piaceri nella vita, ma per Juno leggere rientrava nella categoria.

Si girò un'ultima volta a controllare lo stato della cucina, chiedendosi chi avrebbe ripulito quel casino. Le piaceva il pavimento a scacchi bianchi e neri che Nigel voleva sostituire con il finto legno. Il frigorifero verde oliva doveva aver fatto una notevole impressione nel reparto elettrodomestici di Sears, e a Juno faceva battere forte il cuore ogni volta che entrava in cucina. Era una stanza *vissuta*, nessuna traccia del modernismo sterile tipico dei quartieri residenziali che prendevano il nome dalle piante. E lei era fortunata a viverci. Greenlake era una di quelle zone per le quali la gente era disposta a pagare cifre da capogiro. Juno lo sapeva bene, perciò l'ultima cosa che desiderava era turbare la propria permanenza dai Crouch. Spense la luce e imboccò il corridoio, lasciando che la coppia se la sbrogliasse da sé. Eliminare le macchie di vino sarebbe stata un'impresa.

Proseguendo un paio di metri lungo il corridoio, si trovavano

sulla sinistra l'ingresso e il salotto per gli ospiti. Il primo consisteva in un piccolo atrio deprimente con una vetrata colorata che guardava il parco. Un tempo era rivestito in pannelli di legno scuro, ma Winnie li aveva fatti tingere di bianco, soluzione che migliorava solo di poco l'impressione d'insieme. Poi c'erano le fotografie di famiglia: ritratti professionali di Sam nel corso degli anni, con i denti che gli spuntavano a poco a poco dalle gengive come confetti da masticare. Ce n'erano un paio anche di Winnie e Nigel in pose da matrimonio: lui in cravatta scura e lei in un semplice abitino di raso, ispirato senza dubbio a quello di Carolyn Bessette nel giorno delle sue nozze con John Kennedy Jr. Nonostante il disperato tentativo di gaiezza, l'ingresso ricordava inevitabilmente una sagrestia. Juno aveva sentito Winnie lamentarsi di quanto fosse cupo e suggerire di continuo al marito di provvedere. «Potremmo abbattere quell'albero fuori dalla porta. Renderebbe la stanza più luminosa…». Le sue proposte serie, però, ricadevano su un uomo troppo distratto per prestarle ascolto.

Winnie si era accontentata di tenere sempre accesa la luce sopra la porta d'ingresso. In merito alla questione, Juno aveva preso tacitamente le parti di Winnie. L'ingresso *era* cupo. Varcando la soglia, tuttavia, oltre il minuscolo cortile privo di recinzione e la strada trafficata, si estendeva Greenlake Park. Ovvero la parte migliore della casa. Greenlake, quartiere di Seattle, aveva un tocco urbano e suburbano al contempo, e il suo fulcro era il lago con l'omonimo parco. Lo specchio d'acqua era costeggiato da un sentiero naturale lungo oltre quattro chilometri. Che tu fossi un senzatetto o un milionario, su quella strada non aveva importanza: la gente arrivava, e camminava, e condivideva gli spazi.

Juno tenne invece la destra per proseguire a fatica verso la parte posteriore della casa, dove l'ingresso si apriva da un lato sulla sala da pranzo e dall'altro su un ampio salone. Appena trasferita, era rimasta sbalordita dal contrasto di motivi e colori che si mescolavano in quella stanza.

Con un calcetto spostò un cuscino decorativo caduto a terra e

avanzò piano verso la libreria, strizzando gli occhi per il dolore alle anche. Quel giorno zoppicava e si sentiva addosso tutti i suoi sessantasette anni. La libreria distava pochi metri, ma Juno fece una pausa a metà percorso, rimase immobile a occhi chiusi in attesa che il male passasse. Ci sarebbe arrivata un passetto alla volta; ci riusciva sempre. Quando la fitta si attenuò, Juno si trascinò in avanti, le giunture che gridavano per protesta. Era una giornata no; ultimamente capitavano sempre più di frequente. Se solo fosse riuscita a raggiungere la libreria…

Stava male da tempo, la malattia si era insinuata nelle articolazioni. All'inizio i sintomi erano parsi quelli di una normale influenza, dolori costanti che si abbarbicavano alle ossa come robusti viticci. Ora invece non solo ogni movimento era una pena, ma Juno aveva le articolazioni in fiamme – un dolore spesso così intenso da farle invocare la morte. Le sue estremità erano sempre gonfie, le dita blu come la faccia di Violetta Beauregarde in *Willy Wonka e la fabbrica di cioccolato*. Come se non bastasse, soffriva di capogiri almeno cinque o sei volte al giorno e cadendo si faceva sempre più male, avendo addosso ormai ben poco per ammortizzare i colpi. In mancanza di un computer personale, aveva usato quello dei Crouch per cercare su Google la dieta più adatta alle sue condizioni, chiedendo al grande robot del cielo cosa mangiare o meno. Il grande robot aveva risposto di preferire alimenti come pesce e fagioli e bere molto latte. Da allora Juno mangiava una lattina di fagioli al giorno, ma evitava volentieri il pesce e quando era particolarmente arrabbiata con Winnie beveva il latte dal cartone, in piedi davanti al frigorifero.

Dal salotto all'angolo dei libri il pavimento saliva leggermente; fu in quel punto che Juno non fece in tempo a sollevare il piede prima del capogiro inopportuno. Barcollò di lato, poi il sotto diventò sopra e il sopra diventò sotto, finché Juno andò a sbattere forte con la coscia contro lo spigolo appuntito di un tavolino. L'esplosione acuta di dolore la travolse mentre apriva la bocca per gridare dalla sorpresa, ma le uscì solo una specie di gorgoglio strozzato, prima

di cadere a terra. L'ultima cosa che vide fu il dorso del libro che stava leggendo.

Juno si mise a sedere piano piano. Aveva la bocca secca e aprire gli occhi era una pena. Provava imbarazzo, benché in casa non potesse vederla nessuno. Cos'era successo? Si sfregò la botta sulla coscia, strizzando gli occhi; l'indomani le sarebbe spuntato un livido grosso come una prugna. Per la prima volta da anni desiderò qualcosa da bere – qualcosa di forte. Se doveva barcollare come un'ubriacona, tanto valeva sbronzarsi davvero. Aveva smesso di bere secoli prima, se non altro per prolungare la propria aspettativa di vita, e la roba che Nigel teneva in casa le stuzzicava il palato. "Basta con la fiera della pietà, vecchia mia", pensò, "è ora di rialzarsi". Spostò il peso per incrociare le gambe sotto il corpo, poi si lasciò cadere in avanti e finì carponi.

La settimana prima era caduta in bagno e si era fatta un brutto taglio sulla fronte sbattendo sul lavandino. Quella volta non era svenuta; era stato solo un capogiro, ma sufficiente a spedirla gambe all'aria.

Adesso le pulsava la ferita, mentre si muoveva come un cane, a capo chino, le ginocchia che gridavano di dolore, le mani e i piedi gonfi e tési come un impasto in attesa di essere infornato. Raggiunta la chaise-longue, si alzò in piedi sfruttando l'ultimo briciolo di energia. Si sentiva indolenzita dalla testa ai piedi; l'avrebbe pagata per giorni.

«Ah!», esclamò, scrutando i libri piccata.

Trovò il romanzo, lo sfilò dal ripiano e se lo ficcò sottobraccio per raggiungere la poltrona più vicina. Odiava sedersi sulla chaise-longue; le sembrava di somigliare a Winnie. Tuttavia riuscì a voltare un'unica pagina prima di venire sopraffatta dalla spossatezza della mattina.

Juno si risvegliò di soprassalto. Un maschio di balestruccio viola ciangottava appollaiato su un ramo vicino alla finestra. *Cip cip, cipiricip*! Non ne vedeva uno da quando erano partiti per l'in-

verno. Nel risucchiare la saliva rappresa agli angoli della bocca, le tremò il labbro. Era insonnolita, gli arti intrisi di torpore. Di nuovo quella maledetta circolazione. Si schiaffeggiò le cosce con le mani chiazzate, per ritrovare la sensibilità. Era sfinita con la S maiuscola.

Con uno sforzo si alzò dalla poltrona e il libro cadde con un tonfo sul tappeto, a faccia in giù, le pagine schiacciate e piegate come origami. Juno guardò allarmata prima il libro poi le ombre, tutte sbagliate. Girò la testa di scatto verso la finestra, affacciata a est sul giardino posteriore. In fondo c'era un cancello che dava sul viale. Nigel Crouch rincasava spesso da quella parte, ma il cancello era chiuso, il chiavistello ancora a posto.

L'orologio – cosa segnava l'orologio? I suoi occhi si posarono sull'ora indicata dal decoder della TV. Juno registrò le cifre incredula; tutto d'un tratto le mancò il respiro. Si trascinò verso le scale, scordandosi del libro che le era caduto dalle ginocchia qualche attimo prima. L'ultimissima cosa che le serviva in quel momento era imbattersi in uno dei Crouch.

Fece appena in tempo: Nigel stava rincasando dal lavoro prima del solito. Le chiavi tintinnarono sul tavolo, poi il ripostiglio dell'ingresso si aprì e lui lasciò cadere all'interno la borsa dell'ufficio. Da lì Juno lo sentì puntare dritto alla cucina, forse per una birra. Sdraiata sotto le coperte, con il terrore di dover ascoltare un'altra lite furibonda, Juno lo sentì imprecare forte. Con l'indice si cercò un punto dietro l'orecchio, dove il cranio scendeva verso la mandibola, e lo accarezzò con il polpastrello, un rassicurante gesto infantile sul quale faceva ancora affidamento. Nessuno dei due si era mostrato disponibile ad accantonare l'orgoglio, prendere lo spazzolone e ripulire il disastro dopo la lite. Juno scommise che Nigel si era pentito di aver scelto proprio quel giorno per rincasare prima. Lo sentì camminare sopra la casseruola, le suole delle scarpe che riducevano la ceramica in polvere.

Il frigorifero si aprì, seguito da un sonoro: «Dannazione!». Il ripiano delle birre era vuoto. Juno sentì Nigel dirigersi verso la

dispensa dove, come lei sapeva, teneva nascosta una bottiglia di Jack Daniel's dietro le spezie. Nel corso dei mesi, Juno aveva scoperto che Winnie detestava sentire la puzza di alcol nell'alito del marito. Il padre era stato ucciso da un automobilista abbiente e ubriaco, e lei insisteva che l'odore risvegliava quel brutto ricordo. Il risarcimento del tribunale era stato cospicuo: Winnie e i suoi fratelli erano stati profumatamente ricompensati per la perdita del genitore. Ecco perché non permetteva a Nigel di bere niente di forte, a parte vino o birra.

Dal suo giaciglio, Juno lo immaginò a scrutare quel macello rosso rovesciato con rabbia, mentre beveva direttamente dalla bottiglia. A suo parere, Nigel aveva più di una ragione per essere irritato. Due giorni prima, Winnie gli aveva attaccato allo sportello del frigorifero una lista di cose da fare. Juno si era soffermata a leggerla, trasalendo per il tono. Non era indirizzata a Nigel in termini espliciti, ovviamente; non accadeva mai, ma era sottinteso che quelle incombenze spettassero a lui. In cima al foglietto la scritta "Progetti", sottolineata tre volte:

- Riparare il campanello.
- Tingere la pensilina sul retro prima che piova.
- Sradicare il pruno. È morto!
- Pulire le grondaie.

Juno sentì aprire e richiudere un mobiletto. Dal rumore di cardini allentati, capì che si trattava dello stipo sotto il lavello: Nigel stava prendendo uno straccio. Poi, l'acqua che scorreva e il fruscio di un robusto sacco nero per l'immondizia che veniva srotolato. Dopodiché, con i Third Eye Blind a tutto volume, Nigel si mise a pulire il disastro combinato dalla moglie la sera prima. Passati una quindicina di minuti, Juno lo sentì accendere l'aspirapolvere. A opera conclusa, lo sentì indugiare accanto alla porta d'ingresso, forse per valutare un eventuale tentativo con il campanello.

Il campanello non aveva nulla di *rotto*; funzionava alla perfezione. Juno era fermamente convinta che Winnie fosse solo viziata.

«Suona troppo forte», si era lamentata. «Ogni volta che arriva qualcuno, sembra stia per rapinarci con la pistola puntata».

Juno non afferrava il nesso tra la suoneria del campanello e la rapina a mano armata, ma la padrona di casa esigeva una melodia «più rilassante».

Ormai Juno aveva compreso un paio di cosette su quella famiglia. Primo: Winnie era la ragazza del troppo. C'era sempre troppo pepe sul cibo, troppa senape nel panino, troppa colonia addosso a Nigel. Se lui si azzardava a fare a modo proprio, Winnie lo puntava come un falco, in attesa che combinasse qualche malanno. E succedeva – succedeva sempre. Se qualcuno non aspetta altro che tu combini malanni, be', è inevitabile che prima o poi succeda. Con le sue pretese di essere assecondata in ogni capriccio, Winnie sembrava un venditore porta a porta: quando partiva con la sua tiritera, toccava sorbirsela per forza.

Secondo: Nigel odiava i colori – li detestava proprio. Aveva decorato il suo studio in barba alla sgargiante collezione di suppellettili di design che Winnie aveva sparpagliato per la casa con l'idea, decisamente fallita, che non dessero troppo nell'occhio. La signora Crouch agiva quasi sempre in modo passivo-aggressivo. Juno provava un immenso rispetto per i passivo-aggressivi. Ottenevano quel che volevano, a modo loro, ma era un atteggiamento che senza controllo portava solo guai. Lo aveva osservato nelle coppie che si trascinavano nel suo ufficio, chiedendole di aggiustare l'uno o l'altra consorte. «Non si può aggiustare, se non sai che è rotto», gli diceva. E Nigel non lo sapeva. Le regole che dettavano la sua vita erano il risultato del suo essere figlio unico e soprattutto dell'essere il figlio unico di una madre single. Winnie era la sua priorità – aveva un bisogno innato di prendersi cura delle donne, nello specifico della *propria* – ma era amareggiato. Forse non all'inizio, ma ora sì.

Il pacco davanti alla porta (ordinato da lui) rivelava che il nuovo campanello suonava la melodia *Twinkle, Twinkle, Little Star*. Winnie aveva squittito d'eccitazione all'idea e Juno aveva sorriso

con malizia nell'incavo del gomito. Sapeva che Nigel l'aveva scelto con sarcasmo, tuttavia la sua effervescente sposa bionda era felice come una Pasqua.

Lo sentì indugiare ancora un istante per poi allontanarsi. Nessuna sostituzione di campanello per quella sera.

2
Winnie

Erano le 6:47 di sera quando l'automobile di Winnie superò la vecchia Tahoe del signor Nevins per imboccare il vialetto di casa. Dopo aver parcheggiato, lanciò un'occhiata irritata allo specchietto retrovisore. La Tahoe, una carretta beige arrugginita ricoperta di adesivi, era posteggiata sulla strada proprio davanti alla finestra del suo salotto. Era lì da tre settimane e Winnie si era stancata di vedere il rettangolo giallo con la scritta "Sei matto, fratello?" che quell'ubriacone del signor Nevins aveva incollato al finestrino posteriore. Sì, era matta, e non aveva bisogno di farselo ricordare da quell'adesivo ogni volta che girava lo sguardo da quella parte. Tuttavia, non era la serata giusta per prendersela con i vicini; era una serata da festeggiare.

Winnie controllò il trucco nello specchietto dell'aletta parasole, applicato di fresco al lavoro poco prima di uscire. Naturalmente sembrava appena un filo o addirittura acqua e sapone. A lei piaceva così: che qualunque cosa facesse sembrasse semplice pur richiedendo parecchio sudore della fronte.

Scese dall'auto e attraversò il vialetto di ghiaia in punta di piedi, attenta a non affondare i tacchi nel terreno. La borsetta sottobraccio, aprì il cancello laterale e udì i movimenti di Nigel in cucina prima ancora di vederlo. Winnie si sentiva in colpa per la sera prima; aveva avuto una reazione esagerata. Ora se ne rendeva conto. Il piano era chiedergli subito scusa, per togliersi il pensiero e godersi il resto della serata senza il figlio a casa. Non era stata sua intenzione arrivare a una lite così accesa, ma negli ultimi tempi

Winnie soffriva di un certo squilibrio emotivo. La colpa era solo sua; a volte cercava motivi per prendersela, come se nella sua mente l'assenza di problemi fosse un problema di per sé. Nigel invece preferiva fingere che andasse tutto bene, anche se non lo faceva da sempre. Suo marito odiava gli scontri e questo la consolava. La finestra della cucina apparve nel suo campo visivo e Winnie vide che Nigel aveva lasciato la porta sul retro aperta.

Entrando in quello che considerava il ventre della casa, tirò un sospiro di sollievo. Era tutto pulito, le tracce della sera prima lavate e cancellate – sul pavimento neanche un granello della sua pirofila. Si sentì persino più ottimista di cinque secondi prima. Nigel era un brav'uomo; aveva riordinato tutto per non lasciarle quell'incombenza, pur avendo scatenato lei la lite.

Mentre Winnie si chiudeva silenziosamente la porta alle spalle, Nigel era girato di schiena, intento a esaminare il contenuto del frigorifero. Si soffermò un istante ad ammirarlo; non l'aveva sentita entrare per via della musica che stava ascoltando, *Dreams* dei Fleetwood Mac. Non voleva spaventarlo, così rimase ad aspettare, il fianco appoggiato al bancone della cucina. Era una cosa strana, essendo sposati da oltre dieci anni, ma ogni tanto Winnie non sapeva proprio come comportarsi con il marito.

Il più delle volte Nigel era un uomo affascinante, simpatico, dalla conversazione facile – "spunta, spunta, spunta". Quello che la gente sembrava non cogliere era il fatto che rifiutasse di parlare di sé. Se gli facevi una domanda, lui sviava, rigirando su di te il discorso. Ecco perché Winnie sentiva di non conoscerlo del tutto; semplicemente il marito non voleva lasciarsi conoscere. Così si accontentava di essere parte della sua vita, a costo di apparire superficiale.

Quando Nigel si voltò, Winnie aveva già sfoderato il suo sorriso migliore.

Lui sobbalzò. «Od… dio… mi hai spaventato».

«Scusa. In realtà volevo proprio evitarlo».

Il marito non ricambiò il sorriso; era distratto. Winnie inclinò il

capo, cercando di decifrare la sua espressione. Quella sera Nigel sembrava indossare le proprie emozioni. Quando era turbato, si pietrificava – il viso, il corpo, tutto si congelava in una posa di sconfitta, curva e abbacchiata.

Winnie fece un passo avanti e lo abbracciò. Aveva un profumo così buono, non di colonia o dopobarba – era proprio *lui* a profumare di buono. Quando avevano cominciato a frequentarsi, Nigel aveva accolto il suo affetto espansivo con lo stesso entusiasmo di un padrone nei confronti del nuovo cagnolino. E Winnie era stata entusiasta di essere il suo nuovo cagnolino; la gioia che il proprio temperamento sembrava regalare a Nigel riempiva di senso le sue giornate. Lui l'aveva soprannominata Orsacchiotta, un riferimento scherzoso a Winnie-the-Pooh.

Poi era successa la cosa brutta.

Dopodiché, era stato come se l'aura rosea che agli occhi di Nigel l'aveva sempre circondata fosse stata rimpiazzata dalle impietose luci al neon del supermercato. Non era più la sua Orsacchiotta. Adesso era solo la solita ordinaria Winnie. Neanche a lei venivano più i cuoricini al posto degli occhi ogni volta che lo vedeva, ovvio. Si erano adattati al loro accordo, qualunque fosse, e benché Winnie amasse molto il marito, ora lo vedeva anche lei con sguardo più umano.

«Niente per cena», annunciò Nigel. Intrecciò le mani dietro la schiena di Winnie, fissando oltre la spalla il frigorifero con aria assente. Lei pensò che scherzasse. Gli sorrise, ansiosa che non la tirasse tanto per le lunghe e le svelasse dove fossero diretti.

Il marito invece indicò i contenitori di plastica impilati sul ripiano altrimenti vuoto: spaghetti e riso fritto. «Gli spaghetti sono andati», annunciò, poi sollevò il Tupperware del riso. «Basta a malapena per uno. Avrei giurato ne fosse avanzato di più».

Winnie arricciò il naso, sforzandosi di non piangere, mentre esaminavano entrambi il contenitore. Si era dimenticato del loro anniversario. Era già capitato una volta, all'inizio, e Nigel si era sentito terribilmente in colpa. Winnie non credeva che avrebbe provato la stessa cosa anche adesso.

«Uova», disse lui di colpo, riscuotendola. «Abbiamo ancora una confezione di uova in polvere in quel kit di sopravvivenza che ci ha regalato tuo fratello».

«Al nostro matrimonio?», balbettò Winnie. Sperava che la parola *matrimonio* accendesse in lui qualche lampadina, ma Nigel non rispose – stava rovistando nella dispensa.

«Perché non ordiniamo qualcosa da asporto?».

Nessuna risposta. Quando il marito riemerse, la confezione di uova in polvere in mano, il cuore di Winnie si raggrinzì. Era vero, faceva sul serio: avrebbero cenato a base di uova in polvere vecchie di quindici anni. Fece per obiettare, le parole sospese sulla punta della lingua, pronte a spiccare il volo, quando notò un ricciolo scuro penzolare sulla fronte del marito. Sembrava un bambino – sembrava Samuel. Winnie proprio non capiva perché la voce le fosse venuta meno di punto in bianco, né perché le fosse capitato altre centinaia di volte. Amava quell'uomo tremendamente; tuttavia non era sicura che lui l'amasse ancora. Era il loro quindicesimo anniversario di matrimonio, e avrebbero cenato a base di uova in polvere.

Mentre mangiavano, Nigel si mise a parlare di un libro. Di solito Winnie era brava ad ascoltare, ma quella sera era furiosa perché lui si era scordato del loro anniversario e ora le raccontava pure qualcosa di cui non le fregava un accidente. Credeva forse che l'avesse letto? Era Stephen King, per l'amor di Dio. Le uniche emozioni che quei mattoni di libri le suscitavano erano miseria e disperazione, *per l'appunto*. Ogni riferimento voluto.

Osservò il marito ficcarsi in bocca senza alcuna grazia cucchiaiate di uova fosforescenti, ignaro del suo disagio. Aveva una fame da lupi; perché tanta fame? Il ketchup, notò Winnie, sembrava trasformare la loro cena d'anniversario in una scena del crimine. Prese il bicchiere e bevve una profonda sorsata d'acqua, nel tentativo di allentare il nodo che le stringeva la gola. Faceva freddo in cucina. Winnie avrebbe voluto alzarsi e chiudere la porta, ma era troppo stanca. La voce di Nigel proseguiva come un tamburo sor-

do, e lei ne ascoltava il ritmo più che le parole. Si chiese se dargli il regalo che gli aveva comprato; l'avrebbe fatto sentire in colpa, ma lei era stata così entusiasta dell'acquisto. Alla fine lasciò perdere, rigirò le uova finte nel piatto, poi lo svuotò nell'immondizia. Non voleva turbare Nigel; le serviva di buonumore.

Winnie desiderava rimanere di nuovo incinta prima che le sue ovaie andassero in pensione. Le amiche le davano della pazza – aveva un figlio tredicenne in perfetta salute, perché diamine voleva ricominciare tutto da capo? Mentre sistemava i piatti nella lavastoviglie, provò a elencarne le ragioni: perché non si era goduta al meglio la prima volta, perché si sentiva in dovere di offrire a Samuel un altro legame con la vita, a parte lei e Nigel, e perché desiderava qualcuno che la amasse incondizionatamente.

Tuttavia, non appena i delicati piatti azzurri della cena furono sistemati in lavastoviglie, la convinzione di Winnie ormai vacillava, i suoi dotti lacrimali sul punto di tracimare. Nigel era ancora seduto a tavola, scorreva il display del cellulare con sguardo vitreo. Non le piaceva il modo in cui se ne stava seduto, la caviglia in bilico sul ginocchio come se niente fosse. Winnie indugiò davanti al frigorifero per nascondere le lacrime che ormai le rigavano le guance.

Il primo, il quarto, l'ottavo e il quindicesimo: erano stati gli anni più difficili del loro matrimonio. A volte la causa dei problemi era stata lei, altre volte Nigel. In quindici anni poteva accadere di tutto. Tuttavia, per quanti casini facesse Nigel, per quanti problemi riversasse nel loro matrimonio, non sarebbero mai stati gravi come ciò che aveva fatto lei. Lo sapeva Winnie e lo sapeva anche lui.

Il vero motivo che li teneva uniti era lo stesso che li teneva separati.

3
Winnie

A procurare a Winnie il primo appuntamento con Nigel era stata la cugina Amber, che «conosceva un tipo».

Il tipo che conosceva si chiamava Nigel Angus Crouch e se Winnie avesse sentito il nome completo prima di accettare, le avrebbe risposto: «Anche no». Per fortuna, nel combinare l'incontro, Amber lo aveva tenuto per sé. Si era trasferita a Washington da New York solo l'anno prima e conosceva già molte più persone di Winnie che invece ci era cresciuta.

«Che tipo? Come lo conosci?»

«Lo conosce Kevin. Si sta rifacendo una vita».

«Rifacendo? In che senso?». Winnie non si era mai fidata completamente dei gusti di Amber in fatto di uomini; il suo ultimo fidanzato collezionava serpenti domestici. Rabbrividì, ripensando alla volta in cui gliene aveva fatto *indossare* uno. Una sciarpa di squame di una pesantezza letale attorno al collo. Amber le aveva risposto tre secondi dopo per farsi un tiro di sigaretta.

«Era fidanzato. Credo sia finita male». Le sue labbra si erano arricciate in una O da cartone animato per soffiare fuori il fumo. Winnie lo aveva scacciato con la mano. «La fidanzata non voleva figli. Senti, è simpatico… Forse un po' strambo… Belloccio, come piace a te».

Qualunque cosa volesse dire. Lì per lì Winnie aveva accettato, perché non usciva con nessuno da sei mesi e cominciava a sentirsi arrugginita. Amber aveva combinato l'appuntamento via SMS, seduta di traverso su una sedia del giardino, stavolta soffiando il

fumo lontano da lei. Il tipo aveva accettato subito; Winnie ne aveva dedotto che fosse arrugginito anche lui. Avrebbero cenato in un ristorante del centro, l'appuntamento era lì, e poi se avesse funzionato sarebbero andati a bere qualcosa al Von's. Giunto il giorno fatidico, tuttavia, Winnie cambiò idea. Le sue amiche avevano in programma un concerto al Marymoore Park, ma una di loro si era tirata indietro e avanzava un biglietto. Era sul punto di scrivere al tipo per annullare l'appuntamento, quando le arrivò un messaggio proprio da lui.

"Ti ho seguita sui social e non riesco ancora a decidere se su di te farebbe più colpo una giacca di pelle sdrucita o una elegante".

Winnie, che era sdraiata sul letto, balzò a sedere di scatto, tanto era forte la sua opinione in merito. Era molto protettiva nei confronti degli animali; aveva una teoria, secondo la quale un giorno si sarebbero inferociti al punto da riprendersi il mondo dalle mani degli uomini. Di sicuro avrebbero risparmiato i vegetariani, quanto ai vegani tanto di cappello. Per quella ragione lei non mangiava, non indossava, né tantomeno rinchiudeva gli animali in gabbia.

"Finta pelle o vera?", rispose. Indossava la felpa dei Nirvana con lo smile e in attesa che lui scrivesse si attorcigliò la stringa del cappuccio al dito.

"Più finto di me si muore", replicò Nigel. Rimase colpita dal suo umorismo asciutto, come pure dall'ammissione di averla cercata sui social; ci aveva provato anche lei, ma il suo profilo era privato e l'unica foto visibile ritraeva un gruppo di cinque uomini. Winnie non aveva idea di quale potesse essere lui.

Scrisse alle amiche per avvertire che non le avrebbe raggiunte e si preparò per la cena.

Nigel si rivelò il contrario di come Winnie lo aveva immaginato. Era basso, ma ben proporzionato – simmetrico, come un ginnasta, con i folti capelli neri scostati dal viso con stile. Quando salutò Winnie nell'atrio del ristorante, in un paio di jeans scuri e una T-shirt bianca, lei provò una delusione immediata. Se lo aspettava più elegante, invece eccolo lì: un viso anonimo, gli occhi di un

noiosissimo castano. Lo stava già aggiustando mentalmente – aggiungendo un po' di barba, un look dai colori più adatti alla sua carnagione – quando di colpo perse il filo dei propri pensieri. Nigel stava sorridendo. Una trasformazione così sconvolgente che Winnie si intimidì all'improvviso. Oltretutto lui non indossava un paio di jeans qualunque, notò in quel momento, ma di marca. Con una mano si legò i capelli sulla nuca, poi fece scorrere le dita lungo la coda finché le guizzò via dal pugno. Gli occhi di Nigel osservarono la scena come chi assiste alla danza di un barboncino, sul suo viso un'espressione bonariamente divertita.

«Nervosismo finto o vero?». Le sue labbra sensuali accompagnarono la domanda curvandosi in un sorriso pigro.

Winnie sentì le farfalle nello stomaco. Non la imbarazzò neppure che lui l'avesse notato; lo faceva sembrare più maturo, sexy.

«Chiedimelo di nuovo quando avremo bevuto qualcosa», rispose decisa.

Quando arrivò la cena, Winnie era già al terzo cocktail e più concentrata sulla mano di Nigel che le risaliva lentamente il ginocchio che sulla sua faccia anonima. Non lo trovava più noioso. A dirla tutta, non si era mai sentita tanto eccitata. Tra loro c'era attrazione chimica, ma non solo. Se per l'aspetto fisico Nigel poteva sembrare sotto la media, sorriso a parte, sotto ogni altro aspetto era straordinario. Per tutta la sera non distolse mai gli occhi dal viso di Winnie, nemmeno quando la cameriera in divisa succinta cercò di attirare il suo sguardo. Spesso lo abbassava verso le sue labbra, mentre lei parlava, cosa che la faceva fremere sulla sedia. Poi le poneva domande intelligenti; così intense che nel rispondere Winnie provava tristezza e sollievo al contempo. «Come ha influito la morte di tuo padre sulla visione che avevi di tua madre?».

Prima di Nigel, Winnie aveva frequentato solo atleti, per tutti i gusti. C'era stato il giocatore di rugby, quello di tennis, il quarterback di una squadra di football e persino un pescatore professionista. Winnie si chiedeva spesso cosa l'avesse attratta di Nigel, che non corrispondeva neanche lontanamente al suo tipo ideale. Lo

trovava sexy perché lui era convinto di esserlo. Aveva una sicurezza di sé talmente sfrontata, talmente in contrasto con i lineamenti ordinari e la bassa statura, che la incantava – e addirittura la eccitava. Al primo appuntamento ne seguì un altro la sera successiva, poi un altro ancora. Nel giro di un mese Winnie si trasferì nell'appartamento di Nigel (era più vicino al centro rispetto al suo), e dopo appena sei mesi erano già fidanzati. E lui poteva anche essere uscito a pezzi dalla relazione precedente, ma quindici anni dopo eccoli ancora lì, a vivere insieme nella casa dei sogni di Winnie.

Persino le sue amiche ormai lo avevano accettato. Malgrado si permettessero commenti occasionali sullo scarso entusiasmo di Nigel per le loro belle cose. Era buffo, pensava Winnie, vederle pavoneggiarsi delle loro barche e dei viaggi stravaganti in Europa mentre la faccia di Nigel esprimeva... noia. «Non puoi almeno fingere interesse?», lo rimproverava dopo.

«Sono così ipocrite, Winnie. Non basta che le accetti per come sono? Non possiamo chiuderla qui?». Lei scoppiava a ridere e poi facevano l'amore. Nigel era intelligente e Winnie era bella. Lei aveva coltivato una vita perfetta, ma non poteva cancellare il passato.

Se non fosse stato per la casa, Nigel avrebbe potuto essere felice. "Riformula", pensò Winnie: se non fosse stato per la casa, Nigel avrebbe potuto essere felice con *lei*. Suo marito scherzava sempre che fosse maledetta, ma lei sapeva che ci credeva davvero. Era superstizioso, un dono della madre, e addossava alla casa buona parte dei loro problemi. Non importava quanto lui la detestasse, Winnie adorava la loro villa di Turlin Street. Li aveva scelti, in un certo senso. Non era perfetta – più difficile amarne alcune stanze rispetto ad altre – ma rimaneva una sistemazione favolosa. E, cosa più importante, le sue amiche la invidiavano. «Una casa a Greenlake! Cavoli, è quasi come abitare sul lago Washington!». Dicevano tutte così, facendo arrossire Winnie di piacere. Certo, era successo quindici anni prima, e adesso quasi tutte avevano tre figli e abitavano davvero sul lago Washington.

Winnie entrò nella vasca e chiuse gli occhi mentre l'acqua le ri-

copriva le spalle. Ecco cosa ci aveva guadagnato a non guastare l'umore di Nigel. Non le restava che festeggiare il suo anniversario con un bel bagno caldo.

Winnie aveva la tendenza a prendersi sempre tutto ciò che voleva e, in tutta onestà, forse era proprio quella la causa dei suoi problemi. Aveva voluto lei la villa di Turlin Street e avevano sborsato una cifra esorbitante per vivere in una casa che Nigel detestava. Winnie sapeva che se non fosse stato per lei, suo marito in quel momento avrebbe abitato in centro, in un appartamento nuovo all'interno di uno di quei grattacieli che riflettevano il cielo, con palestra e Starbucks annessi. Nigel non era cresciuto come lei, in una casa in stile ranch insieme al fratello gemello e alle tre sorelle. La madre di suo marito era un'anima solitaria, lavoratrice instancabile e perennemente stanca morta. Loro prendevano in affitto piuttosto che comprare, sempre sistemazioni piccole e moderne.

La villa sembrava essere caduta tra le loro braccia – o forse tra quelle di Winnie. Dopo mesi di offerte al rialzo e ispezioni a vuoto, trascinandosi da un modello residenziale all'altro, Winnie era uscita per andare a correre attorno a Greenlake, senza Nigel, per schiarirsi le idee. Non facevano che litigare in continuazione sulle case. Stava parcheggiando l'auto lungo il marciapiede, quando il proprietario aveva piantato in mezzo al giardino principale i picchetti del cartello "In vendita". Winnie era balzata fuori dall'automobile ancora accesa e con un guizzo da ninja aveva attraversato il prato di volata nelle sue scarpe da ginnastica New Balance.

«La compro io», aveva detto quasi senza fiato. «Casa sua. È venduta».

E, come in seguito raccontò il precedente proprietario, Winnie aveva sradicato il cartello dal terreno e lo aveva infilato nel baule della sua BMW. Tre mesi dopo avevano concluso la vendita.

Lei aveva ricordi confusi di quelle dodici settimane. Avevano contrattato parecchio prima che l'offerta venisse finalmente accettata e all'improvviso si erano ritrovati proprietari di una villa enorme e vecchissima. Posizione da favola. «Insomma, Nigel, chi

non vorrebbe vivere a Greenlake?». Winnie gli aveva fatto quella domanda mentre camminavano a braccetto verso la nuova casa, appena venti minuti dopo la firma del contratto, gli occhi spalancati come il giorno in cui Nigel le aveva chiesto di sposarlo.

Ci vivevano da meno di un anno quando il tetto aveva rivelato una grossa perdita. Per sostituirlo Nigel aveva dovuto riscuotere il suo fondo pensione. Poi, subito dopo la nascita di Samuel, avevano scoperto la muffa nera in soffitta e avevano dovuto sventrarla. Durante i lavori di risanamento, si erano trasferiti in albergo per un mese con il neonato. Anni dopo, Nigel aveva voluto aggiungere un appartamento indipendente, separato dall'abitazione principale tramite una porta nel suo studio.

«Ma perché dovrebbe avere un ingresso indipendente?», aveva replicato Winnie. Il marito era sempre meno paziente con lei; se si fosse impuntata avrebbero finito per litigare.

«Per affittarlo in caso di problemi economici... che, francamente, con quello che abbiamo sperperato per questa casa potremmo avere presto», aveva spiegato Nigel, mentre la moglie sbiancava in viso. Salvo poi aggiungere: «Anche per accrescere il valore della proprietà». Come se a Winnie fosse importato. Solo a nominare i soldi le si contorcevano le budella. L'unica cosa che sapeva farci era spenderli.

«Ho dato un'occhiata alle nostre finanze e...».

«Fallo e basta», gli aveva risposto. «Sono certa che sai il fatto tuo». Aveva chiamato subito Amber.

«Tuo marito ha ragione».

Winnie aveva sentito sbattere la portiera di un'automobile all'altro capo della linea. Amber era un'agente immobiliare e senza dubbio stava per mostrare un'abitazione a qualche cliente.

«Aggiungerà valore alla proprietà e sì, potresti anche affittarlo su Airbnb. Terra chiama Winnie, va molto di moda adesso».

«Non mi mette comunque a mio agio», aveva ribattuto lei.

Tuttavia l'aveva data vinta al marito. E aveva supposto che fosse *davvero* una decisione economica vantaggiosa. Non che Nigel mo-

risse dalla voglia di accogliere un estraneo in casa, ma gli bastava quello: la possibilità.

Quando Winnie uscì dalla vasca, Nigel era al piano terra a svuotare le due borse riciclabili della spesa. Winnie sbirciò tra gli acquisti, sperando ci fosse un biglietto o una scatola di cioccolatini, ma non trovò nulla di entusiasmante a parte un apriscatole nuovo. Di colpo si sentì delusa da sé stessa. Che cosa sperava di trovare? Fuochi d'artificio e champagne? Nigel era un brav'uomo e l'amava; doveva accontentarsi. Gli fece un sorriso e lo aiutò a sistemare la spesa. Più tardi, quando il marito le si avvicinò a letto, Winnie non lo respinse, anche se una parte di lei avrebbe voluto – in fondo aveva già rinunciato alla serata. Lo lasciò fare e dopo pochi minuti Nigel si addormentò beato, ignaro delle lacrime che accompagnarono la moglie fino a notte inoltrata.

Perché in quel momento, a distanza di tanti anni dal fatto orribile avvenuto tra le mura di quella stessa casa di Turlin Street, Winnie proprio non sapeva se qualcosa sarebbe mai bastato a farsi perdonare.

4
Juno

Juno si era trasferita a Seattle da Albuquerque, nel Nuovo Messico, quattro anni prima. Aveva vissuto una vita lì e una nello Stato di Washington, completamente diverse l'una dall'altra. La Juno del Nuovo Messico aveva una carriera e una famiglia, un marito e due figli maschi. Era una donna in carne con un seno prosperoso e vestiva motivi cachemire come affermazione di stile. Aveva inaugurato la propria attività in un locale che dava sulla strada, condiviso con due amiche psicologhe. Cinque anni di pratica nel loro piccolo trio della salute mentale e Juno aveva racimolato clienti a sufficienza per mettersi in proprio. Aveva rilevato un vecchio Burger King in periferia andato in fallimento e lo aveva trasformato in un consultorio familiare dal nome Sessions. Tutto ciò era accaduto prima di mandare in malora la sua vita e ritrovarsi nello Stato di Washington.

Aveva sentito dire che lì il tempo non provava a farti fuori a colpi di caldo o freddo, e le stava bene. Il peggior male che Seattle potesse infliggere era una pioggerella indistinta che ti gettava in una specie di torpore umido. Juno non aveva portato con sé granché da Albuquerque, solo quello che era riuscita a infilare nella sua valigia di seconda mano. Una manciata di ricordi appena, tra i quali gli occhiali da lettura di Kregger, che inforcava di tanto in tanto.

Aveva finito per trasferirsi nella casa di Turlin Street quindici anni dopo che Winnie e Nigel l'avevano acquistata. A quel punto, i lavori di risanamento erano terminati e al piano terra era stato

aggiunto un piccolo appartamento con l'ingresso autonomo. La prima volta che Juno aveva visto la casa – mattoni rossi contro uno sfondo di nuvole grigio-violacee, come in un dipinto – aveva sospirato. Non stava cercando un posto in cui vivere, voleva solo ammirare la villa in tutta la sua bellezza gotica. Poi però si era presentata l'opportunità e Juno l'aveva colta. Sentiva un profondo bisogno di cambiamento, e la casa di Turlin Street l'aveva chiamata a sé. Con i piedi radicati sul marciapiede, Juno aveva sentito passare un'auto con la musica a tutto volume. Mentre il cantante intonava *I knew that it was now or never*, aveva mosso i primi passi verso la nuova casa.

Il figlio della coppia, uno spilungone dai capelli rossicci e le ciglia bionde, sembrava tanto perplesso riguardo ai genitori quanto lo era lei. Spesso, quando non lo guardavano, Juno lo vedeva scuotere la testa nella loro direzione, come se non riuscisse a credere a tanta stupidità. Sospettava che Samuel avesse superato il test del QI con un punteggio alto, forse più alto di quelli di Winnie e Nigel sommati insieme. Juno ne aveva visti spesso nel corso degli anni, genitori che portavano i figli da lei per aggiustarli, come fossero elettrodomestici anziché individui complessi. Non si aggiustavano i bambini – non avevano bisogno di essere aggiustati appena usciti dal guscio. Ai bambini serviva solo un modello d'amore sano grazie al quale prosperare. Proprio il giorno prima Samuel l'aveva trovata su una panchina in riva al lago, e si erano fatti una lunga e bellissima chiacchierata. Juno era certa di essere l'unica persona alla quale Sam potesse confidare i propri interessi, che avrebbero potuto turbare chiunque altro non fosse lei. E glielo aveva proprio detto mentre sedevano di fronte al lago – quel lago che Juno aveva definito «calmo come il riso».

«Calmo come il riso?», aveva ridacchiato Sam, tenendosi la pancia e oscillando la testa da parte a parte.

«Esatto», aveva confermato lei. «Calmo come il riso».

«Non l'avevo mai sentito dire prima».

Quando le si era seduto accanto, aveva l'espressione corrucciata.

Sembrava un bambino insicuro più che il ragazzo saccente che Juno aveva conosciuto fino a quel momento.

«Sai che alcuni dei più rinomati serial killer di tutti i tempi sono dello Stato di Washington?».

Juno si era appoggiata alla panchina, rivolgendo la fronte corrugata al cielo che si tingeva di giallo. «Fammi pensare», gli aveva risposto. «Ted Bundy!», aveva esclamato e Sam aveva annuito con entusiasmo.

«L'assassino di Green River... Come si chiamava? Gary qualcosa...».

«Ridgeway», aveva suggerito Sam.

«Sì. Giusto», aveva annuito Juno.

«Yates e... Ah sì, poi c'era quello davvero cattivo. Prendeva di mira i bambini... Che schifo. Dodd», aveva aggiunto schioccando le labbra.

«I miei genitori vanno fuori di testa quando mi vedono cercare questa roba online».

«Be', puoi dargli torto? Se tua madre fosse ossessionata dai video di incidenti stradali e li guardasse ogni sera prima di andare a letto, non saresti preoccupato?»

«Mia mamma è ossessionata da parecchie cose che mi preoccupano». Aveva un'espressione neutra, ma Juno gli aveva letto l'ilarità negli occhi.

Non aveva potuto evitare di sorridere. Quel ragazzino aveva un sarcasmo da adulto.

«Le mamme sono ossessionate dalle cose da mamme. I ragazzi dalle cose da ragazzi. Non c'è niente di male nell'avere interessi diversi e volersi comunque bene».

Juno si era stupita di essersi calata con tanta facilità nei panni della psicologa dopo tutti quegli anni. Si era stupita anche della banalità delle sue parole.

«A volte mi sento come se non fossi figlio loro».

«Magari non lo sei», aveva risposto Juno come niente fosse, con leggerezza. Non arrivava nella vita di qualunque adolescente il momento in cui si convincevano di essere stati adottati?

"Sam è un ragazzo speciale", pensava Juno tra sé in quel momento, ferma sulla soglia del bagno, scorrendo con lo sguardo le boccette di profumo e le lozioni allineate sulle piastrelle bianche accanto alla vasca. Evitava con cura il proprio riflesso, sapeva già cosa avrebbe visto e non voleva: il marchio rosso fuoco a forma di farfalla che le attraversava naso e guance, gli occhi gonfi, itterici, e la pelle chiazzata come un uovo d'anatra.

Accese l'interruttore della luce e fece un passo all'interno. Si trascinò oltre la soglia, la schiena ancora irrigidita per la posizione in cui aveva dormito la notte prima, fino al lavandino dove alcune bottigliette di vetro erano sistemate su un vassoio d'argento. Eucalipto, olio di melaleuca, gelsomino. Juno ne scelse alcune e le portò verso la vasca. Era la sua parte del giorno preferita, quando aveva il tempo di lasciare che l'acqua alleviasse le sofferenze del suo corpo. Riempì la vasca fino all'orlo, poi si calò giù, producendo i rumori tipici di una donna molto anziana e stanca. Mentre sprofondava verso il fondo della vasca, cercò di non guardare la propria immagine riflessa sulla superficie dell'acqua, tuttavia colse qualche scorcio delle cosce ossute, la pelle talmente incartapecorita che dovette distogliere lo sguardo.

Aveva apprezzato la chiacchierata con Sam al parco il giorno prima. Adesso, però, sdraiata in quella vasca a ricordare i momenti trascorsi con il ragazzo, si rese conto che la psicologa andata in pensione anni prima aveva ripreso a scalpitare dentro di lei.

«A volte mi sento come se non fossi figlio loro», aveva affermato Sam.

"Non significa niente", si disse Juno. "Goditi il tuo bagno".

Aprì gli occhi. Non c'erano orologi nella stanza, ma intuì l'ora dalla luce riflessa sulla parete. Era l'ora di uscire dalla vasca e procedere con il resto.

Era tardo pomeriggio e i capelli di Juno si erano asciugati in una molleggiata aureola grigia – ricci errabondi che puntavano verso l'alto anziché in basso. Ne tormentò uno mentre si preparava il tè,

un'altra abitudine nervosa che l'accompagnava dall'infanzia. Un tempo aveva i capelli rossi, ma era stato molti anni prima, quando beveva Martini e fumava sigarette aromatizzate. Un'altra vita e un'altra donna. All'epoca tutti volevano toccarle i capelli: una chioma di ricci rossi lunghi fino alla vita. Spesso le anziane la fermavano per strada per commentarne il colore, raccontando che da giovani pagavano cifre stratosferiche per tingerseli così. Ora l'anziana era Juno. Inarcò l'angolo della bocca, in parte divertita, mentre sorseggiava il suo tè. Adesso che era vecchia aveva un aspetto meno bizzarro, o forse erano i suoi occhi il problema. Il tè era forte e dolce. Juno lo bevve in fretta, pensando agli antidolorifici che aveva di sotto, nel rifugio che si era creata. Stavano per finire; l'ultima volta che aveva controllato ne aveva contati sei. Avrebbe dovuto confidare che i Crouch ne procurassero ancora. L'umore di Juno si inasprì; d'un tratto il tè acquistò un sapore tutto sbagliato in bocca. Detestava dipendere dagli altri. Gettò il liquido rimanente nel lavello e si affrettò a ripulire il casino che aveva fatto, una nuova preoccupazione a pungolarle il cervello.

Alle quattro, il signor Nevins della porta accanto parcheggiò la sua Tahoe proprio davanti alla finestra del salotto, mentre Juno si versava un dito del whisky di Nigel, malgrado quella roba non le piacesse e avesse in pratica smesso di bere. Portò il bicchiere al piano di sopra, nel salottino affacciato sul parco. Stava sempre sulle spine a quell'ora del giorno, sapeva che sarebbero rincasati presto. Riempivano la casa di tensione: spesso sessuale, altre volte semplicemente nuda e cruda.

Il salottino al primo piano era l'angolo migliore della casa, godeva in un certo senso di una vista frenetica e tranquilla al tempo stesso. La villa sorgeva in una delle strade più trafficate nella zona di Greenlake Park, che faceva da raccordo con l'Interstate 5. Juno sprofondò sulla sedia a dondolo in attesa che il whisky adempisse al suo dovere, osservando il traffico dei pendolari nel suo incedere lento. In quei giorni era quella la sua finestra sul mondo esterno, che ormai frequentava di rado. Tuttavia ne conosceva abbastanza

bene rumori e odori per ricorrere all'immaginazione. Due donne si fermarono a scattarsi un selfie mentre passeggiavano, un cane maltese annusava l'erba ai loro piedi e per poco un uomo in calzoncini aderenti color giallo fluorescente non le centrò in pieno. Balzò di lato all'ultimo secondo, scansandole per un soffio e inciampando quasi nel cane. Le due signore si ricomposero dal selfie, senza accorgersi di niente.

Sul prato all'interno del parco, una famiglia con tre figli adolescenti se ne stava stretta in un piccolo crocchio, ridendo con i bicchieri di Starbucks in mano. Sembravano infreddoliti. Sam non sarebbe tornato dagli allenamenti prima di qualche ora, ma le piaceva quando lui era in casa perché tra i suoi genitori si diffondeva una luce, che alleggeriva l'atmosfera. Juno riconosceva ciascuno di loro dal passo, e quello di Sam era il goffo *clomp clomp clomp* di un ragazzino dall'andatura dinoccolata. Un piccolo di giraffa, che slittava e urtava ogni angolo. Era così carino; le ricordava uno dei suoi figli. Ora il sole stava tramontando sul lago; la sua luce si irradiava proprio attraverso le finestre dietro le quali era seduta lei. Appoggiata allo schienale della sedia, lasciò che il sole la accarezzasse da capo a piedi.

Era ora di tornare giù.

Accanto alla porta d'ingresso, spinti di fretta contro la parete, giacevano i resti degli sforzi di Nigel con il campanello. Premendosi la lingua sul molare cariato di destra, Juno osservò il casino – cavi, molle e viti sparsi sul parquet, come coriandoli fai da te riusciti male – e passò oltre.

5
Winnie

«Aspetta». Nigel si stava sforzando di mantenere la calma. Winnie lo sentì spostare il telefono da un orecchio all'altro. Quando il marito riprese a parlare, la sua voce sembrava tesa. «Hai detto che tuo fratello viene a stare da noi?».

Winnie ricapitolò rapidamente l'ultima trovata di Dakota, con una stretta allo stomaco. Vide Carmen uscire dall'ascensore, un sacchetto bianco di carta sottobraccio. La collega le fece un cenno di saluto passando davanti alla sua scrivania, ma lei non ricambiò con il consueto sorriso distratto.

«È andato alle corse e si è giocato l'intero stipendio puntando su una tripla. Manda lo ha buttato fuori di casa a calci».

«E ha fatto bene», replicò Nigel. «Ma a Dakota serve...».

«È solo per un po'», aggiunse Winnie cauta, poi sibilò nella cornetta: «L'ultima volta l'ha ospitato Shelly, tecnicamente è il nostro turno».

Winnie si rallegrò che il marito non potesse vederla in faccia; lei si vedeva riflessa nel monitor del computer ed era pallida e spaventata. Shelly era la maggiore delle sorelle Straub. Nigel la odiava – fin dal momento in cui la cognata aveva incrociato il suo sguardo e commentato: «Mia sorella non ti ha descritto in modo molto accurato». Lui l'aveva interpretato come un insulto dal momento che Shelly aveva concluso la frase con una risatina e distolto subito lo sguardo senza dargli alcuna importanza. Quella era la versione di Nigel, quantomeno. Shelly non aveva dato peso al loro primo incontro e Winnie riteneva fosse tipico della so-

rella, che di rado si lasciava impressionare e se accadeva c'erano sempre di mezzo i soldi.

Nonostante il malcelato disprezzo di Shelly per suo marito, Winnie pendeva dalle labbra della sorella – come tutti gli altri fratelli. Dopo la morte del padre, la madre aveva dimenticato come si facesse il genitore, a parte soffocarli di lacrimoso affetto. Era stata Shelly a crescerli, preparargli la cena, metterli a letto e di tanto in tanto falsificare la firma della madre sui documenti di scuola. Se Shelly diceva che toccava a lei ospitare Dakota, Winnie avrebbe accettato quella sorte senza obiettare; lui era il suo gemello, in fondo, benché aver condiviso lo stesso utero non rendesse più facile la convivenza. Nigel, al contrario, avrebbe obiettato eccome, Winnie lo sapeva. Anzi, lo avrebbe fatto direttamente al cospetto del grande capo, ma il grande capo era un generale alto un metro e mezzo che portava comodi pantaloni chino e un caschetto cortissimo, e al quale non fregava un cazzo di quel che pensavano lui o Winnie. Shelly, la primogenita, signore della famiglia Straub.

Winnie inspirò a fondo, pronta a sciorinare le proprie rimostranze e giustificazioni. Lei non aveva forse sopportato la suocera per anni? La madre di un figlio unico sa essere appiccicosa, specie se ancora sola e in pratica dipendente da tale figlio unico per qualsiasi cosa. Winnie aveva stilato un elenco di tutte le occasioni in cui era stata dura per lei gestire la suocera – patetico, lo sapeva, ma la carta del senso di colpa era il suo unico asso nella manica.

«Credi davvero che sia una buona idea con Samuel in casa? È rimasto parecchio turbato l'ultima volta che Dakota è stato da noi».

Winnie si scoraggiò. La carta Samuel le spazzò via di bocca qualsiasi giustificazione.

Due anni prima, Manda aveva sbattuto fuori il marito perché aveva inviato messaggi sconci a una collega. Quando lei lo aveva affrontato, Dakota per la rabbia aveva scagliato a terra ogni singolo piatto della casa, salvo poi scivolarci sopra e ferirsi con uno dei cocci. Aveva incolpato Manda per la caduta, accusandola di averlo

fatto agitare, infine si era trascinato in ospedale per farsi dare quattro punti sull'avambraccio. Quella volta era finito da Shelly. Winnie ricordava esattamente le parole della sorella: «Be', e allora? Non ci aveva mica fatto sesso...». Poi aveva sistemato l'adorato fratello nella camera degli ospiti.

«Sì, ma Shelly, se lo facesse Mike...», aveva obiettato Winnie.

«Ah! Non oserebbe mai. E comunque...», aveva aggiunto la sorella a labbra strette, «Manda si è proprio lasciata andare».

La volta successiva in cui la moglie l'aveva sbattuto fuori di casa, era stato per una bustina di polvere bianca che gli aveva trovato nel portafogli. In quell'occasione l'avevano ospitato loro – Winnie e Nigel. Tecnicamente sarebbe stato il turno di Chelsea, ma era alle Hawaii con la moglie Mary per il loro decimo anniversario. Dakota si era rintanato nella camera degli ospiti per una settimana, poi una sera, ubriaco e strafatto, si era presentato in salotto in mutande mentre Winnie preparava la cena e Samuel guardava la TV. Sotto gli occhi allibiti del ragazzo, lo zio aveva vomitato sulla PlayStation e poi si era cacato addosso.

Manda aveva sempre litigato con il marito perché – udite, udite – si ubriacava davanti ai figli e si comportava in maniera imprevedibile. Così lui l'aveva fatto davanti al figlio di Winnie, scatenando una lite di proporzioni epiche tra lei e Nigel.

Winnie fece una lunga pausa, poi imprecò. «Merda. Maledizione. Come ho fatto a dimenticarmene? Posso chiedere a mia madre di tenere Samuel per il weekend. Poi domenica rivaluteremo la situazione». Tutte le sorelle si comportavano allo stesso modo con Dakota – lo trattavano come un bambino. Ma lui non era più un bambino e Winnie nutriva il brutto presentimento che stavolta la moglie non l'avrebbe perdonato.

«Forse per allora Dakota e Manda si saranno chiariti... come sempre», aggiunse. Guardò il salvaschermo: una fotografia che la ritraeva insieme a Nigel e Samuel sulla spiaggia durante le vacanze dell'anno prima in Repubblica Dominicana.

«Non si era mai spinto fino a questo punto. Stavolta Manda po-

trebbe non essere più disposta a riprenderselo. Si comporta come uno studentello sbronzo da dieci anni, Winnie».

Lei fece un sospiro profondo. Quando Dakota era piccolo, le sue scenate emotive erano frequenti; Winnie lo ricordava imbronciato e impegnativo. La morte del padre sembrava averlo spinto oltre il limite; aveva navigato nel dolore a pugni stretti e tentato il suicidio a diciassette anni. Ma era arrabbiato da sempre; per quale motivo, Winnie non lo sapeva. Dakota sembrava trovare ogni volta una buona ragione. Al loro decimo compleanno, il fratello era talmente arrabbiato di dover condividere la festa insieme a lei che aveva preso la torta glassata costata alla madre trecento dollari e l'aveva scaraventata in piscina. Winnie lo rivedeva ancora nei bermuda mimetici con il bordino arancione fluorescente, tra le mani la grossa torta rettangolare con la loro fotografia aerografata sulla superficie. Dakota aveva cercato il suo sguardo un attimo prima di scagliare le loro facce sorridenti sul fondo della piscina. Non era stato punito, naturalmente; i loro genitori avevano sminuito l'accaduto con una risata davanti ai loro amici.

Per il loro tredicesimo compleanno, ciascuno dei due aveva ricevuto da parte della zia Shea una boccia di vetro con un pesce combattente. Una settimana dopo Dakota aveva scoperto che il suo pesce se n'era tornato negli oceani del cielo, così era piombato come una furia nella stanza che Winnie divideva con Chelsea e aveva afferrato la boccia della sorella dalla scrivania. Lei aveva provato a fermarlo, ma il fratello la superava già di una spanna e teneva alta la boccia sopra la testa, spruzzandole l'acqua in faccia mentre Winnie cercava di riprendersela. Dopodiché era schizzato verso il bagno e aveva gettato nella tazza il pesce vivo e vegeto di Winnie insieme a quello morto nonostante le grida di protesta della sorella. «Così siamo pari», aveva detto, tirando lo sciacquone. Se n'era pentito subito dopo ed era scoppiato a piangere. Winnie lo aveva perdonato, ovviamente, ma a volte i ricordi che riaffioravano le suscitavano un certo disagio. Se Dakota aveva sempre fatto così

con la sorella gemella, come si comportava adesso con la moglie Manda?

Nigel stava aspettando che lei parlasse. Winnie scacciò quei pensieri. «Lo so, accidenti, lo so. Non si è mai ripreso dalla morte di papà, ma è della famiglia e dobbiamo aiutarlo. Sii paziente con lui. Possiamo fare tutti la nostra parte». Il suo tono ottimista suonava fasullo. Sembrava una cheerleader ubriaca. E Dakota non era semplicemente uno della famiglia, era suo fratello gemello. Implicava un'ulteriore responsabilità.

Dopo quindici anni di matrimonio, Winnie colse l'opinione del marito prima ancora che lui si pronunciasse: Nigel disapprovava. Non credeva che Dakota e Manda si sarebbero chiariti. Non era un problema suo, non era suo fratello e non credeva nel legame tra gemelli. Né tantomeno voleva fare la sua parte. Essere figlio unico aveva i suoi vantaggi, dedusse Winnie con amarezza, e se per lei ospitare Dakota era assolutamente normale, sapeva che per Nigel rappresentava un'estrema violazione della privacy. Suo fratello non mostrava il rispetto dell'ospite gradito: era un maiale. Lasciava i piatti sporchi per tutta la casa, resti di burrito congelato in grumi rossi rappresi, lattine di birra vuote impilate sui mobili – senza contare i fazzoletti. Oddio, quanto piangeva ogni volta che si fermava a casa loro. Nigel li chiamava fiocchi di moccio: piccoli batuffoli bianchi induriti che sembravano addobbi di Natale sparsi per la casa. Poi c'era la faccenda dell'alcol, sfociata in quella scena terribile di fronte a Samuel.

«Be', lo troverai lì quando torni a casa», disse Winnie. «È passato di qui per le chiavi. Può sistemarsi nella camera azzurra».

«A-ha».

«Sei arrabbiato? Sembri arrabbiato».

«Lo sono infatti», confermò lui. «Ma non fa alcuna differenza perché tanto lo hai già accolto senza neanche parlarmene».

Winnie non disse nulla.

«Se osa anche solo guardarmi storto, Winnie...».

«Lo so, lo so», tagliò corto lei. Espirò con un soffio. Immaginava

il mento contratto del marito, gli occhi stretti a fessura, la lingua premuta contro gli incisivi. «L'ho avvertito», precisò. «Ti giuro che andrà tutto bene. Sta vivendo un incubo, ma farà il bravo».

Quando Winnie rincasò trenta minuti dopo, trovò Dakota inginocchiato a installare il campanello che Nigel stentava a riparare da settimane. Era un'offerta di pace. Lo osservò per qualche secondo, terrorizzata dalla lunga notte che la attendeva; Nigel le avrebbe servito una bella fetta di senso di colpa e Samuel si sarebbe rinchiuso nel suo malumore. L'apprensione per il figlio la stava già consumando e quella situazione avrebbe solo peggiorato le cose. Perché avesse acconsentito, Winnie non ne aveva idea. Anzi, ce l'aveva eccome: sua sorella era una prepotente e lei era facilmente manipolabile, come un cane affamato. Dakota aveva acceso la musica per lavorare, un brano country strappalacrime. Winnie lo sentì canticchiare tra sé e le si intenerì il cuore. Vedeva ancora suo fratello come un bambino.

«Ehi, ciao». Dakota sobbalzò al suono della sua voce. Indossava ancora l'uniforme da lavoro – Nigel diceva che nella divisa da corriere sembrava una patata al forno. Lui si alzò, rammentandole subito quanto fosse alto. Somigliava al padre, un marcantonio di un metro e novantacinque. Winnie dovette piegare il capo all'indietro per guardarlo in faccia e lo vide contrito. Lui disse con occhi arrossati, senza incrociare i suoi: «Apprezzo molto la vostra ospitalità. Manda…».

Al solo pronunciare il nome della moglie, quel bestione alto un metro e novantacinque scoppiò a piangere. E in quel preciso istante Nigel imboccò il vialetto di casa con l'auto.

Winnie fece accomodare il fratello nel tinello e Nigel preparò il tè per tutti. Sua madre lo faceva sempre quando qualcuno era turbato. Winnie osservò il marito distribuire le bustine del tè e le zollette di zucchero, poi versare qualche goccia di whisky nella propria tazza e in quella della moglie, evitando palesemente quella di Dakota. Si morse la lingua, ma si guardò bene dal rimproverare

Nigel per l'alcol, specie dopo avergli imposto la presenza del fratello. Lei stessa aveva bisogno di qualcosa di forte. Dakota accettò la tazza con gratitudine.

Winnie risucchiò il liquido caldo tra i denti, scrutando il gemello oltre il bordo della tazza. Le sorelle ne decantavano ancora il fascino, mentre lei cominciava a intravedere un uomo molto più trasandato. Negli anni della scuola superiore e del college Dakota sfoggiava gli addominali a tartaruga, e pur abitando in uno Stato freddo e piovoso, aveva trascorso gran parte della giovinezza a petto nudo per mostrarli a tutti. Seduta accanto a lui in quel momento, Winnie si rese conto che stava perdendo i capelli e il naso gli stava diventando bitorzoluto come quello di un alcolizzato di lunga data.

«Dovresti farti una doccia, vecchio mio, e la barba. Ti sentirai meglio». Nigel scrutava Dakota con molto meno tatto della moglie. Winnie stava per lanciargli un'occhiataccia per avvertirlo di aver superato il limite, ma Dakota annuì con aria grave.

«Oggi ho perso il lavoro».

La tazza di Nigel atterrò sul tavolo con un tonfo secco. Winnie serrò forte gli occhi. "No, no, no".

«Perché?». Non riuscì ad articolare altro che quell'unica parola strozzata.

«Ho fatto a pugni con uno».

Nigel si protese in avanti, esterrefatto. «Che cosa? Hai fatto a pugni con uno? Al lavoro?».

Dakota annuì. «Se l'è cercata», disse con aria molto seria. Winnie vide il marito serrare il pugno. "Oh cielo, ci siamo", pensò.

«Mi prendi in giro, Dakota? Il tuo matrimonio è appeso a un filo, ti sei giocato la rata del mutuo e ora ti fai licenziare perché ti andava di fare il pugile al lavoro?». Era stata lei a parlare, mentre il marito e il fratello la guardavano stralunati. Anche Winnie sapeva fare la cattiva.

Dakota ricominciò a piangere, ciondolando il testone sulla tazza

quasi vuota. La sorella notò la cicatrice sul naso, risaliva a quando aveva fatto a botte con Nicholas Bowcamp in seconda superiore. La rissa era scoppiata per un commento del compagno su loro padre, deceduto da poco. Dakota gli aveva dato uno spintone e l'altro aveva risposto con un destro, rompendogli il naso. Winnie ricordava di aver assistito all'intera scena dalle scale davanti alla scuola, con il cuore in gola, mentre il fratello gemello pestava Nicholas Bowcamp sul marciapiede. Se accadesse oggi, circolerebbero in rete decine di video, ma il massimo per quei tempi era starsene a guardare facendo il tifo. Tecnicamente i due ragazzi si trovavano fuori dai confini scolastici. Nicholas Bowcamp era finito in ospedale per due giorni con una commozione cerebrale. «Ha appena perso il padre», aveva spiegato la madre al poliziotto venuto a casa loro. «Di solito non si comporta così». I Bowcamp, cattolici devoti, si erano consultati con il loro parroco e avevano deciso di non sporgere denuncia a patto che Dakota andasse dallo psicologo. La terapia era parsa funzionare per un periodo, Dakota frequentava un gruppo giovanile presso una chiesa aconfessionale e aveva preso parte a una missione in Messico. Per tutta l'estate aveva declamato versetti della Bibbia e prestato volontariato al locale rifugio per animali. Winnie ricordava che in quel periodo il fratello puzzava sempre di cane bagnato. Era andato tutto a meraviglia fino all'anno del diploma, quando dal giorno alla notte Dakota si era trasformato, si era scrollato di dosso la religiosità rimpiazzandola con una profonda malinconia. Aveva cominciato a fumare e si era fatto sospendere due volte in un trimestre per rissa.

Winnie stava per consolarlo quando sentì aprire la porta d'ingresso. Qualche secondo dopo, Samuel entrò salterellando in cucina, il pallone da calcio sottobraccio. Aveva lo sguardo da «leone affamato», come lo definiva lei. Puntò dritto al frigorifero, degnando a malapena di uno sguardo il tavolino al quale sedevano il padre e lo zio.

«Samuel», lo chiamò Nigel. «Di' ciao allo zio».

Il ragazzo si voltò di soprassalto, una bottiglia di Gatorade sulle labbra. «Ciao zio», ripeté a pappagallo. «Ma stai piangendo?».

Dakota scoppiò in un nuovo fiume di lacrime, singhiozzando contro la mano. Samuel guardò il padre allibito, poi lasciò la stanza in silenzio, senza nemmeno un cenno a Winnie.

«Sparisci in camera tua, Dakota», ordinò Nigel con fermezza. «E frigna sotto la doccia, cazzo».

Nel tentativo di farsi perdonare, quella sera Winnie portò Samuel fuori a cena, anche se era tardi, loro due soli. Nigel aveva preferito rimanere a casa per tenere d'occhio Dakota, ma lei sapeva che in realtà ambiva solo alla sua bottiglia di Jack Daniel's per affogare la rabbia. Winnie ne aveva piena consapevolezza, ma non voleva affrontarla. Attraversarono il parco, diretti verso la serie di ristoranti con il marchio "Vegan Friendly" in vetrina.

Samuel era rimasto in silenzio per buona parte del tragitto, calciando sassolini solitari e sospirando profondamente ogni volta che lei apriva bocca.

«Di cosa hai voglia?», chiese Winnie con voce squillante, fingendosi allegra. Se il figlio non avesse indicato Quarter Deck in quel preciso momento, sarebbe scoppiata a piangere. Okay, perfetto, era già qualcosa; quantomeno esprimeva le sue preferenze. Lo seguì al bancone dove lui chiese educatamente un tavolo per due. I pensieri spigolosi di poco prima svanirono all'istante. Sam era un bravo ragazzo; faceva sempre la cosa giusta, nonostante il broncio. E in tutta onestà, quale teenager non lo metteva? Winnie si sentì meglio quando si sedettero a tavola, l'acqua e i menu di fronte a loro. Vide una donna insieme a un ragazzo di qualche anno più grande di Samuel avventarsi sui rispettivi piatti. Chiacchieravano animatamente, lui gesticolava sopra la testa mentre lei lo fissava a bocca aperta. La donna era del genere bohémien. Mentre Winnie la osservava, si portò l'hamburger alla bocca con le dita adorne di anelli di turchese. Dopo il primo morso i due si scambiarono i panini, annuirono d'approvazio-

ne, poi ognuno riprese il proprio. Winnie si girò verso Samuel. «Allora, ti va di dividere un'insalata e del formaggio alla griglia? Scegli tu quale».

«Non ho voglia di insalata».

«Okay... allora che ne dici di un piatto di quinoa?».

Samuel si scrocchiò le nocche, gli occhi fissi alla TV sopra il bar.

«Ehi! Parlo con te». Lo vide irrigidirsi; sembrava un bambino pronto alla fuga. Winnie notò un paio di teste girate verso di loro; forse la frase le era uscita male. Sfoderò un sorriso di scuse. "Dietrofront, dietrofront, dietrofront...".

«Io ho fame. Voglio ordinare!», disse in tono più allegro. Gli avvicinò il menu, consapevole che la coppia madre-figlio lì accanto adesso stava osservando loro.

Samuel la scrutò tra le ciglia per un minuto buono prima di mostrarsi disposto ad accettare le scuse.

«Pensavo di prendermi un hamburger», rispose senza guardarla, ma Winnie si rallegrò comunque. Sulle sue labbra comparve un accenno di sorriso. Anche Sam aveva notato la coppia madre-figlio accanto a loro; Winnie aveva visto come li guardava. L'hamburger era un'ottima scelta.

«Buona idea», rispose con gli occhi al menu. «Ne prendo uno anch'io». Quando la cameriera si avvicinò, Winnie ordinò due hamburger "Impossible" con le patatine fritte. Diede un'occhiata malinconica alle insalate, poi richiuse il menu con uno scatto che le fece svolazzare i capelli attorno al viso. Ecco cosa significava essere genitore: fare sacrifici. Si sarebbe mangiata quella carne rossa inta pur di creare un legame con suo figlio.

Le patatine le graffiavano il palato. Winnie strizzava gli occhi solo quando Samuel era girato. Detestava farsi giudicare da un tredicenne. Lui le mangiava come fossero soffici bastoncini di formaggio; Winnie ne osservava ammirata i contorni aguzzi che si piegavano come carta tra i denti del figlio. Si sentiva una vittima, la sua bocca era troppo tenera. Passò all'hamburger vegetariano. Samuel non lo aveva neppure toccato; era troppo impegnato a di-

vorare quelle spietate patatine. Winnie si sforzò di non dire nulla; addentò invece il panino con entusiasmo.

«Prova l'hamburger. È delizioso».

«Non credo si possa definire delizioso qualcosa che si finge qualcos'altro».

Winnie posò il panino, confusa. Si tamponò il ketchup agli angoli della bocca. «Di che stai parlando? Credevo volessi un hamburger».

Sam alzò lo sguardo, il mento arretrato in posa di sfida. Le ricordava un toro.

«Io volevo un hamburger vero».

«Samuel!», esclamò Winnie esasperata. «Suvvia. Non essere ridicolo. Ne hai mangiati a centinaia».

«E non mi sono mai piaciuti».

Winnie posò l'hamburger sul piatto e lo fissò. «Allora non li mangerai più?»

«No», rispose lui. «D'ora in poi mangerò carne perché io non sono vegetariano».

Il cibo che Winnie aveva ingerito le si rivoltò nello stomaco. Ebbe un moto di nausea. Per tredici anni aveva cresciuto quel ragazzino come riteneva fosse meglio e adesso lui rigettava il loro stile di vita come niente fosse, come non significasse nulla.

«Ne parliamo dopo. Se non hai fame non importa, ma tuo padre…».

«Io ho fame. Ho finito tutte le patatine e ho ancora fame».

Winnie sapeva che se gli avesse risposto di mangiare l'hamburger vegetariano la discussione non avrebbe avuto fine rovinando quel che restava della serata.

Ora Samuel stava scorrendo il dito sul display del cellulare e Winnie vide che leggeva un articolo del «Seattle Times» sui senzatetto.

«Vuoi un dolce?», gli chiese, spostando l'hamburger da una parte. Per tutta risposta il figlio inarcò un sopracciglio perplesso, quasi si sentisse preso in giro. Winnie alzò un dito per chiamare la cameriera, senza distogliere lo sguardo dalla faccia di Samuel.

«Ti va di prendere una porzione di tutti i dessert del menu e ce li dividiamo?», propose. Lui fece una smorfia incredula. «Basta che non contengano carne».

Samuel abbozzò un sorriso. "Tregua!", pensò Winnie.

«Non volete dare un'occhiata al menu?», chiese la cameriera. Il sorriso di Winnie vacillò per un breve istante. Quella cretina non l'aveva sentita, forse? Stava cercando di fare la super mamma. «Ne prendiamo uno per tipo», ribatté piccata. La ragazza annuì e si allontanò. La sua espressione sembrava dire: «I soldi sono tuoi, acida stronza».

«Che stai leggendo?», domandò Winnie.

«Niente. Una roba per scuola». Richiuse subito il browser del cellulare e lo posò a faccia in giù sul tavolo.

«Sai, un tempo mi occupavo dei senzatetto, per lavoro, prima che tu nascessi». Si aspettava che il figlio la ignorasse o – reazione che tollerava ancora meno – alzasse gli occhi al soffitto, invece lui la fissò con interesse.

«A che titolo?».

"A che titolo!". A Winnie per poco non sfuggì una risatina, ma sapeva che Samuel si sarebbe offeso. Lei alla sua età non usava certo espressioni simili. D'altronde era avvezza al ricco vocabolario del figlio. Mantenne un'espressione neutra.

«Be', seguivo casi di persone con problemi mentali. Alcune di loro erano… insomma, senza dimora».

«Sul serio? Che età avevano?».

Adesso che aveva catturato la sua attenzione, Winnie non intendeva lasciarsela sfuggire. Scrollò le spalle con finta disinvoltura. «Tutte le età, alcune giovani come te, fino all'età della nonna».

«Perché non avevano una casa?».

Winnie rovistò nella mente in cerca di una risposta adatta, che destasse il suo interesse.

«C'era questo ragazzo, si chiamava Adam. Era arrivato a Seattle a ventiquattro anni, dopo essere uscito di prigione. Aveva picchiato un tizio, ecco perché era finito dentro», raccontò, cogliendo

lo sguardo interrogativo di Samuel. «Studiava ingegneria, prima della rissa e del carcere. Una volta fuori, però, la madre lo aveva ripudiato e non aveva nessun parente in zona».

«Quindi non aveva un posto in cui vivere», concluse Samuel.

«Esatto. Venne a Seattle perché aveva sentito dire che qui c'era lavoro, ma non ebbe fortuna e si ritrovò a vivere per strada». Seguì una lunga pausa durante la quale Winnie pensò che il figlio ne avesse abbastanza dell'argomento, invece lui poggiò i gomiti ossuti sul tavolo e affondò il mento tra le mani. «Aveva un disturbo mentale?»

«Non sono cose che ti riguardano», rispose Winnie risoluta. Si accorse che tornare a calarsi nei panni della madre le era costato l'attenzione di Samuel, che guardava già altrove. Provò un immediato rimorso. Avrebbe dovuto raccontargli che Adam soffriva di schizofrenia ed era sparito il giorno del suo ventiseiesimo compleanno? La polizia non si era neppure presa la briga di cercare un senzatetto, si era limitata a stilare un rapporto per Winnie e augurarle una buona giornata.

«Fanno una vita molto dura, Samuel», spiegò con dolcezza. «Discutere della loro storia clinica è del tutto inappropriato». L'occhiata del figlio la fece sentire stupida.

«È successo almeno quindici anni fa», obiettò Samuel. «Ma fa' come vuoi».

«Tredici», lo corresse Winnie risentita. «Non invecchiarmi». Samuel alzò gli occhi per scrutarle il viso e parve rilassarsi per la battuta. Sotto la camicia lei stava sudando. Non si era resa conto di quanto sarebbe stata dura essere genitore. La gente, chissà perché, ne metteva in luce solo gli aspetti piacevoli: le graziose guanciotte paffute e i calzini minuscoli, non i capricci terribili e gli infiniti lecca-lecca per convincere i figli con l'inganno a farseli infilare. Winnie cercò di rilassarsi, addolcendo il tono della voce. «Hai ragione. Adam soffriva di disturbi mentali. Oltre che di stress post-traumatico per via di un incidente accaduto in prigione...». Non raccontò a Samuel quanto violento fosse stato l'*incidente* in

questione. «Aveva anche un disturbo della personalità e un mucchio di altri problemi».

«Perché hai smesso di lavorarci?»

«Ho avuto te, sciocchino. Volevo fare la mamma».

«Non potevi fare entrambe le cose?». Il suo tono sembrava quasi accusatorio. Winnie si sforzò di scacciare quella sensazione. Stava proiettando le proprie emozioni sul figlio.

«Io… be', non volevo. Ricordi quel racconto della Bibbia che hai studiato a lezione di religione qualche anno fa? Quello di Anna?»

«Sì, quella che implora Dio di concederle un figlio perché è infeconda mentre l'altra moglie di suo marito gli sta dando una sfilza di bambini».

"Infeconda", pensò Winnie. "Che parolona". «Sì, quella. Mi sentivo un po' come Anna, credo. Desideravo un figlio da così tanto tempo, pregavo di averne uno, e poi sei arrivato tu». Si irritò per quella risposta semplicistica, come se le cose fossero sempre così facili; ma Samuel parve accontentarsi.

«Potresti ricominciare», suggerì il figlio.

Winnie accennò un mezzo sorriso. Detestava parlare di Illuminations. Non sentiva nessuna nostalgia ripensando al vecchio posto di lavoro. Aveva provato un gran sollievo quando si era licenziata, e non solo per quello che era successo. I consulenti dei centri di salute mentale erano oberati di lavoro e sottopagati. Il pensiero di seguire il suggerimento di Samuel le faceva solo venire il vomito. Le tornò in mente l'incontro con uno dei vecchi colleghi, Dan Repper, poco dopo essersi licenziata. Stava curiosando tra le bancarelle del mercato contadino quando con la coda dell'occhio lo aveva visto avvicinarsi. Si era affrettata a concludere l'acquisto dei frutti di bosco, ficcando venti dollari in mano al venditore, proprio mentre la voce nasale di Dan la chiamava.

Winnie si era sistemata la cassetta di mirtilli sul fianco e avevano cominciato a parlare, e prima di concludere la conversazione

l'aveva spostata dal fianco destro al sinistro almeno una decina di volte. Dan le aveva raccontato di essersi sobbarcato metà dei suoi casi da quando se n'era andata, dividendoli con Dee, perché Illuminations era a corto di personale. Sembrava un'accusa e Winnie gli aveva subito porto le sue scuse; gliele avrebbe addirittura cantate pur di districarsi da quella situazione. Ma Dan non aveva ancora finito.

«C'è una donna che continua a venire in ufficio e chiedere di te. Dice che eri la sua tutor ma non vuole dirci come si chiama».

«Che cosa vuole?», aveva chiesto Winnie cercando di mantenere un tono neutro, mentre sorrideva a un golden retriever che si era fermato ad annusare la cassetta di frutta appoggiata sul suo fianco.

«Il tuo indirizzo di casa». Le parole di Dan avevano conficcato i loro artigli gelidi nel suo cervello. Winnie era rimasta così scossa che aveva temuto di mettersi a tremare nonostante il caldo di metà agosto, e che lui se ne accorgesse.

«Comunque, Beula la segretaria... Ti ricordi di Beula?». Dan non aveva atteso la sua risposta. «Le ha detto che non è consentito per alcun motivo fornire gli indirizzi privati dei collaboratori. Lei ha replicato che ti avrebbe trovata da sola e se n'è andata».

Winnie si diede una scossa mentale prima di rispondere a Samuel. «Ho già un lavoro, sciocchino: faccio la mamma».

Lui si strinse nelle spalle. «Sarebbe fico aiutare le persone».

«Be', le aiuto anche adesso», si affrettò a rispondere Winnie. «Solo in maniera diversa». Detestava il tono difensivo della propria voce, e detestava che l'avesse notato anche Samuel.

«Tranquilla, mamma, ho capito. Adesso organizzi feste, no? Per raccogliere soldi per i senzatetto».

«Be', non proprio», obiettò Winnie piccata. «A volte aiuto a organizzare gli eventi di beneficenza, ma ora coordino le persone che... si occupano delle persone. Se capisci cosa intendo».

La cameriera posò sul tavolo cinque piatti in rapida successione e, di fronte all'imminente scorpacciata di zuccheri, Samuel smise

di fare domande. Era ancora un bambino e Winnie poteva controllare certe situazioni, ma quanto tempo sarebbe passato prima che cominciasse a chiedersi perché il padre non guardasse mai la moglie negli occhi?

6
Juno

Per un breve orribile anno, Juno e Kregger avevano vissuto in Alaska. Erano gli anni Settanta e per tutto il decennio in America il desiderio era stato il piatto fisso del menu. Juno e Kregger bramavano l'avventura, sbavavano per i viaggi. Avevano venduto tutto quello che possedevano nel loro mini appartamento, regalato pappagalli e cactus agli amici, e si erano comprati due biglietti di sola andata per Anchorage. Il selvaggio West chiamava ed erano abbastanza giovani da avere ancora voglia di giocare. Ripensando al freddo e alla solitudine provati quell'anno, Juno rabbrividiva. Ma all'epoca, quando nel mitico 1977 erano atterrati nello sparuto aeroporto locale, il Trans-Alaska Pipeline era appena stato completato e il petrolio scorreva a fiumi. Kregger progettava di lavorare nel settore e Juno di trovarsi un lavoro qualsiasi. Stava preparando la tesi e Anchorage le era parso il luogo adatto per rimboccarsi le maniche e portarla a termine. Così, mentre Kregger sgobbava per ore, Juno raggrinziva nell'inverno alascano come un cazzo per il freddo. Non era affatto come se l'era immaginato; Anchorage era un buco fangoso pieno di bische, covi di spacciatori e passeggiatrici, come le chiamava sua nonna. Metà selvaggio e metà civilizzato. A tarda notte, gli uomini sparavano contro il cielo per sfogarsi. Le notti in cui Kregger non c'era, Juno aveva una tale paura che si chiudeva nell'armadio con un cuscino e una coperta e dormiva sul fondo, accarezzata dagli orli dei loro vestiti. D'estate le cose erano migliorate un po'. Poteva fare due passi in centro senza il timore che le si ghiacciasse il naso e aveva trovato un lavoro part-time da Piggly-Wiggly.

Il piccolo supermercato fatiscente si trovava in Spenard Road, che pullulava di centri massaggi, tutti in fila uno dietro l'altro come anatroccoli. Juno sospettava che Kregger vi bazzicasse di tanto in tanto, ma non chiedeva mai e preferiva non sapere. A parte farsi fare pompini, in quel posto c'era ben poco con cui divertirsi. Piccoli e squallidi bar, librerie per adulti e luoghi di culto condividevano tutti la stessa via come avrebbe gradito Gesù. C'era anche un cinema drive-in, avevano scoperto con entusiasmo. Quell'anno ci erano stati due volte: la prima in inverno, con i gas di scarico delle auto che si levavano verso l'alto al punto da rendere impossibile distinguere la faccia degli attori sullo schermo. C'erano tornati in estate, quando le giornate erano infinite e la notte non scendeva mai del tutto, e si erano accorti di non vedere un tubo sullo schermo per la troppa luce. Quella volta avevano riso per tutto il tragitto fino a casa.

Spesso i ricordi riaffioravano accompagnati da un intenso miscuglio di repulsione e nostalgia. Il Fancy Moose di venerdì sera e il Club Paris nelle occasioni speciali, lei sdraiata da sola per giorni su un divano marrone consunto mentre la neve ricopriva la scatoletta di latta che chiamavano casa. Juno aveva implorato Kregger di riportarla indietro, alla civiltà e alle catene di fast food. A casa, nell'eccitante squallore rovente del Nuovo Messico. Avevano tenuto duro per un anno – normale procedura, come la definiva lui. L'ultima volta che Juno si era sentita davvero claustrofobica era stato a Anchorage, in Alaska, tra il 1977 e il 1978.

Fino a quel momento.

Il fratello in casa era una brutta cosa – brutta per tutti, ma soprattutto per Juno, che aveva preso l'abitudine di nascondersi. Lui non le piaceva; su quel punto era d'accordo con Nigel. Tanto per cominciare, non usciva mai di casa, se ne stava rintanato nel salotto di famiglia o di sotto nello studio di Nigel fino a tardi, tenendola sveglia con le sue risate da ubriaco. Al mattino fingeva di uscire con la scusa di «battere le strade in cerca di lavoro», ma in realtà sgattaiolava indietro subito dopo che la famiglia se n'era andata.

Da quando c'era Dakota, avevano cominciato a tenere spento l'allarme durante il giorno, una briga in meno per lei se voleva andare e venire, pensò Juno.

Adesso Dakota piangeva solo dopo le telefonate alla moglie. E con tutte quelle lacrime, Juno era pronta a scommettere che Manda non se lo sarebbe mai ripreso. Una volta l'aveva visto collassare sul divano, una dozzina di liquori mignon sparsi sul telecomando come coriandoli. Quando Nigel era rientrato, lui doveva averli fatti sparire perché Juno non aveva sentito nessuna esplosione di grida. Dakota stava approfittando della loro magnanimità senza fare il minimo sforzo per cercarsi un lavoro, nonostante ciò che raccontava alla sorella e al cognato. E Juno si ritrovò di nuovo claustrofobica, con un desiderio disperato di uscire e respirare aria fresca. Il fratello era un marcantonio ma era stupido. Un imponente, gigantesco fesso. Winnie cinguettava quando chiacchierava con lui, Nigel al contrario doveva mordersi la lingua e parlare a denti stretti. Sam evitava lo zio del tutto. Stando a quanto aveva ricostruito Juno, un paio di anni prima era scoppiato il finimondo, prima che lei si trasferisse a casa loro. Sam aveva assistito a tutta la scena. Nigel si era beccato le critiche di tutta la famiglia Straub, perché all'epoca Dakota era ospite in casa sua, benché sgradito anche allora, e Winnie si era schierata dalla loro parte e se n'era andata dalla sorella per una settimana portandosi dietro anche Sam.

Per Juno erano cose da pazzi: perché sposare un uomo e poi rimanere fedele alla famiglia che hai lasciato per stare con lui? A suo avviso, ci si sposava per formare una nuova famiglia con la persona che ci si era scelti: lascerai tuo padre e tua madre. Si doveva lottare fianco a fianco, lavorare in squadra. E quando la famiglia allargata tentava di intromettersi, come accadeva sempre, bisognava mandarla a quel maledetto paese. A ogni modo, Juno era costretta a condividere la casa con il buffone di corte e la cosa non le piaceva affatto.

Se ne stava sdraiata a mangiare cracker stantii con la testa infilata nella sua coperta preferita quando avvertì un familiare risucchio

d'aria seguito dal tonfo della porta d'ingresso che si richiudeva. Si mise a sedere in attesa di altri rumori, ma nulla. Bene, era uscito. Forse era la volta buona che si trovasse un lavoro. Prima di tutto, pensò Juno raccogliendo i capelli a crocchia, doveva fare pipì.

Dopo essersi alleggerita, passò al lavandino e si strofinò i denti con vigore per diversi minuti. Ricordava ancora i tempi in cui era caduta in depressione, e passava giorni e giorni senza lavarsi o mangiare alcunché. Aveva perso più di quaranta chili e non li aveva più recuperati. Se solo Kregger l'avesse vista in quel momento, così snella e flessuosa. A Juno sfuggì una risatina, scrutando il proprio corpo allo specchio. A Kregger non erano mai piaciute le donne magre; come minimo le avrebbe detto di mangiarsi un panetto di burro.

Fu quando si guardò in faccia che le si mozzò la risata in gola. C'era tutto quanto: naso, occhi, mento, bocca – ma la pelle pendeva in maniera tutt'altro che familiare. Juno si pentì di essersi specchiata, riusciva sempre a evitarlo; com'era successo stavolta? Mentre si dirigeva a capo chino verso la cucina, giurò a sé stessa che non l'avrebbe fatto mai più.

Perlomeno Dakota aveva riempito il frigorifero di pane e affettati, così Juno si preparò un sandwich gigante. Si azzardò persino a finire l'ultimo sottaceto del barattolo, lasciandolo cadere sul piatto con un deciso, umido *plop*; poi svuotò la salamoia nello scarico, sistemò il barattolo nella raccolta differenziata e si sedette nel tinello a consumare il proprio pranzo. L'affettato unto e dolciastro le si incollò al palato insieme al pane spugnoso. Juno bevve una lunga sorsata di Dr Pepper, gustandosi il panino a spese di Dakota, anche se ben presto ne avrebbero pagate le spese Nigel e Winnie. Juno provava pena per Nigel per la storia del cognato.

Per tutta la durata del pranzo, si scrutò una pellicina solitaria sul pollice. Ora della manicure, pensò ripulendo la cucina dopo mangiato. Aveva visto un tagliaunghie da qualche parte, ma sapeva come andava sempre a finire: le cose non si trovavano mai al momento del bisogno. Così partì a caccia del tagliaunghie.

Entrò in camera di Winnie e Nigel. Il ventilatore di vimini ruotava silenzioso sopra il letto, rimescolando gli odori della stanza. Juno fu tentata di spegnerlo, ma se ne guardò bene. Avanzò invece verso il comodino in punta di piedi. Avrebbe cominciato da lì. Aprì il primo cassetto. Era di un ordine insopportabile: tre boccette di profumo basse perfettamente allineate. Accanto, un diario di preghiere per donne, un tubetto di burrocacao, tre taccuini immacolati con la copertina floreale e un assorbente interno. Nessun tagliaunghie.

Il cassetto successivo aveva più o meno lo stesso contenuto, le cianfrusaglie ben organizzate di una donna poco interessante: una scatola di cioccolatini, due penne dall'aria costosa, altri taccuini floreali, stavolta con la grafia di Winnie all'interno. Juno si appoggiò lieve sul bordo del letto e girò la copertina del primo. Era una sorta di diario personale? Strizzò gli occhi davanti alla scrittura spigolosa di Winnie, sforzandosi di decifrarla. Erano… pensieri. Con la data, uno per pagina. Che non si trattasse di un vero e proprio diario la fece sentire meno in colpa nel leggerlo. Placata la coscienza, osservò la prima annotazione. Diceva: «Giorno dopo giorno, mi consuma. Sono stanca, ma non abbastanza da togliermi la vita».

Juno corrugò la fronte. Aveva letto bene? Miss Perfettina Winnie Crouch aveva giorni in cui avrebbe preferito non vivere più?

Voltò pagina, pensando di aver aperto il taccuino su una giornata no – ogni tanto capitavano anche a quelle come Winnie, suppose, ma l'annotazione successiva era simile: "Ho strappato le pagine del mio libro preferito, una per una…".

Juno rimase a dir poco scioccata. Winnie non era una ragazza da tenebre e depressione; era abbonata a «Harper's Bazaar», «Esquire», «Food&Family» e «Marie Claire», era il tipo di persona che si riteneva un'artista perché aveva un profilo Instagram bello e curato. Non per farsi beffe di lei, ma era un dato di fatto: Winnie non si abbeverava alla fonte della profondità. O almeno così Juno credeva, fino a quel momento. Chiuse il taccuino di

scatto e lo ripose dove l'aveva trovato. Le serviva assolutamente il tagliaunghie.

Controllò nel comodino di Nigel e nei cassetti del bagno. I Crouch avevano una scorta infinita di fiammiferi; Juno ne intascò diverse scatole e aprì un altro cassetto, dove trovò una confezione sigillata di lucine LED touch. Le esaminò per qualche minuto. Winnie probabilmente si era dimenticata della loro esistenza. Juno infilò il pacchetto nell'elastico dei pantaloni, poi andò a cercare il tagliaunghie nella stanza di Sam.

Non le piaceva ficcare il naso in camera sua e non lo faceva spesso, perché lui era la persona che più le piaceva in quella casa. Talvolta, quando le avanzava tempo, Juno vi si avventurava per vedere cosa stesse leggendo o a quale progetto stesse lavorando. Senza accendere la luce, seguì con lo sguardo il contorno dei mobili. Trovò ogni cosa in ordine e al suo posto. Nessun frammento di metallo sparso sulla scrivania.

In genere ne rimanevano dei pezzetti minuscoli in giro per la stanza quando Sam costruiva modellini di aeroplani o assemblava un piccolo T-Rex di legno fatto di componenti così minute che Juno riusciva a stento a raccoglierle da terra con le dita. Quel giorno, tuttavia, c'era qualcosa di strano. Guardandosi attorno, Juno notò l'assenza dei soliti animali di peluche che il ragazzo teneva sul letto. Erano spariti anche i poster dei supereroi, le pareti pitturate di fresco di un colore blu scuro a rimpiazzare la carta da parati azzurra. Juno sbuffò di disapprovazione. Era cresciuto di colpo nel giro di una notte.

Ripensò alla loro conversazione nel parco, e il tagliaunghie finì nel dimenticatoio. Si ritrovò a sfiorare il mouse del computer di Sam e lo schermo prese vita. Avendo cresciuto due figli maschi, Juno sapeva che genere di cose cercassero in rete; per quella ragione ignorò il browser di internet aperto e rivolse lo sguardo oltre, al desktop. Samuel stava lavorando a qualcosa: sembrava il back-end di un sito web. Sam-Side.

Juno sprofondò sulla sedia, senza staccare gli occhi dallo scher-

mo. L'aveva progettato da solo? Lei aveva dovuto pagare qualcuno per fare la stessa cosa per la sua attività, quando internet aveva preso piede. Kregger l'aveva tranquillizzata vedendola spaventata da pulsanti e monitor – e anche in seguito, quando i pulsanti erano spariti lasciando solo i monitor. In confronto a quello, il suo era un sito amatoriale e le era costato lo sproposito di milleduecento dollari nei primi anni 2000. Eppure eccolo lì, un tredicenne alle prese con il suo primo sito web. Adesso li progettavano diversamente, e Juno immaginò che Sam fosse stufo di costruire giocattoli – quantomeno quelli pensati per i bambini. Tentò di comprendere quello che leggeva sullo schermo. Era un blog. C'erano diversi titoli nella colonna chiamata BOZZE, tutti ancora da pubblicare.

«Ti sei dato da fare», Juno si sentì dire a voce alta. Ficcare il naso era sbagliato, ma che male c'era a dare solo una sbirciatina? Non era certo la prima estranea che passava per strada. Un tempo era stata una vera e propria psicologa, santiddio. Provò un'ondata di eccitazione che non c'entrava nulla con la vecchia professione. Era una sensazione familiare; Juno aveva passato trent'anni a scavare e arare nel cervello della gente – ad apprenderne i segreti e ascoltare i desideri più orribili dei loro cuori. Pur essendo ormai in pensione, la sua brama di sapere non l'aveva mai abbandonata.

La prima bozza sulla quale cliccò si intitolava: *Sicuro che mi hanno adottato.*

Sam le aveva detto la stessa cosa al parco e lei aveva risposto con leggerezza. Anche in un contesto clinico, vi avrebbe dato poco peso; gli adolescenti attraversavano una fase nella quale si sentivano sconnessi da tutto, anche dalle persone che più li amavano. Juno la paragonava a quella del leoncino che impara a ruggire, attacca briga, si sente insicuro ma scatta per un nonnulla.

Quel particolare post, tuttavia, non andava oltre la prima frase. Sam, nuovo alla lingua degli adulti, aveva descritto i propri senti-

menti in un balbettante tilt emotivo: "I lupi lo sentono se vengono allevati dagli orsi".

Juno rimase a fissare quelle parole. Le rimescolò nella testa, dove si amalgamarono alle frasi criptiche di Samuel nel parco e alle parole del diario di Winnie: "Giorno dopo giorno, mi consuma".

7
Winnie

La cena era una tradizione. L'anno prima era stata da Don e Malay, quello precedente dai Parkland e stavolta era il turno dei Crouch. Il lunedì sera Vicky Parkland telefonò per la conferma mentre Winnie stava rincasando dal lavoro.

«Il Ringraziamici. Non te ne sarai dimenticata, vero? O sì?»

«Certo che no», rispose Winnie senza indugio. «Sai bene con chi parli».

Se n'era dimenticata.

«Già, tu vivi per le feste», concordò Vicky. «Solo che non ho più saputo niente, così...».

Winnie alzò gli occhi al cielo. Vicky la stava chiamando per Dakota. Stavolta al centro del gossip c'era lei.

«Sono stati giorni... È stato un po' un dramma...».

Sentì che Vicky entrava in camera da letto e chiudeva la porta. Mack doveva essere a casa, pensò. Vicky non spettegolava mai davanti a Mack, che lo riteneva volgare. Anche Winnie si chiuse in camera da letto; Nigel non era ancora tornato. Adorava il profumo di quella stanza: un miscuglio di cera per il legno, fiori d'arancio, di lei e Nigel. Tuttavia in quel momento, entrando, percepì un odore diverso – un odore che non era abituata a sentire in camera sua. Indugiò sulla soglia, guardandosi attorno incerta. Aveva rifatto il letto quella stessa mattina, sistemato i cuscini ornamentali come piaceva a lei; adesso ce n'era uno per terra accanto al comodino. Si avvicinò e lo raccolse. Forse era solo caduto?

E di nuovo quell'odore. Sì, si avvertiva decisamente un sento-

re… muschiato. Ecco cos'era, un chiaro sentore corporeo acre. Forse Dakota era salito in camera loro per qualche motivo prima di uscire? Winnie si strinse il cuscino al petto, annusando l'aria come un cane da caccia. Glielo avrebbe chiesto più tardi; nel frattempo, aprì uno dei cassetti e ne estrasse una delicata boccetta di vetro, che spruzzò in aria quattro volte. La puzza di sudore era sparita, rimpiazzata dai fiori d'arancio. I profumi da quattro soldi non impregnavano l'aria come quelli buoni. Che le dessero pure della snob, tanto lo facevano tutti. Valeva lo stesso per quella casa. Nigel voleva una di quelle casette da quattro soldi, preconfezionate e realizzate a basso costo, ma lei si era impuntata; i soldi erano suoi, in fondo. Ora viveva nella casa dei suoi sogni con l'uomo dei suoi sogni.

«Okay, sputa il rospo», stava dicendo Vicky. Winnie non voleva sputare rospi; non le piaceva essere al centro del gossip, ma si era dimenticata del Ringraziamici e parlare di Dakota avrebbe distratto Vicky.

Dopo un eccitato «Voglio tutti i dettagli!» da parte dell'amica, Winnie cominciò a raccontare. L'anno prima ospitare quella maledetta cena le *era* parsa una buona idea. Ora Nigel si sarebbe arrabbiato ancora di più.

Quando Winnie si sedette allo scrittoio, Vicky era già in piena modalità consigli. Lei ascoltò con mezzo orecchio la storia della cognata criminale che quando litigavano incolpava sempre suo fratello Tommy. «…dico davvero Winnie, non conosciamo tutta la storia, magari Manda sta esagerando».

«Forse hai ragione», concordò lei.

Ai tempi del college, Vicky si era presa una cotta tremenda per Dakota, che era una matricola mentre lei frequentava già il terzo anno. Voleva sposarlo «così diventiamo sorelle!». Quando Dakota aveva rifiutato le sue avances, lei aveva rivolto l'attenzione al compagno di stanza: Mack.

Winnie strinse il telefono tra la spalla e l'orecchio e digitò la password sul computer. Stava pensando agli spinelli in fondo al

cassetto della biancheria intima, che le aveva procurato Dakota. In genere non fumava erba, ma di recente era così stressata che temeva di perdere la testa.

«Devo andare, Vi, ho un milione di cose da fare per domani».

«Okay, mandami un mess con i dettagli».

«Certo». Detestava quando Vicky diceva "mess". Detestava anche che chiamasse la loro cena "Ringraziamici" per imitare la trovata di Taylor Swift.

Dopo aver concluso la telefonata, chiamò subito Nigel. Quando lui rispose, Winnie si sentiva come se un pugno gigantesco le stesse strizzando lo stomaco.

«Stai scherzando, Winnie? Ci siamo appena presi in casa Dakota. No».

«Nigel, hanno già programmato di far visita alle famiglie con la scusa della cena. L'abbiamo deciso letteralmente un anno fa. Non possiamo dargli buca!».

«Invece sì, perché può capitare. Se ne faranno una ragione».

«Non riesco a credere che non te ne importi proprio niente».

Ci fu una lunga pausa prima che lui parlasse di nuovo.

«Okay… va bene».

Winnie sentì allentare un poco la stretta allo stomaco. «Va bene…?»

«Sì. Non voglio litigare per questo. Va bene e basta».

Nigel si rivelò sorprendentemente di buonumore il giorno del Ringraziamici. Winnie si insospettì; stava forse trattenendo l'irritazione? Rammentò a sé stessa che i suoi pensieri negativi non avevano alcun fondamento reale. Si offrì lui di andare al supermercato per la spesa. «Ogni desiderio del mio tesoro è un ordine», le disse avviandosi verso la porta.

L'uscita di Nigel diede a Winnie il tempo per prepararsi. Si fiondò di sopra a truccarsi e mettersi il vestito comprato online per l'occasione. Le piaceva da sempre essere la persona più interessante della stanza. Da bambina faceva di tutto per farsi notare;

una volta a tredici anni, durante una cena dei genitori con amici, si era tagliata i capelli lunghi fino alla vita annunciando alla stanza piena di colleghi del padre che ne aveva abbastanza del sessismo sfrontato. Qualche anno dopo, durante la sua fase emo, aveva alimentato quello stesso sessismo sfrontato pagando uno degli amici di suo fratello per farsi tatuare sulla coscia la scritta *Sweet Girl*. Più avanti, negli anni dell'adolescenza, aveva deciso che il sesso non andava preso troppo sul serio e si era portata a letto in grande libertà chiunque avesse un minimo legame con lei, il tutto durante l'autoproclamata "fase hippie". Ormai adulta, Winnie sentiva ancora il bisogno di interpretare un ruolo – adesso più responsabile e concreto. Riciclava con voracità; coltivava verdure biologiche che poi cucinava per il figliolo perfetto e il marito brillante; aveva amici gay, di colore, delle Indie occidentali e – di recente – anche un trans. Faceva volontariato, teneva sempre degli spiccioli nel portamonete per i senzatetto e manteneva saldo l'affiatamento del gruppo fungendo da paciere. Quando scese al piano terra, Nigel era già tornato e fischiettava.

«Puoi preparare il tuo risotto, vero?», gli chiese. «Quello che adorano tutti?»

«Certo».

«E prendere una cassa di vino dal…».

«Fatto», rispose lui.

Nigel preparò il suo risotto. Era già sul fuoco quando i primi ospiti suonarono il campanello appena installato con la melodia di *Twinkle, Twinkle, Little Star*. Quando lui entrò in salotto, Don e Malay, avvolti nelle sciarpe e bottiglia di Bordeaux in mano, stavano decantando l'apertura di un museo come fosse la seconda venuta di Cristo. Pur essendo amici di Winnie dalla scuola superiore, e orribilmente spocchiosi, adoravano Nigel.

Winnie conosceva i propri amici, e non erano affatto simpatici come fingevano di essere. Nigel era stato accolto nel gruppo come una specie di animaletto domestico: il ragazzino con la madre single cresciuto a cene surgelate e diplomato alla scuola professio-

nale. Gli propinavano porzioni del loro intelletto e allietavano la sua mentalità medio-borghese con aneddoti della propria vistosa formazione artistica. Nigel si fingeva onorato, ma quando gli amici della moglie se ne andavano, lui e Winnie ridevano dei loro discorsi odiosi. Faceva parte del loro matrimonio, li rendeva una squadra. «Ridiamo di voi perché siete tutti uguali». Nigel aveva rubato la citazione a Kurt Cobain, cosa che lo esaltava ancora di più agli occhi di Winnie.

Il padre di Dan possedeva cavalli da corsa e la madre di Malay negli anni Ottanta era stata una top model internazionale. Quando Malay lo vide, spalancò le braccia e Nigel vi si tuffò a pesce. Winnie osservò divertita il marito che veniva avviluppato dal foulard dell'amica, l'orologio impigliato nel tessuto di seta. Don intervenne in suo soccorso.

«Ecco un altro uomo che tenta di portarmi via la moglie!». Ammiccò a Winnie con aria d'intesa e lei ricambiò con un sorriso fiacco. Don indossava una giacca di pelle marrone e un paio di jeans neri aderenti. Un look niente male se lui non avesse avuto un fisico a rettangolo. Quando Don lo liberò dal groviglio, Nigel si offrì di prendergli la giacca.

«Fa parte dell'outfit», replicò lui offeso, posando la mano sul taschino destro della giacca in questione. Winnie soffocò una risatina e cercò di incrociare lo sguardo del marito, ma lui era troppo preso a dare retta alle manie dei suoi amici.

«Guidi ancora quella Subaru, vedo». Don abbozzò un sorrisino sopra gli occhialetti tondi.

«Non vuole abbandonarmi». Nigel fece spallucce. Era parte della routine parlare della sua station wagon verde fluorescente che gli amici di Winnie aborrivano. Lei e Nigel ne discutevano spesso.

«Si dà il caso che a me piaccia il colore alieno e di merda della mia macchina. Quello che non mi piace è doverla difendere da quei pagliacci ogni volta che vengono a trovarci», si lamentava sempre il marito.

Sam scese rumorosamente le scale in un turbinio maldestro di

braccia e gambe mentre Nigel scartava verso la cucina. Nonostante il buonumore iniziale, non aveva nessuna voglia di stare lì e Winnie cominciava a trovarsi d'accordo con lui. Suonarono alla porta. Sapeva che sarebbero stati i Parkland o i Fromlic, e aprendo ebbe entrambe le conferme. Arrivati insieme, i quattro amici entrarono in casa lagnandosi del tempo e dell'assenza di parcheggi doppi: Desiree e Uri, Vicky e Mack – Winnie era stata compagna di stanza di Desiree e Vicky al college e i loro mariti erano più che altro due noiose appendici di cui aveva preferito non approfondire la conoscenza.

Una volta lo aveva confessato a Nigel e lui le aveva dato un buffetto su un ginocchio. «Credo che neanche le mogli vogliano approfondirne la conoscenza».

Winnie scelse quel momento per ridere della vecchia battuta del marito e all'improvviso ne sentì la mancanza, malgrado lui fosse semplicemente in cucina.

«Dov'è Nigel?», chiese Desiree scrollandosi la giacca di dosso. «Ha cucinato il risotto?»

«Sì!», rispose Winnie ammiccando e congratulandosi con sé stessa per essere la persona più falsa del pianeta.

«Vado a recuperarlo», annunciò a labbra strette. Mentre lei prendeva la bottiglia di vino dalle mani di Uri, Dakota varcò la porta d'ingresso. Sembrava sorpreso di trovare tanta gente e Winnie si rese conto di non averlo avvisato del Ringraziamici.

Il fratello batté il cinque agli ospiti e quello sbattere i palmi come i ragazzini la fece trasalire, mentre fingeva di studiare l'etichetta della bottiglia ghiacciata che aveva in mano.

«Favolosa», mentì. Dakota era di buonumore e resse il gioco come se fosse perfettamente a conoscenza della festa. Un soffio di sollievo uscì dalle labbra di Winnie, che si costrinse a sorridere. Fu sopraffatta dall'urgenza di correre in cucina e chiudersi dentro a chiave. Nigel, voleva stare con Nigel, che cosa ci faceva tutta quella gente a casa sua?

«Torno subito». Si fiondò in cucina e fece capolino dalla porta.

«Puoi portare il resto del vino, per favore? Sono arrivati tutti». Aveva un tono leggero, allegro, ma se il marito l'avesse guardata in faccia avrebbe visto che indossava una maschera. Di sicuro sarebbe accorso in suo aiuto. Lui non la guardò. Winnie indugiò, per metà oltre la soglia, aspettando un cenno da parte sua.

«Nigel…», sibilò brusca. Allora lui alzò gli occhi – il cellulare in mano per scrivere un messaggio.

«Arrivo», rispose.

«Il vino», gli ricordò. Lui annuì in direzione delle bottiglie sul ripiano, l'ultima scatola rimasta delle cantine Marrowstone. Chissà se sarebbe bastata – quella sera Winnie aveva in programma di bere. Al diavolo la regola che bandiva gli alcolici, decise.

Proprio in quel momento, la madre di Subomi le inviò un messaggio dicendo che era arrivata a prendere Samuel. Winnie vide il figlio intento a parlare con Malay e si avvicinò.

«Samuel, prendi le tue cose. C'è la mamma di Subomi».

«Oooh no, vai via?», scherzò Malay. Non portare i figli ai Ringraziamici era la prassi, dal momento che tutti volevano alzare il gomito. Dopo aver salutato velocemente l'amica della madre, Samuel corse a prendere il borsone. Winnie si era appena girata a parlare con l'amica quando sentì Dakota imprecare forte alle sue spalle.

«Cazzo, marmocchio! Fa' attenzione».

Voltandosi, Winnie vide il fratello incombere minaccioso su suo figlio, la birra che gli colava sul braccio fino a terra. Sam sembrava sinceramente spaventato, l'entusiasmo di poco prima sparito dal viso.

«Dakota…». Per un attimo Winnie rimase a corto di parole.

«Non usare quel cazzo di tono con mio figlio».

Nigel era sulla porta della cucina, una bottiglia di vino per mano. Sembrava… avere la misura colma. Era tranquillo, ma Winnie sapeva che stava fremendo di rabbia. Ebbe una rapida visione del marito che balzava sul divano e spaccava le due bottiglie in testa a Dakota. Non l'aveva mai visto con un'espressione *così* furiosa. Le provocò una strana eccitazione.

«Kota», si affrettò a intervenire, sperando di attirare l'attenzione del fratello. Paonazzo e già ubriaco, lui si girò verso Nigel.

«Mi è venuto addosso, che diamine. La mamma non ti ha insegnato a non correre in casa?». La domanda era rivolta a Samuel. Winnie non ebbe il tempo di registrare quel che accadde subito dopo: vide Nigel posare le bottiglie sulla credenza e in un attimo afferrare Dakota per la camicia e sbatterlo contro il muro. Stava prendendo in mano la situazione, proprio come aveva fatto quella notte. «Ecco. Nessuno lo saprà mai», aveva detto.

Suo marito aveva un fisico da atleta – forte e vigoroso – e sfruttò l'effetto sorpresa per tenere Dakota inchiodato alla parete per cinque secondi buoni prima che quel bestione del cognato lo allontanasse con uno spintone.

«Ehi, ehi, ehi!», esclamò Uri, parandosi fra i due. «Sei un ospite in questa casa», disse alzando il capo con aria solenne per guardare Dakota negli occhi. Lui fece un balzo indietro, l'espressione ostinata.

Intuendo il seguito, Winnie sentì le proprie viscere avvizzire come uva passa. Dakota la stava fissando – voleva la conferma di essere più che un ospite, era il suo prezioso gemello. Ma non si poteva andare avanti così.

«Faresti meglio ad andartene», disse Winnie. Lui sostenne il suo sguardo per un penoso secondo prima di voltarsi. Winnie conosceva Kota; l'avrebbe considerato un tradimento: il sangue non era acqua. Tuttavia lei doveva pensare all'altro sangue.

«Samuel, vieni qui», disse. Il ragazzo non esitò. In quel momento non sembrava un tredicenne; era tornato bambino e lei aveva il dovere di proteggerlo. «Vai, la mamma di Subomi ti sta aspettando. Andrà tutto bene». Lo baciò sulla fronte, e per una volta il figlio non parve vergognarsene.

«Okay», sussurrò in modo che solo lei sentisse. Winnie si inumidì le labbra e gli rivolse il suo sorriso migliore. Samuel parve esitare un istante, poi si avviò verso la porta d'ingresso dove la madre gli aveva posato il borsone.

Nella stanza si respirava un'atmosfera elettrica. Winnie riconobbe l'eccitazione negli occhi degli amici. Si guardò attorno sbattendo le palpebre incredula. Speravano tutti, si rese conto, che il fratello disobbedisse. Così avrebbero avuto qualcosa di cui parlare per settimane. Se ne stavano seduti composti sparsi per il salotto, sui suoi divani e poltrone, con i suoi bicchieri in mano. Le si serrò lo stomaco al pensiero che avrebbero sparlato della sua famiglia, a suon di messaggi sul gruppo. In quel momento li detestò, uno per uno. Desiderava solo poterli cacciare tutti da casa sua.

Poi Nigel scoppiò in una risatina, scuotendo il capo, e Winnie vide Dakota irrigidirsi dalla testa ai piedi. Qualunque traccia di rimorso avesse sul viso sparì di colpo e in un attimo quella testa calda di suo fratello si stiracchiò la schiena e si piantò a gambe larghe. Le ricordò un giovane leone in cerca dello scontro con quello più anziano, suo marito. Winnie avvertì un gemito in fondo al cuore, ma non gli diede voce – esternamente mantenne il contegno. Nessuno avrebbe sparlato; avrebbe posto fine lei a quella faccenda sul nascere.

«Dakota, VATTENE!».

«Ah sì?». Il fratello la guardò dritto negli occhi e il cuore di Winnie si spezzò in due. Le cose tra loro non sarebbero più state come prima.

«Vaffanculo, Nigel», imprecò Dakota, superando il cognato per uscire dalla stanza.

Il sollievo placò il cuore impazzito di Winnie, ma il peggio non era ancora arrivato; prima doveva far uscire il fratello di casa tutto intero e... oddio... dovevano proprio continuare con quella stupida cena?

«Stai bene, Win?». Vicky le mise una mano sulla spalla.

Dakota ricomparve un minuto dopo, un borsone a tracolla. Con il cellulare in mano si diresse verso la porta, lo sguardo fisso sul display.

«Dakota!», chiamò Winnie. Lui non si voltò; fece un cenno di saluto con la mano sopra la testa e sparì. Winnie avvertì il rumore

del traffico all'esterno, un brusio crescente che cessò d'improvviso mentre la porta si richiudeva con un tonfo.

«Forse dovresti seguirlo», suggerì Malay. «Se facesse qualcosa di stupido? Non vorrai avere sulla coscienza...».

Winnie non dovette chiederle a cosa si riferisse; Alfie, il cugino di Malay, si era tolto la vita quando erano al college: si era infilato in bocca la canna della pistola del padre. Lo conoscevano tutti e la sua morte li aveva addolorati, ma l'amica prendeva l'episodio a pretesto per qualunque cosa.

«Taci, taci e basta», sibilò Winnie. Era furiosa con tutti quanti, ma era stata Malay ad aprire per prima quella maledetta bocca. Ora gliene avrebbe cantate quattro.

«Lui non è Alfie, e Nigel aveva tutto il diritto di arrabbiarsi».

Si compiacque del loro shock. Winnie non aveva mai alzato tanto la voce contro nessuno di loro. Era la più accomodante del gruppo e faceva sempre di tutto per compiacere gli altri; il suo ruolo preferito era proprio *quello*, essere la preferita.

«Siete parecchio sotto stress, hai ragione. Non dovremmo commentare». Don diede una gomitata alla moglie, che fece una smorfia come se avesse succhiato una fetta di lime senza tequila.

«Mangiamoci il risotto!», propose Vicky, scagliando un pugno a mezz'aria.

Aveva ancora in mano il calice di vino, notò Winnie – la sua vera migliore amica. Che diamine le era preso? Si sfregò le tempie, rimproverando sé stessa. Vicky non era il nemico, come nessuno di loro. Era semplicemente una situazione spinosa. E lei era tanto, tanto stanca.

Malgrado Winnie avesse preso le parti del marito durante la serata, al momento non si parlavano. Nell'istante in cui l'ultimo ospite era uscito e avevano chiuso la porta alle sue spalle, Nigel si era girato e l'aveva fulminata con lo sguardo. Winnie si era sentita quasi schiaffeggiata, tradita. Per una volta se n'era fregata di quel che la gente pensava di lei e aveva risposto male ai suoi amici.

Proprio non si capacitava del perché il marito fosse deluso; aveva fatto esattamente quello che lui le aveva sempre chiesto, cioè stare dalla sua parte.

«Perché mi guardi così?». Ma Nigel si era già avviato verso la cucina, così la domanda gli era atterrata sulla schiena.

«Vado a dormire, Winnie». Il suo tono definitivo l'aveva lasciata di sasso. In quel momento si era sentita davvero piccola e stupida. Avrebbe voluto dire qualcosa per fermarlo, ma era sconvolta. E poi lui le aveva lasciato i piatti da lavare e un milione di domande. "Quello", aveva pensato, "non è mio marito". Il pensiero l'aveva spaventata al punto da corrergli dietro, se non altro per tranquillizzarsi. Quanto aveva bevuto? Winnie era stata troppo presa a reggere la facciata per contargli i bicchieri. Le cene con gli amici erano l'unica occasione in cui non gli stava troppo addosso con l'alcol, ma preferiva tenerlo d'occhio.

Si sentiva schiacciata e distrutta. Suo fratello non le avrebbe mai più rivolto la parola. Teneva ancora il broncio a Candace, e avevano litigato quattro anni prima – Winnie non ricordava nemmeno per cosa. Senza contare le ripercussioni sul resto della famiglia quando lui aveva propinato alle sorelle la sua personale versione della storia. Che cosa le era saltato in mente, in ogni caso? Invitare tutta quella gente nonostante il termometro emotivo in casa fosse schizzato alle stelle. Nigel non l'aveva sempre accusata di prendere decisioni affrettate? Faceva sempre la cosa sbagliata, la scelta sbagliata.

Quando entrò in camera, lui stava uscendo dal bagno e Winnie ebbe un attimo di esitazione. Era nervosa, si rese conto. Arricciava e fletteva le dita dei piedi sul parquet mentre avanzava un passo alla volta, osservando Nigel togliersi la maglietta in un modo che le faceva sempre sussultare lo stomaco: la afferrava dalla nuca e se la sfilava dalla testa. Attese di vedere il pavone, come lo chiamava lei, quel ciuffo ribelle che schizzava verso l'alto alla prima occasione. Quando vide il marito muoversi verso di lei a petto nudo, Winnie dimenticò di essere arrabbiata con lui. Per un attimo credette che

stesse per baciarla, come in quei romanzi rosa che ogni tanto leggeva, ma all'ultimo secondo lui proseguì oltre e uscì dalla camera da letto.

Winnie gli rimase alle calcagna, rifiutandosi di farsi liquidare di nuovo così facilmente. Lui era tornato in cucina, aveva aperto il frigorifero ed era chino a guardare all'interno. Winnie lo vide estrarre un Gatorade, togliere il tappo e berne una lunga sorsata. Ebbe appena il tempo di chiedersi quando si fosse rasato e se il suo pomo d'Adamo fosse sempre stato così pronunciato che lui aveva già rimesso il tappo e si era avviato verso la porta, la bottiglia stretta appena tra le dita. Continuava a comportarsi come se lei non ci fosse, così Winnie gli si parò davanti, impedendogli di proseguire.

«Dobbiamo parlare». Incrociò le braccia al petto sentendosi di colpo una bambinetta. Tanto per peggiorare le cose, Nigel rispose al suo gesto inarcando appena le sopracciglia. Risucchiò il labbro inferiore e la scrutò con gli occhi socchiusi. Se Winnie aveva avuto il dubbio che fosse ubriaco, ecco la risposta.

«Non so cos'ho fatto per meritare...».

«No, tu non lo sai mai, vero?».

Nigel la interruppe a metà frase, lasciandola a bocca semiaperta e con lo sguardo incredulo.

«Cosa dovrei sapere, Nigel? Come faccio a saperlo se tu non me lo dici?».

Lui alzò gli occhi al soffitto quasi cercasse qualcosa nel lucernario.

«L'ho fatto... Io ho... Winnie!». Si passò le mani tra i capelli, tirandoli per la frustrazione. A quella reazione, Winnie increspò la fronte ed espirò forte dal naso.

«Non so minimamente di cosa parli, ma se c'entra mio fratello... Mi sono schierata dalla tua parte un...».

Lui la interruppe di nuovo. «Io non volevo che tuo fratello venisse qui, né volevo organizzare quella cazzo di cena, e se ci mettiamo a discuterne ora, dirò cose di cui poi mi pentirò. Sei proprio sicura di voler continuare, Winnie, proprio adesso?».

Lei si sentì rispondere di sì, ma era solo scena; in realtà, aveva paura. Suo marito non le aveva mai parlato in quel modo e dopo tanto tempo, dopo tutto quello che avevano sopportato insieme, significava una cosa sola: ne aveva abbastanza. E quel *ne* era riferito a Winnie e al loro matrimonio, qualunque attrazione provata un tempo per lei... svanita.

Fu a quel punto che partirono le urla e, fedele alla sua parola, Nigel disse cose che non avrebbe più potuto rimangiarsi. Winnie strinse le labbra, il dolore che le scalpitava nel petto come un cavallo selvaggio. Suo marito non sapeva che, una volta pronunciate, certe parole rimanevano agganciate nella mente degli altri come uncini? *Lei* tirava in ballo quella notte solo quando non poteva assolutamente farne a meno – perché Nigel non era capace di fare lo stesso? Il più delle volte succedeva intorno agli anniversari, il dolore le si risvegliava nel petto come dopo un letargo. Winnie si era resa conto che, pur non avendo la consapevolezza che fosse proprio quel periodo dell'anno, le si insinuava addosso un'inspiegabile tristezza. Non ne capiva sempre il motivo; a volte per arrivarci le servivano diversi giorni di depressione. Era come se tutto il suo corpo soffrisse con una cadenza regolare. Nigel che le urlava contro quelle orribili parole aveva risvegliato il dolore, che adesso l'avrebbe seguita come un'ombra.

8
Juno

Quella sera stavano litigando. Juno li sentiva attraverso il pavimento, le loro voci trasportate fino al punto in cui se ne stava a letto rannicchiata. Aveva freddo ai piedi; pensava a quello quando era scoppiata la lite. In assenza di Sam, i suoi genitori litigavano come se volessero rilasciare tutta l'effervescenza rinchiusa in una bottiglia e poi agitata. Juno suppose fosse meglio dell'alternativa: che un ragazzino sentisse con le proprie orecchie tutto quello che i suoi detestavano l'uno dell'altra. Sapeva per esperienza che il bene dei figli non corrispondeva necessariamente al bene del matrimonio; un mago avrebbe saputo mantenere tutto in perfetto equilibrio, ma per la restante popolazione priva di poteri magici, i bambini mettevano a dura prova una coppia e la tenevano unita allo stesso tempo. La tipica situazione del "come fai, sbagli", come la chiamava Juno.

La voce di Winnie si impennò di un'ottava; si stava arrabbiando sul serio. Juno giaceva immobile, gli occhi chiusi nel tentativo di prendere sonno, ma le loro voci invadevano il suo spazio. Sentì un germoglio di panico sbocciarle nel petto, i petali schiudersi. Quella sera era stanca, un po' depressa, e voleva solo che quella giornata avesse fine. Sentiva gli sforzi di Nigel per fare ragionare la moglie, che però non ne voleva sapere.

«Stai di nuovo ignorando i miei sentimenti», gli gridava. «Non posso voltare pagina, lo sai...».

«Winnie, non hai scelta. Affrontiamo questa discussione anno dopo anno. Non ne posso più». La voce di Nigel, inizialmente cal-

ma, si attorcigliava sulle parole come se faticasse a pronunciarle. "È stufo marcio", pensò Juno – sarebbe esploso da un momento all'altro.

«Non ne puoi più? Mio Dio, Nigel. È stata la notte peggiore della mia vita e *tu* non ne puoi più?».

Juno non sentì la risposta del marito. Si stava allontanando dal cuscino, cercando di...

«Non l'hai fatto tu! Non puoi sapere come ci si sente!».

Juno rotolò sulla schiena mentre Winnie scoppiava in un pianto fragoroso.

«No. Hai ragione. Non so cosa significhi rapire un neonato a qualcuno...».

A quel punto avrebbe potuto tremare l'intero Stato di Washington e Juno non se ne sarebbe accorta. Era rimasta pietrificata dallo shock mentre la realtà le si confondeva attorno; udì uno schiaffo sonoro, immaginò che la mano di Winnie avesse colpito la faccia di Nigel, seguito da un'esplosione di parole ancora più sonora. Continuarono a gridare a lungo, poi Winnie salì in camera da letto come una furia, sbattendo i piedi sugli scalini in modo teatrale.

Juno rimase immobile, le parole di Nigel le rimbombavano nella testa. «Rapire un neonato a qualcuno»? Che cosa aveva voluto dire? Di certo non si riferiva a Sam. Juno aveva scoperto che Winnie aveva lavorato per qualche anno come consulente in un centro di salute mentale prima di passare a una posizione manageriale in ambito simile. Forse aveva segnalato qualcuno ai servizi sociali che a loro volta avevano sottratto ingiustamente il figlio alla famiglia. In tal caso, tuttavia, Nigel non avrebbe pronunciato quelle parole con tanta amarezza – se per Winnie si fosse trattato semplicemente di una questione di lavoro.

Juno si rigirò sulla schiena, a fissare il soffitto. Era forse quello il segreto di Winnie? Il motivo della depressione citata nel suo diario? Che Sam non era figlio suo e di Nigel? Che lei lo aveva *rapito*? Ma il ragazzo somigliava a sua madre. Juno lo aveva sempre pensato – che somigliasse a Winnie. Avevano la stessa fronte e gli occhi

distanziati. I capelli di Sam erano più scuri di quelli della madre, anche se Juno sospettava che lei fosse una finta bionda – ma che importanza aveva? Non sempre i bambini erano il ritratto sputato dei genitori. A preoccupare Juno era la cautela di Nigel e Winnie quando si muovevano attorno al figlio, quasi camminassero sulle uova. Lo sapeva anche Sam, vero? «I lupi lo sentono se vengono allevati dagli orsi».

Sì, era così, pensò Juno. Sam era il campo minato intorno al quale i genitori camminavano in punta di piedi. Ma com'era accaduto?

9
Winnie

Quando Winnie si svegliò il mattino seguente, la parte di letto di Nigel era immacolata. Vedere il suo spazio intatto le provocò un senso di vuoto. La sera prima, quando non era salito in camera, lo aveva trovato che dormiva nel suo studio… *dormiva.* Winnie non capiva come facessero gli uomini a dormire nei momenti di piena crisi emotiva. Come poteva essersi addormentato sapendo che lei era di sopra a piangere? Avrebbe voluto svegliarlo, gridargli contro perché non era turbato come lei; alla fine era tornata a letto, l'abito per la serata ancora indosso. Non gli avrebbe dato la soddisfazione di sapere che le sue pugnalate continuavano a bruciare.

Scalciò le coperte aggrovigliate e si alzò sulle gambe malferme. Era un disastro, un vero scempio: il trucco colato sul viso in rivoli variopinti che ricordavano i quadri distorti di Dalí. Nei recessi della mente sentì la voce di Nigel commentare che il paragone con Dalí era fin troppo generoso – specie se riferito alla sua faccia lacrimosa. Oppure, come avrebbe detto sua madre, aveva la faccia di una battona che era stata a battere. Il suo cuscino concordava, per quanto Winnie odiasse darsi della sgualdrina attraverso la voce della madre. Non voleva assolutamente essere giudicata in base al numero di uomini che si era portata a letto.

Si risciacquò la faccia alla Dalí con una doccia veloce, dopodiché si infilò una tuta, si pettinò i capelli con la riga al centro legandoli in una crocchia bassa, infine applicò un tocco di mascara. Oggi doveva essere la mamma di Samuel, non la moglie arrabbiata di Nigel. Per sembrare comunque un pochino arrabbiata, si appese

alle orecchie un paio di cerchioni d'oro. Nigel avrebbe capito. Poi, con una sicurezza che certo non provava, scese le scale a testa alta, quasi fosse uscita da un video musicale degli anni Novanta. Si fermò in cucina a prendere una mela dalla ciotola e alzando lo sguardo trovò il marito già vestito, che beveva il caffè seduto nel tinello. Winnie mantenne la calma e prese le chiavi dal gancio uscendo dalla porta. Fu bloccata a metà tragitto.

«Sam è già a casa», gridò Nigel. Aveva aspettato che scendesse l'ultimo gradino. Winnie dovette risalire gli scalini d'ingresso, la ciliegina sulla torta dell'umiliazione.

«L'ha accompagnato la mamma di Subomi. Ha detto di averti scritto un messaggio…».

Forse. Probabile. Non controllava il cellulare dalla sera prima. Dove lo aveva lasciato, tra l'altro? Provò a fingersi indifferente, ma lo sguardo di Nigel la diceva lunga: "Ti si legge in faccia, piccoletta".

Winnie si rifiutava – rifiutava – di parlargli. Se ne tornò impettita di sopra e bussò alla porta di Samuel. «Entra», rispose lui in tono pigro e Winnie obbedì.

«Ciao», esordì. Samuel alzò lo sguardo dal libro per un secondo, poi lo incollò di nuovo alla pagina.

«Com'è andata?»

«Bene», rispose lui. «Pensano che sia strambo».

«Non è vero. Non sei strambo». Winnie guardò il figlio confusa. Avrebbe scritto un messaggio alla mamma di Subomi per andare a fondo della questione.

«Sei strambo», intervenne Nigel. Da dove era sbucato? Era in piedi sulla soglia, si grattava la nuca. Perché aveva detto così?

«Io ti prenderei a sberle. E ti infilerei pure la testa nel water fino a…».

Samuel si stava sbellicando, il viso liberato dalla solita impassibilità marmorea, disteso in una rara risata sbilenca. Winnie si soffermò un istante ad ammirarlo.

«Meglio strambo che noioso, caro mio. Sempre, figliolo, sempre».

Samuel fece spallucce, ma si vedeva che era compiaciuto.

«Forse», rispose. «Comunque per me gli strambi sono loro. Tanto per chiarire».

«Così mi piaci», disse Nigel, avvicinandosi per battere il pugno contro quello del figlio. Uscì dalla stanza e Winnie sbatté le palpebre al suo passaggio. Il profumo della sua colonia sospeso nell'aria era travolgente; si schiarì la gola una volta, due.

«Ti serviva qualcosa, mamma?». Samuel non sorrideva più, la fissava come fosse un'intrusa.

Le si spezzò il cuore. «No. Volevo solo vedere come stai… e pensavo di parlare di quello che è successo ieri sera con lo zio Dakota…».

«Ne ho già parlato con papà. Ho capito».

«Oh», esclamò Winnie. Ricacciò indietro le altre domande, per non lasciare intendere a Samuel di non saperne nulla. "Tante grazie, Nigel".

«Be', se hai bisogno di parlare di qualunque cosa…».

«Grazie».

Winnie voleva abbracciarlo – lo facevano sempre quando si chiarivano dopo una lite – ma quando si protese verso di lui, Sam era già tornato al suo libro. E non avevano chiarito un bel niente. Niente che la riguardasse, quantomeno. Winnie non aveva mai avuto meno amici sotto il suo stesso tetto.

Poi, mentre lasciava la stanza, un pensiero la ghermì con una tale violenza da farla indietreggiare, allontanare da loro. "E se Nigel avesse raccontato tutto a Samuel? Se gli avesse detto cos'ho fatto?". Le girava la testa. Non trovando appigli barcollò sul posto, la mano in cerca di una parete invisibile. Se Nigel lo aveva raccontato a Samuel, Winnie avrebbe perso il figlio per sempre.

Talvolta si chiedeva se avesse accettato il lavoro al centro di salute mentale Illuminations per dimostrare qualcosa al marito. Una volta, da fidanzati, lui aveva scherzato sul fatto che non fosse molto atletica; nel giro di una settimana Winnie si era iscritta a indoor soccer e aveva fatto l'abbonamento in palestra. Ma non si

era accontentata, nossignore: era diventata quella che voleva diventare. Aveva cominciato ad appassionarsi al calcio, giocarci la divertiva. "Ora non potrai più dire che non sono atletica, no?".

No, proprio no. E siccome Nigel le aveva dato della viziata dopo nemmeno un anno di matrimonio, Winnie si era cercata un lavoro; non era stato per quello? Nigel le aveva riso in faccia quando lei gli aveva raccontato del dollaro che di tanto in tanto elargiva ai senzatetto, l'aveva presa in giro in uno dei suoi peggiori momenti di crudeltà. «Non ti importa niente dei senzatetto», aveva riso. «È solo che ti senti obbligata a fare ammenda per la vergogna di appartenere all'alta società!».

Era stato come lanciarle una sfida implicita. Così Winnie aveva lavorato per due anni al centro Illuminations. Due anni di dedizione alle persone meno fortunate di lei, nell'animo e nel conto in banca. Due anni interi. Prima dell'incidente.

Nigel avrebbe pure finito per credere al suo impegno per la causa, se lei non avesse fatto quel che aveva fatto. «L'incidente» era il nome che lui aveva attribuito alla faccenda, ma non bastava a descrivere gli eventi di quella notte. Non era stato un incidente; era un crimine. Un crimine commesso da Winnie.

10
Juno

La pioggia autunnale batteva incessante contro le finestre dell'angolo dei libri di Winnie. Juno si era messa comoda con il romanzo iniziato il giorno in cui era caduta. Ne aveva ammaccato il dorso e le dispiaceva; nutriva un profondo rispetto per i libri. Quell'intera giornata rimaneva un po' confusa nella sua memoria. Non era più caduta da allora, ma sapeva che le sarebbe bastato scivolare male e le sue ossa si sarebbero spezzate come un croccante di arachidi. Si sistemò meglio sulla sedia. No! Non sarebbe successo. Juno era malata, malata di brutto, e con un po' d'attenzione sarebbe arrivata alla fine dei suoi giorni senza rompersi un'anca, o una gamba, o qualunque cosa ci si potesse rompere cadendo. Come chiamata in causa, la sua anca cominciò a farsi sentire.

Juno cercava di non pensare a quello che aveva udito la sera prima, sdraiata a letto. "Hai capito male", si era ripetuta almeno cento volte da quella mattina. Non aveva capito male, invece, e quelle parole le riecheggiavano nella mente come il pianto di un maledetto moccioso di due anni in un negozio di giocattoli. Si massaggiò le tempie tracciando piccoli cerchi con le dita e provò a leggere le parole sulla pagina. Tuttavia non riusciva a concentrarsi sulla storia; non era il romanzo, quello in cui desiderava tuffarsi. Era la verità.

Juno si alzò a fatica dalla sedia e si diresse verso il computer della famiglia. Il monitor era scuro, ma lei sapeva che un colpetto del mouse l'avrebbe riportato in vita, rivelando il salvaschermo con la fotografia dei Crouch in vacanza. Non toccava un computer da anni – be', a parte aver sfiorato il mouse di Sam qualche

giorno prima – ma la sua vita precedente era costellata di quelle cose: computer e lavoro e carte di credito. Non le mancavano. Ora possedeva poco e niente, e possedere poco e niente creava meno complicazioni. Juno ci aveva messo del tempo per abituarsi a una vita senza… cose, ma una volta riuscita, si era resa conto di preferirla così.

Si sedette davanti al computer e fletté le dita. Non era difficile; lei sapeva usare un computer del cavolo, non era certo una di quei vecchi rimbambiti che puntavano l'indice tremolante sul display dell'iPhone. Semplicemente non voleva più appartenere a quel mondo. Fu tentata di alzarsi e lasciar perdere, ma le parole di Nigel la tormentavano. Era umana curiosità, per così dire.

"Eccoli qua!", pensò vedendo apparire la fotografia dei Crouch sulla spiaggia. Si sforzò di non guardarli mentre apriva il browser di internet, ma con la coda dell'occhio li vedeva comunque, la stavano fissando con le loro facce scottate dal sole. Le dita di Juno riconobbero facilmente i tasti. "Torniamo all'opera", si disse, raddrizzandosi sulla sedia. Niente male per una sessantasettenne, davvero niente male. Digitò "bambini scomparsi Seattle Washington" poi, pensandoci meglio, aggiunse nella barra di ricerca anche l'anno. Sam aveva tredici anni. Perciò era stato un neonato nel 2008.

Il primo sito a comparire nell'elenco fu quello del Centro per i bambini scomparsi e vittime di abusi e Juno cliccò sul link. Aveva la possibilità di effettuare una ricerca per nome, ma non conoscendo il vero nome di Sam, Juno passò oltre e trovò una sezione nella quale inserire la città e lo Stato da cui era scomparso il bambino. Digitò "Seattle Washington" e inserì l'anno 2008 nello spazio per la data. Dopodiché premette INVIO e rimase in attesa.

I risultati non erano molti. Juno ne scorse l'unica pagina in meno di cinque secondi. Nel 2008 nello Stato di Washington non era stata denunciata la scomparsa di nessun bambino, ma non significava nulla. Se i Crouch avevano rapito Sam, potevano averlo preso in qualunque posto. E forse non era neppure un neonato *neonato*; Nigel poteva aver usato quel termine in senso più ampio. Juno

estese la ricerca a tutti e cinquanta gli Stati, ottenendo un numero di risultati considerevole.

Si appoggiò allo schienale della sedia – "Rifletti, Juno". Sapeva che dei quasi ottocentomila bambini sotto i diciotto anni che sparivano ogni anno, più di cinquantottomila venivano rapiti da persone conosciute esterne alla famiglia, mentre solo centoquindici rapimenti erano opera di sconosciuti. Significava circa due sequestri all'anno in ogni Stato per mano di ignoti pericolosi. Quel dato le placò i nervi. Le sue precedenti ipotesi suonavano assurde, persino alle sue orecchie. Il movente emotivo di un rapitore era la disperazione, mentre Winnie e Nigel erano tutt'altro che disperati: egoisti, perlopiù, tendenti alla convinzione che tutto gli fosse dovuto.

Essendo già su quella pagina, Juno annotò un elenco di nomi su un bloc-notes che Winnie teneva accanto al computer – nomi di bambini scomparsi negli Stati Uniti e mai rintracciati. *Rinvenuti* era il termine riportato dal sito. Juno pensò che fosse uno stupido gergo poliziesco; nessun genitore cui avevano rapito un figlio avrebbe usato un eufemismo come *mai rinvenuto* per descrivere l'assenza di un epilogo alla propria tragedia personale. Quello che Juno sapeva con certezza era che se nel 2008 fosse sparito un bambino da una piccola famiglia perfetta, l'avrebbero riportato tutti i telegiornali nazionali – specie se si trattava di un bambino bianco. Così andava il mondo. Eppure qualcos'altro non le tornava. Picchiettò l'indice sulla scrivania, le labbra contratte e gli occhi stretti in una fessura. Era come fissare le ombre nel buio: distingueva i contorni di quel che stava guardando, ma le sfuggiva l'immagine complessiva. «Stai diventando vecchia, amica mia», disse a voce alta, chiudendo le finestre di internet. «Ma hai ancora tempo per portare la verità alla luce».

Con un gemito si alzò dalla sedia e zoppicando andò a caricare l'asciugatrice con il suo bucato, senza dimenticare di infilare in tasca la lista dei nomi.

Quella sera, sdraiata nel suo letto con il pezzo di carta stretto

in pugno, Juno li sentì litigare di nuovo. Era sempre la solita discussione, trita e ritrita. Nigel e Winnie si rinfacciavano a turno i rispettivi sbagli. Juno era stufa; non capiva come potessero non esserlo anche loro.

«Non riesco a credere che mi accusi di fare qualcosa per me stessa dopo aver speso tutti quei soldi per l'ampliamento».

«L'ampliamento che ce li farebbe guadagnare se tu mi permettessi di affittarlo!».

«Avevo messo bene in chiaro che non voglio estranei in casa... allora come ora».

«Be', l'hai vinta tu, Winnie, tanto per cambiare. Noi tre soli, reclusi in questo piccolo mondo che tu hai creato per noi. Immagino ti aspetterai pure dei ringraziamenti. Sam ti è veramente grato di essere stato costretto a diventare vegetariano. E io sono davvero grato che tu mi scelga la marca delle mutande e programmi tutti i miei weekend e mi dica come usare il mio tempo libero».

«Affitta pure il tuo stupido appartamento», replicò Winnie. «Ma io non rimango qui se ci sei tu».

SECONDA PARTE
Prima

11
Juno

All'inizio li aveva solo seguiti attorno al lago, rimanendo indietro di qualche metro mentre loro bisticciavano – o, in occasioni più rare, chiacchieravano amichevolmente. Più spesso, camminavano senza guardarsi, e quando succedeva Juno ripensava al modo in cui Nigel quel primo giorno aveva stretto la mano attorno al bicipite di Winnie, con dolcezza. In quel momento lei aveva creduto in loro, si era presa a cuore la loro storia. Era contenta di avere qualcosa da fare, da osservare. La depressione che la soffocava quasi tutti i giorni si era ritirata sulla scia del nuovo scopo. Alle sei meno un quarto, Juno si cercava una panchina nei pressi del teatro e aspettava che arrivassero per il consueto giro attorno al lago. Diventò quasi un gioco cercare i loro volti tra la gente a passeggio, poi alzarsi in piedi, d'un tratto più leggeri, e camminargli dietro per il resto del percorso.

Nelle giornate in cui non sopportavano di guardarsi ma riuscivano a tollerare i due passi insieme, Juno percepiva il loro vero legame. Coglieva alcune parole, frasi – ma era soprattutto il linguaggio corporeo a catturare il suo interesse. Non stavano mai a più di un metro di distanza, benché arrabbiati. Sembrava fossero legati da un elastico che si tendeva solo fino a un certo punto. Juno aveva conosciuto coppie simili, le aveva fatte accomodare sul divano del suo studio per la terapia. Nessuna tuttavia aveva mai destato il suo interesse come quei due. Non faceva che ripetersi che era innocua, quell'attrazione per loro – come guardare un reality in TV. Non lo facevano tutti oggigiorno? Ma in cuor suo, Juno sapeva che c'era

di più. La coppia usciva nel tardo pomeriggio quando a fine giornata il viavai a Greenlake Park si diradava e non doveva condividere il sentiero con un esercito di pedoni. Non li aveva mai seguiti fuori dal parco, perché per lei rappresentavano una cosa sola: la sua famiglia del parco, grazie alla quale sviare l'interesse dai problemi quotidiani triti e ritriti. Avevano un figlio, un ragazzino con i capelli mossi che gli ricadevano sugli occhi. Durante la settimana si univa ai genitori, sfrecciando avanti con il suo monopattino a tale velocità che loro si affannavano a chiamarlo perché li aspettasse, ma lui non sentiva. Secondo Juno, fingeva di non sentirli. La cosa la faceva sempre ridere. I maschi preadolescenti sapevano come consumare i nervi dei genitori. Lo chiamavano Samuel – non Sam – ma per Juno aveva proprio l'aria da Sam, con quella chioma di capelli e gli occhioni che si scrutavano intorno con grande intensità.

Per quante settimane Juno si era trascinata dietro di loro per quasi tutti e cinque i chilometri attorno al lago, talvolta trottando per tenere il passo, e maledicendo la loro giovinezza? Nel giro di pochi giorni era passata dalla curiosità all'ossessione. Non dormiva più; non mangiava più per paura di perdersi qualcosa. Non riusciva a pensare ad altro che a quella famiglia. Per settimane si era fermata accanto al capanno degli attrezzi e li aveva osservati mentre attraversavano la strada per entrare in una mostruosa villa di mattoni sul lato orientale del parco. Poi un giorno, per pura curiosità, aveva sbirciato nella cassetta della posta, per leggere i loro nomi. E li aveva visti, su una cartolina della concessionaria d'auto che ricordava il cambio olio: Winnie e Nigel Crouch. Quei nomi gli si addicevano, aveva constatato Juno. Per pura noia, li aveva cercati su Google con il computer della biblioteca, un grosso apparecchio grigio che cigolava più di lei, e aveva scoperto che Winnie lavorava per un'associazione non profit chiamata None the Richer, come coordinatrice degli eventi di beneficenza, mentre Nigel faceva il web designer per un'azienda sportiva di nome Wella.

A Juno piaceva la sensazione ottenuta da quelle informazioni. Le

sembrava di non essere affatto priva di ciò che costituiva le fondamenta di una persona: una famiglia, una casa, una storia. Appropriarsi di quelle dei Crouch per qualche istante le faceva battere il cuore. Non ci stava cascando di nuovo. No, non era la stessa cosa. Scuoteva il capo, scrutando in tralice la propria vocina interiore, quella vecchia bugiarda. L'ultima volta, sapeva di aver sbagliato: si era lasciata coinvolgere troppo e le era costato tutto. Stavolta, tuttavia, non aveva nulla da perdere; stavolta poteva lanciarsi a capofitto in quel progetto. E il suo progetto erano i Crouch, che avevano bisogno del suo aiuto.

Non aveva pianificato di trasferirsi a casa loro; si era presentata l'opportunità e Juno l'aveva semplicemente colta come avrebbe fatto chiunque. Le serviva un posto in cui stare e i Crouch avevano un sacco di spazio – c'era spazio a volontà in quella casa mostruosa. E stavano pure aggiungendo altre stanze! Non riusciva a credere a tanta ingordigia. Per settimane aveva osservato le squadre arrivare la mattina presto e lavorare per tutto il giorno. Gli operai attraversavano la strada e si portavano il pranzo nel parco, si sedevano sotto gli alberi e a volte schiacciavano un pisolino fino all'ora di riprendere i lavori. Una volta avevano scelto l'albero sotto il quale stava dormicchiando pure lei.

«Oh, merda», aveva detto uno di loro. «Una barbona. Sediamoci laggiù». E si erano spostati sotto un'altra pianta. Juno, che aveva finto di dormire per tutto il tempo, si era voltata a guardarli. Erano in tre: un paio sembravano sulla trentina e il terzo – estraneo alla loro amicizia ma evidentemente incollato agli altri due – era poco più che un bambino. "Non può avere ventun anni", aveva pensato Juno. Lui rideva alle battute dei compagni, ma troppo forte e troppo di gusto. Juno li aveva sentiti chiamarlo Villy, tipo: «Villy, sei proprio un fesso», perché lui non sapeva chi fosse Chris Farley, oppure: «Villy, sei un frocetto del cazzo», perché aveva ammesso di ascoltare Justin Bieber. Juno provava pena per Villy. Aveva arrotolato il suo sacco a pelo e lo aveva infilato in un incavo dell'albero, poi li aveva seguiti a casa dei Crouch.

Voleva dare un'occhiata ai lavori da vicino; banale curiosità da ficcanaso, si era detta. Agli occhi degli operai era sembrata una normale vecchietta che faceva due passi lungo una delle strade più rinomate che circondavano il parco. Le tipiche vecchiette che indossavano tute da ginnastica in inverno, salutavano i bambini al ristorante e si fermavano a dire ai genitori: «Godetevi ogni istante. Passa troppo in fretta». Così, quando Juno cominciò a sedersi sul muretto per guardarli all'opera, non ci fecero caso. Ogni tanto lei li salutava e loro ricambiavano il saluto. Chiese pure a un operaio informazioni sull'ampliamento e lui le spiegò che stavano aggiungendo un'ala con più stanze a un'estremità della casa.

«Wow», commentò Juno come una sciocca. «Ma che bello. Deve costare un occhio». E quello la ignorò, come la maggior parte dei giovani. Per settimane li osservò innalzare la struttura e intonacare le pareti. Qualche giorno prima avevano inserito la grande vetrata affacciata sul giardino fiorito sul retro. A quel punto i lavori erano quasi al termine; da un momento all'altro gli operai avrebbero radunato gli attrezzi per l'ultima volta. Juno voleva dare un'occhiata più da vicino prima che se ne andassero, così all'ora di pranzo si sedette su un muretto di mattoni oltre la strada. Aveva con sé un panino al prosciutto e formaggio e un'aranciata, e consumò il suo pasto con le gambe ciondoloni, i talloni che battevano contro il muretto, osservando gli ultimi operai uscire per la pausa. Notò con soddisfazione che quel giorno, con tutta probabilità per il bel tempo, nessuno rimase sul posto come ogni tanto succedeva. Lasciò i rifiuti sul muretto e attraversò con cautela la strada parallela alla casa. L'ala nuova era stata aggiunta sul lato sud dell'abitazione, un arto massiccio che si protendeva dal corpo principale. Juno entrò e si guardò intorno. Vide in un angolo un antiquato contenitore di metallo porta pranzo e sul davanzale della finestra un romanzo di John Grisham zuppo d'acqua che qualcuno aveva dimenticato. Juno cercò altre tracce di presenza umana senza tuttavia individuarne. Poi i suoi occhi si posarono sulle doppie porte in fondo alla stanza.

Erano bianche, si aprivano verso l'abitazione principale e al posto delle maniglie avevano due fori. A terra accanto alle porte giacevano le componenti ancora da installare – con ogni probabilità dopo la pausa pranzo. Juno allungò una mano nodosa e macchiata dal sole e spinse.

Le porte oscillarono verso l'interno e lei avanzò. Si ritrovò in una sorta di studio. A sinistra della soglia, leggermente arretrata, c'era una nicchia con un caminetto di mattoni. Sembrava antico, doveva appartenere all'abitazione originaria; sulla sua mensola, un paio di lattine vuote di Coca-Cola accanto a una pinzatrice. Juno si allontanò dal caminetto per avanzare verso l'interno della stanza. In un angolo giaceva la scatola ancora chiusa di un grosso televisore; la guardò di sfuggita, riflettendo sulla scarsa accortezza degli operai che avevano lasciato la porta aperta. Chiunque avrebbe potuto entrare e derubare i Crouch a loro insaputa. Lo studio conduceva al salotto, infine a una veranda affacciata verso il giardino sul retro.

L'abitazione era luminosa. Juno girò per le stanze sbattendo le palpebre, assorbendone i colori con gli occhi sgranati. Da quanto tempo non metteva piede in una casa vera? Si guardò alle spalle, oltre lo studio verso l'ala nuova. Gli uccelli cinguettavano senza sosta. Non arrivava nessuno – non ancora. Gli operai stavano schiacciando un pisolino sicuro nel parco. Non sarebbero rientrati prima di mezz'oretta.

Juno poté tornare al suo giro. Sapeva benissimo che era sbagliato, tuttavia avanzò di altri sei passi fino a ritrovarsi al centro del salotto. Da quella posizione, si intravedeva un corridoio che andava in cucina e in fondo la porta principale. "Tanto nessuno nota mai la tua presenza", pensò – e proseguì.

Esplorò la casa dei Crouch, quasi fluttuando di stanza in stanza.

Non intendeva trattenersi a lungo. Attraversò il piano terra in fretta, indugiando brevemente a controllare la dispensa, vinta dalla curiosità. Una casa di fibre, una famiglia di cagoni di prima categoria. Niente bottigliette d'acqua, niente zuccheri raffinati, nessun

piacere di nessun genere. Juno prese una mela dalla ciotola sul ripiano della cucina. Si ritrovò ai piedi delle scale. Era una scala imperiale – sua madre le chiamava così quando erano raffinate, e più raffinata di quella si moriva. Era dello stesso legno di mogano pregiato dei pavimenti, elegante e lucido. Juno si appoggiò al corrimano più vicino e cominciò a salire la scala imperiale dei Crouch, e porca vacca se si sentiva come Rossella O'Hara.

La scala faceva una curva a gomito; sul pianerottolo era appeso un gigantesco specchio con la cornice dorata ad altezza naturale, tanto prezioso quanto lei era pacchiana. Non appena comparve il suo riflesso, Juno distolse lo sguardo. Sapeva cos'avrebbe visto osservando da vicino e... no, grazie. Finita la scala si apriva un ampio corridoio. In fondo, un bovindo con vista sul parco nel quale erano sistemate una accanto all'altra due sedie a dondolo con in mezzo un tavolino dorato, la pittoresca composizione collocata sopra un tappeto turco. Juno si domandò se i padroni di casa si sedessero su quelle sedie a bere il caffè insieme, o magari il bicchiere della staffa. Tornò con lo sguardo alle quattro porte ben distanziate lungo il corridoio, due per parte. In mezzo scorreva un sontuoso tappeto – a fantasia leopardata, notò Juno. Winnie aveva anche un paio di scarpe da ginnastica maculate che indossava ogni tanto per le sue passeggiate e certe sere si portava appresso un ombrello leopardato tenuto al polso con una fascetta, anche se Juno non l'aveva vista aprirlo una sola volta. Tappeti turchi, busti fluorescenti e passatoie leopardate – *mio Dio*. Al confronto, la casa in cui Juno abitava un tempo era una tavolozza di colori smorti: beige, talpa, lino, crema, caffellatte, cammello.

Avanzò verso la prima porta sulla destra, che rivelò una camera da letto, forse per gli ospiti. La richiuse senza entrare e passò alla successiva; era quella di Nigel e Winnie. La stanza padronale dava sulla strada e vantava un'immensa vetrata con vista sul parco. Non era un'esplosione di colore come il resto della casa, notò Juno, si manteneva perlopiù sulla varietà dei grigi. Il letto era rifatto, ma la coperta era rimboccata in modo tale da rivelare

le lenzuola di seta di un intenso color viola sormontate da un trapuntino color crema che ricordava la panna montata. L'angolo della stanza era occupato da una fontana di oltre un metro d'altezza che gorgogliava e barbugliava come un bambino felice. Juno avrebbe potuto vivere in una camera come quella fino alla fine dei suoi giorni; era magnifica. Il bagno annesso alla stanza era così bianco che la fece sentire una nullità. Nessun gabinetto prima di quel momento le aveva mai fatto provare un senso di inferiorità. Cosa avrebbe detto a un suo paziente se una stanza da bagno così bianca e immacolata l'avesse fatto sentire come la più inutile macchia di fango sopra una scarpa? "Sei tu che glielo permetti. Stai concedendo al bagno il permesso di farti sentire così...".

Juno rise. Non si preoccupò neppure di farlo a gran voce perché le sembrava tutto così assurdo: un bagno così bianco che bastava un pelo pubico a deturparlo. Chi poteva desiderare di vivere in un mondo così facile da sovvertire? Persino il fatto che lei si trovasse in quella maledetta casa era buffo. Rideva ancora mentre usciva dalla camera da letto e si chiudeva la porta alle spalle. Mancavano le altre due stanze, ma in quel momento... delle voci. All'interno della casa.

Gli occhi sgranati, Juno si gettò mani e ginocchia a terra e avanzò carponi per tenersi fuori dalla visuale. Aveva sentito i tonfi degli scarponi da lavoro sul pavimento del piano terra. Qualcuno aveva gridato: «Recupera anche tutta quella merda...». Poi altri tonfi. "Scappa o sei morta", pensò Juno. Avrebbe dovuto darsela a gambe. E anche se gli operai l'avessero vista sgattaiolare fuori dalla porta principale, cosa avrebbero potuto dire ai padroni di casa? Che erano degli irresponsabili e avevano lasciato la porta aperta, permettendo a una barbona di vagare per le stanze? No, era piuttosto sicura che avrebbero tenuto il becco chiuso. Si fiondò giù dalle scale, la mela ancora stretta in mano. La infilò in tasca arrivando sul pianerottolo, poi girò l'angolo e scese di corsa gli ultimi gradini. Ma chiunque fosse entrato in casa, pareva se la fosse già

squagliata con tutta la sua «merda» perché grazie a Dio il piano terra era deserto.

Juno si diresse verso la porta principale. Ignorando fitte e dolori, camminava come se si fosse scrollata di dosso una ventina d'anni. Le era già successo una volta, dopo aver rubato un pezzo di formaggio dal supermercato all'angolo; la cassiera l'aveva vista infilarselo nella tasca della felpa. La porta d'ingresso dava sul parco, perciò, se fosse uscita con nonchalance, forse non l'avrebbe notata nessuno.

Mancavano pochi passi; vedeva già la vetrata colorata accanto alla porta quando la maniglia cominciò a vibrare. Juno si bloccò all'istante, in bilico sui talloni, quasi sicura dell'infarto imminente. Scorse dei movimenti oltre il vetro. Era normale che un cuore battesse di qua e di là, su e giù, di qua e di là, e ancora su e giù? Juno era sempre stata rapida di gambe – aveva trascorso gli ultimi anni senza dimora, cosa che senza dubbio aveva affinato le sue abilità di sopravvivenza – e in quel momento, l'istinto le intimò di sbrigarsi. Mentre una chiave entrava nella serratura, Juno allungò il braccio verso la maniglia di un'altra porta: era il vano ripostiglio per le giacche e i cappotti o quello delle cianfrusaglie? Non se lo ricordava; senza esitare si infilò in quello che le pareva il secondo, con le mazze da golf e le tavole da snowboard appoggiate alla parete sul fondo. Che altro... che altro c'era lì dentro quando aveva dato un'occhiata? Rammentò una cassa di palline da tennis, vecchi libri di scuola... niente che avrebbero cercato, si augurò. Ansimava dal naso; si stava sforzando di stare ferma, ma tremava dalla testa ai piedi.

La porta d'ingresso si aprì; Juno trattenne il fiato. Rimase immobile, tutto era immobile. D'un tratto le giunse un'improvvisa ventata di rumore, mentre il traffico e gli altri suoni esterni scivolavano dentro la casa dei Crouch fino al vano ripostiglio in cui si era nascosta Juno. Le parve di sentire una corrente d'aria soffiarle sulle caviglie da sotto la porta, poi sparire mentre quella principale si richiudeva con un tonfo. Il rumore di passi si allontanò dal ripo-

stiglio e da lei. Passi leggeri, notò Juno: Winnie. Era tornata a casa per verificare i progressi degli operai? Evidentemente aveva colto di sorpresa anche loro, se si erano affannati a recuperare qualunque cosa avessero disseminato per la casa.

Tese l'orecchio. Se Winnie era andata in cucina a controllare i lavori, lei avrebbe potuto scivolare fuori e percorrere i tre passi che la separavano dalla porta d'ingresso. "E se qualcuno ti vedesse, uno degli operai, o un poliziotto… saresti capace di correre più veloce di loro?". Juno flettè un piede e sentì il dolore irradiarsi fino all'anca. Movimento uguale dolore, e sebbene in certi giorni andasse meglio che in altri, pareva che lo sforzo per raggiungere il nascondiglio adesso le avrebbe impedito di scapparne fuori. Allungò una mano all'indietro fino a toccare la parete in fondo e vi si appoggiò con tutto il peso per riprendere fiato. Mannaggia a lei se quella non era stata un'idea di merda, la più stupida che potesse venirle in mente. Non aveva riflettuto con lucidità, un errore di valutazione. Juno non riusciva più a respirare. "Sì, che ci riesci", si disse. Con lo stesso tono autoritario che usava con i suoi pazienti. Si posò una mano sul cuore e contò i battiti, contò i respiri. La vista continuava a sfocarsi e rimettere a fuoco. Juno si concentrò sull'altra mano, quella ancora appoggiata alla parete del ripostiglio. "Toccala", disse a sé stessa, "è ruvida e calda. Conta i tuoi respiri".

Quando il peggio fu passato e Juno si riprese, si strinse tra le braccia, tremando per il freddo e lo sfinimento. Era lucida e furiosa con sé stessa, ma nonostante la sete e le vertigini, non poteva fare altro che aspettare. Winnie aveva riaperto la porta d'ingresso e per un attimo Juno pensò che sarebbe uscita, invece udì delle altre voci insieme alla sua, voci di ragazzini.

«Scusa per il cantiere». Stavolta era di nuovo Winnie, parlava con qualcuno fuori dalla porta. Juno trasalì sentendo il rimbombo dei passi in casa e su per le scale. Un'altra voce – femminile – rispose qualcosa da lontano, e Winnie rise. Juno non poteva vedere la scena, ma la immaginò: una mamma ferma in auto lungo il mar-

ciapiede. Posteggiare era impossibile lungo le strade ripide della città.

«Sì, se mi scrivi un messaggio domani te lo mando fuori, così non devi cercare parcheggio». Seguì una risposta che Juno non poté sentire, poi la porta si richiuse con un tonfo. Winnie si allontanò in un calpestio di tacchi e Juno si irrigidì, pronta a scattare fuori alla prima occasione. Due minuti dopo, il campanello suonò di nuovo e stavolta la voce era proprio sulla porta.

«Roman, togliti quelle scarpe luride! Fermo! No, quello lascialo a me…». Poi, dopo un saluto veloce, altri piedi rumorosi sulle scale sopra la testa di Juno. La voce tornò indietro, stavolta senza timbro genitoriale: era quella di una donna che si concedeva troppo poco tempo per sé stessa. «Dio, sei una santa a farli dormire da te. A che ora domani?».

Winnie rise con freddezza. «Alle dieci. Penso io alla colazione».

«Perfetto», rispose la voce. «A domani».

Era un pigiama party. Quando Juno se ne rese conto, scivolò silenziosa sul pavimento. Le doleva il bacino – *il bacino!* Oh, quanti dolori vedrai! Nessuno le aveva mai letto *quella* versione della storia del dottor Seuss.

Alla sua sinistra c'era la grossa sacca di pelle delle mazze da golf. Juno ne sentiva l'odore. Aveva sete. Appoggiò la testa di lato nella cornice della porta e chiuse gli occhi.

Non sapeva dire che ora fosse quando si svegliò. Era buio, proprio come quando si era addormentata. Juno staccò le spalle dalla parete del ripostiglio e reclinò la testa per stiracchiarsi. Le giunse il baccano dei ragazzi in salotto. Giocavano ai videogame, e ogni manciata di secondi si sentiva un'esplosione di spari seguita da grida esultanti e sghignazzate simili a ragli. "Dovresti semplicemente alzarti e uscire come se niente fosse", si disse. "Probabilmente la passeresti liscia".

La verità era che non riusciva ad alzarsi, senza aiuto. Avrebbe dovuto capirlo; aveva notato lo sbandamento del suo corpo, la mente più confusa e le giunture più rigide. La sua malattia

era prevedibile e lei capiva sempre quando stava per arrivare un brutto momento. Lo capivi. Solo che non volevi accettarlo. Il dolore era acuto e costante. Scivolò più giù con il sedere per alleviare la tensione che si era diffusa dal bacino fino alle anche e si mise in ginocchio.

Aveva la mente lucida, in parte per il dolore; non era ancora insostenibile. Ma lo sarebbe diventato, oh, eccome. Juno aveva una gran sete; aveva mai avuto così tanta sete in vita sua? Non ricordava. Si ritrovò a fantasticare sull'armadietto di medicine dei Crouch. Non l'aveva aperto, ma immaginò ci fosse almeno un flacone di antidolorifici. Le serviva una pastiglia, qualcosa che alleviasse lo sfregamento delle giunture. Cambiò posizione di nuovo, il sudore le inondava il viso. Sarebbero andati a dormire, prima o poi, e a quel punto sarebbe sgattaiolata fuori.

Il vano ripostiglio misurava circa un metro e mezzo per due e aveva la moquette sul pavimento. Era color crema, aggiunta di recente: si vedevano ancora i rimasugli di tessuto che i posatori si erano lasciati dietro tagliandola su misura. Juno ne prese una strisciolina e se la arrotolò sulle dita. Scivolò ancora più giù fino a sdraiarsi su un fianco, le ginocchia tirate al petto. Adesso aveva la borsa da golf alle spalle e intravedeva la luce fioca dell'ingresso da sotto la porta. Scorse le scarpe da ginnastica dei ragazzi ben allineate accanto a un paio da calcio infangate e a un altro paio con il tacchetto basso, che presumeva appartenessero a Winnie. Pensò di controllare le tasche della sacca da golf – magari Nigel ci teneva una scatola di analgesici – ma restare immobile era meno doloroso; bastava un minimo movimento a scatenare il dolore. Rimase ferma così a lungo che si addormentò di nuovo.

Quando si risvegliò, Juno sapeva esattamente dove si trovava. L'odore di moquette, di moquette nuova – aveva ancora in mano la strisciolina di tessuto, un ricciolo minuscolo. La luce dell'ingresso era spenta, il ripostiglio immerso in una profonda oscurità. Juno mosse prima una gamba, testandone la rigidità. Le doleva, ma poteva andare peggio. Rotolò sulla pancia, ansimando per lo sforzo,

poi si mise lentamente in ginocchio, a testa bassa per prevenire eventuali capogiri. Si imparavano certi trucchetti quando non ci si poteva permettere le medicine. Trucchetti per sopravvivere, trucchetti per semplificare le cose, ma nessuno che annullasse il dolore – per quello, servivano per forza le pastiglie.

Riuscì ad alzarsi in piedi. Attese un minuto per ritrovare l'equilibrio, poi allungò la mano verso il pomello della porta. I cardini erano ben oliati e non fecero il minimo rumore quando Juno aprì. Il suo cuore invece avrebbe svegliato chiunque; lo sentiva rimbombare nelle orecchie come una campana. Fece un passo verso l'ingresso, gli occhi fissi sulla porta del salotto. Se fosse arrivato qualcuno, l'avrebbe scorto prima lei, ma non avrebbe saputo dove nascondersi. "Tranquilla", disse a sé stessa, "i ragazzi dormono, Winnie e Nigel dormono". Tuttavia aveva perso la cognizione del tempo; per quel che ne sapeva, poteva essere rimasta in quel ripostiglio per due giorni. Le era già capitato di perdere conoscenza per lunghi lassi di tempo, spesso nei luoghi meno invitanti.

Avanzò verso la porta d'ingresso, il pavimento di legno che cigolava sotto i suoi piedi. Ed eccolo. Non lo aveva notato, e perché avrebbe dovuto? Niente di tutta quella situazione si sarebbe dovuto verificare. Sopra l'interruttore della luce c'era un tastierino numerico. Juno si avvicinò; magari quella sera non lo avevano inserito per via dei ragazzi in casa. Invece, sopra i numeri lampeggiava una lucina rossa e subito sotto si leggeva: ATTIVATO.

Spostò lo sguardo verso la porta. Con uno scatto fulmineo, forse poteva riuscire ad attraversare la strada fino al parco prima di essere vista, no? Doveva tentare; puntò decisa verso l'uscio. Dovette stringere i denti per non urlare. Il dolore non era più un leggero sottofondo, erano grida da musica death metal. Le scappava la pipì. Aveva visto un bagno, giusto dietro l'angolo. Avrebbe fatto piano; i ragazzi dormivano come *sassi*. O quello oppure… meglio non pensarci.

Strisciando lungo la parete, superò la cucina e si allontanò dal salotto. Nel vano sotto la scala c'era un piccolo bagno di servizio.

Non accese la luce e chiuse la porta quanto bastava per non essere vista per prima.

Lo scroscio fu sonoro. Juno fece il più in fretta possibile e si tirò su i pantaloni. Prima di andare, aprì l'acqua del lavandino e si chinò a bere dal rubinetto. Uscì dal bagno senza fare rumore, attraversò di nuovo la cucina, ma anziché dirigersi verso la porta deviò verso il salotto, rasentando la parete con la spalla sinistra.

Prima di entrare nella stanza, notò il bagliore azzurro della TV. Tese l'orecchio per sentire eventuali voci, o qualcuno che russava, ma non le giunse alcun suono – solo lo sfarfallio leggero del televisore muto. Fece un bel respiro e guardò oltre il muro. Due bozzoli giacevano sul pavimento sotto un mucchio di coperte e un terzo occupava il divano – quello era Sam. Juno riconobbe i capelli rossicci rischiarati dalla TV. Non mosse un muscolo, ma i suoi occhi vagarono fino all'altro capo della stanza. C'era una tavola apparecchiata con una tovaglia azzurra. Dal soffitto pendeva sopra il tavolo la scritta "Buon compleanno Samuel" in caratteri di colore blu metallico. Juno adocchiò i resti della torta – la parte tagliata con cura da Winnie e quella sbriciolata dai ragazzi, tornati a servirsi. Aveva fame; quando era stata l'ultima volta che aveva mangiato? Il panino fuori sul muretto, il giorno prima, poi quella mela. Guardò di nuovo i tre bozzoli, in coma da zuccheri e spossatezza conviviale, e si avvicinò piano alla tavola.

Mangiò la torta con le mani, a grossi bocconi. Il dolce aggredì il suo stomaco come una granata. La glassa era blu e verde come i colori dei Seahawks – no, Samuel giocava a calcio –, dei Sounders.

Accanto alla torta c'erano una ciotola di patatine (Juno non osò sfiorarle; masticarle avrebbe fatto troppo rumore) e un vassoio di tramezzini. Prese un piatto, ne impilò quanti più poteva e se lo portò nel ripostiglio per l'attesa.

Nessuno venne ad aprirlo il mattino successivo; Juno era sicurissima che Nigel avrebbe preso la sacca da golf o che Sam avrebbe avuto un'improvvisa voglia di rispolverare uno dei giochi in scatola impilati sulle mensole sopra la sua testa. Invece non venne

nessuno. I ragazzi fecero colazione rumorosamente, poi furono recuperati alle dieci in punto dalle madri che non volevano approfittare troppo della buona sorte. Juno rimase nascosta dietro le tute da sci e i giacconi invernali, la testa appoggiata su uno di quei cuscinetti gonfiabili da viaggio, mentre ciascuno dei ragazzi salutava. Se qualcuno avesse aperto la porta del suo piccolo nascondiglio e osservato bene, l'avrebbe stanata facilmente, ma nessuno venne a controllare. Il dolore non migliorava, ma il suo livello di comfort sì. Si vergognava ad ammettere che il pavimento del ripostiglio dei Crouch, con la moquette aggiunta di fresco, fosse il luogo più confortevole in cui avesse dormito nell'ultimo anno.

Quando gli amichetti di Sam se ne furono andati, la famiglia recuperò le scarpe dall'ingresso.

«La nonna aspetterà fino a fine serata per darmi il suo regalo o me lo lascerà aprire subito?».

Juno non sentì la risposta; i Crouch erano già fuori dalla porta, diretti verso un ritrovo di famiglia per festeggiare Sam, ipotizzò. Prima che la porta si richiudesse con un tonfo alle loro spalle e la chiave girasse nella toppa, sentì Nigel inserire il codice dell'allarme.

Come volevasi dimostrare, quando Juno uscì dal vano ripostiglio cinque minuti dopo, sul piccolo display si leggeva ATTIVATO. La lucina rossa lampeggiava sopra la scritta come un occhio rosso onniveggente, che si prendeva gioco di lei. Sbraitò ogni singola parolaccia di sua conoscenza, agitando il pugno contro la scatoletta dell'allarme. Davvero aveva creduto di potersela svignare come se niente fosse? E a quel punto il braccio le ricadde impotente lungo il fianco e vi rimase ciondoloni. Dove poteva andarsene? "Da nessuna parte, Juno, stupida vacca". Si era appena autopromossa da cretina a stupida vacca.

La situazione stava precipitando in fretta. Juno si domandò se l'impianto d'allarme fosse dotato di sensori di movimento. Be', l'avrebbe scoperto subito. Fece due passi avanti, due di lato… poi avanzò molleggiando fino alla porta della cucina e ritorno. Non

accadde nulla. Juno rise. Filò dritta in bagno, ma stavolta salì le scale fino a quello in camera di Winnie e Nigel e si sedette sulla tazza. Mentre se ne stava lì con la testa poggiata sul pugno chiuso, esaminò i sontuosi asciugamani e le boccette che aveva intorno e che chiaramente non provenivano dal supermercato.

"Perché no?", pensò Juno, tirando lo sciacquone. Ultimamente i "perché no?" abbondavano; forse era il fatto di non essere stata sorpresa a spingerla a osare di più. Prima le cose importanti. Aprì l'anta dell'armadietto di medicine e scrutò i flaconi al suo interno. Individuato quel che cercava, svitò il tappo e si versò nel palmo sei pastiglie. Rimise il flacone a posto e ne infilò un paio in bocca, premendole sul palato con la lingua.

Beato sollievo. Non si erano ancora sciolte, ma sapere di averle prese la confortava. Provò la vaga sensazione di fluttuare mentre la polvere acre delle pillole si spargeva all'interno della sua bocca. Juno si impegnò di più, riscaldandola con la lingua e la saliva. Chi gliel'aveva insegnato? Che Dio lo benedicesse, pensò deglutendo l'impasto colloso. Era amaro, ma in quel modo il suo corpo l'avrebbe assimilato più in fretta. Dimenticato per il momento chiunque le avesse spiegato quel trucchetto, Juno si spogliò ed entrò nella vasca da bagno.

Poteva evitare lo specchio finché voleva, ma ecco i suoi piedi – luridi, le unghie scheggiate e ingiallite – sul fondo immacolato della vasca. Arricciò le dita e cercò il rubinetto. Quando era stata l'ultima volta che si era fatta un bagno? A volte arrivava al ricovero in tempo per usare la doccia, altre volte si limitava a darsi una ripulita nel lavandino di qualsiasi gabinetto libero. Ma un bagno vero e proprio? Avevano la vasca nella casa di Albuquerque, quella che la banca aveva pignorato… quando? Cinque anni prima? Non era né tempo né luogo per ripensare a quel deserto nel suo attuale stato di grazia. Scacciò via quei pensieri perché poteva permetterselo, perché era ciò che le riusciva meglio in quei giorni da vecchia – dimenticare.

L'acqua le scorreva intorno e Juno vi si immerse. Le sfuggì un

gemito dal profondo della gola; non sapeva se fosse di dolore o piacere, ma si concesse di sprofondare fino alle orecchie, i capelli che le galleggiavano attorno al viso. Lungo il bordo della vasca erano allineati diversi flaconi; ne scelse uno a caso e se lo versò sui capelli. Il profumo fresco e pulito riportò Juno all'infanzia, quando i suoi nonni possedevano una lavanderia. Si strofinò bene, usando lo spazzolino da unghie di Winnie per ripulirsi le mani da ogni traccia di sporcizia.

Quando finalmente uscì dalla vasca e l'acqua fu risucchiata dallo scarico, tutt'intorno al bordo era rimasto un alone lurido. Juno prese una spugna e la candeggina in polvere e sfregò via tutto lo schifo che il suo corpo aveva rilasciato. Quando la vasca fu di nuovo lustra, la asciugò con un asciugamano trovato in fondo al cesto della biancheria, poi lo rimise dov'era.

Restava il problema dei vestiti. I suoi giacevano a terra in un mucchietto dalle diverse sfumature di schifo. Juno era ancora nuda, i suoi indumenti meno luridi insieme al resto delle sue cose nascoste sotto un cespuglio nel parco. Portò la roba sporca al piano di sotto, raggiunse il vano ripostiglio di fronte a quello in cui si era nascosta e lo aprì. Per terra c'era un sacco della spazzatura legato e pronto da portare via, un post-it rosa appiccicato sopra con la parola BENEFICENZA scribacchiata a pennarello. Juno armeggiò con il nodo e il sacco si aprì. Ne tirò fuori i vestiti in fretta: una tuta con la scritta "Baywatch" sul davanti, un paio di pantaloni da yoga da donna e delle scarpe New Balance, più belle di qualunque cosa avesse indossato negli ultimi anni. Pescò fuori persino un paio di calzini a tema Ringraziamento, poi ficcò i propri indumenti luridi in fondo al sacco e lo riannodò con il laccetto rosso. Riposizionò il post-it, chiuse bene la porta e si rivestì.

L'orologio sopra la porta verso il retro percorreva ticchettando il suo lento circolo; erano passate due ore da quando i Crouch erano usciti. Juno voleva tornarsene nel nascondiglio molto prima che rincasassero. Molto prima che potessero avvertire l'odore dei suoi spostamenti per le stanze della loro casa. Aveva ponderato di

cercarsi un posto più sicuro, ma nessun altro le avrebbe garantito la rapida via di fuga che le serviva. Con i nuovi vestiti indosso, Juno entrò in cucina sentendosi meglio al cento per cento e peggio in egual misura. La vergogna era amplificata dalla fame. Nella dispensa trovò un filone di pane e del burro di arachidi. Si preparò due sandwich e ripulì tutto prima di andare. Ne mangiò uno mentre usava il bagno per l'ultima volta e infilò l'altro in tasca avvolto in un tovagliolo di carta. Fece un'ultima visita alla dispensa, dove prese alcune confezioni di barrette energetiche Lärabar, una per tipo, poi un barattolo di spaghetti, una latta di fagiolini e un cartone di succo di mela di cui si augurava non avrebbero sentito la mancanza. Oh, ma che gliene fregava? Si era già stabilita abusivamente nel loro ripostiglio delle cianfrusaglie. Impilò le provviste in un angolino, dietro i giacconi invernali e le tute da sci.

Juno fece un ultimo giro di perlustrazione, gli occhi fissi sulla strada ogni volta che passava davanti a una finestra. Sarebbero rientrati da un momento all'altro, lo sapeva. Sesto senso, per così dire. Anche gli animali l'avevano – sapevano quando un predatore si avvicinava. E non lo erano anche le persone, in realtà? Animali travestiti. Notò sul pavimento del bagno una piccola pozza d'acqua che prima le era sfuggita e la asciugò con la carta igienica. La gettò nel gabinetto e tirò l'acqua. Come nuovo. In cucina asciugò il lavello con un pezzo di carta assorbente e ripose nel cassetto il coltello usato per il burro di arachidi. Nessuna briciola, nessun incarto vagante, nessun capello ispido grigio. Era tutto come doveva essere.

12
Juno

Juno aveva appoggiato la testa sul cuscino da viaggio e chiuso gli occhi da dieci minuti, quando la porta d'ingresso si aprì e rincasarono i Crouch. Entrarono ridendo, tra le braccia gli incarti e i sacchetti dei regali che crepitavano. Juno era pulita e comoda, con la pancia piena e, cosa più importante, al calduccio.

Dormiva.

Andò avanti così per tutto il fine settimana. Juno sapeva che il momento migliore per lasciare la casa sarebbe stato il lunedì, non appena i Crouch fossero tornati alla solita routine feriale. Così si riposò, ascoltando le voci della famiglia che osservava da mesi, sdraiata sotto gli orli dei loro giacconi invernali e dei costumi di Halloween abbandonati. La rassicurava giacere sulla moquette nuova, la schiena contro la parete, che era sempre calda. Tra sé e sé, Juno aveva ribattezzato il vano ripostiglio l'Angolo degli orli. Era un luogo sicuro, confortevole, caldo e familiare.

Dal fianco si girò sulla schiena, poi sull'altro fianco, ascoltando Sam che chiedeva alla madre di preparare bacon e uova per colazione, poi Nigel che rappava sulle note di Eminem mentre lavava i piatti della suddetta colazione a base di bacon e uova. Sentì Winnie al telefono con qualcuno dell'ufficio mentre apriva la porta a un fattorino. «Se necessario, possiamo sostituirla con Joanne del… sì, ho detto sostituire…».

Il tono era indignato. Winnie aveva due facce, indignata e vulnerabile.

Juno aveva mangiato il secondo panino il sabato sera per cena

insieme a qualche sorso abbondante di succo di mela bevuto direttamente dal cartone. Poi nella notte, mentre i Crouch dormivano per smaltire la giornata, era sgattaiolata fuori alle prime luci dell'alba per usare il bagno. Non era irrigidita come temeva e si sentiva particolarmente di buonumore. La sicurezza, una buona dormita e una famiglia da spiare. Era diventata proprio una vecchia bacucca. Kregger sarebbe inorridito.

La domenica mattina per colazione mangiò una barretta Lärabar alla torta di mele e bevve dell'altro succo di frutta. Dedusse che fosse ancora presto, perché i Crouch non erano ancora scesi. Nei due giorni in cui aveva dormito nel loro ripostiglio, aveva imparato a decifrare il rumore dei passi di ciascuno di loro sul parquet. Tese l'orecchio per sentire anche il minimo calpestio, ma la casa sembrava sprofondata nel sonno – a parte Juno, il topo del ripostiglio, ovviamente.

All'improvviso, volle rischiare. Scivolò fuori dal suo rifugio e si alzò in piedi. Il soffitto era straordinariamente alto. Juno stiracchiò le braccia sopra la testa e ripeté le posizioni yoga di gioventù per allentare in parte la propria rigidità. Stava prendendo gli analgesici dei Crouch – due pastiglie ogni quattro ore – che la aiutavano a tenere a bada buona parte del dolore durante il giorno. Fletté il collo indietro respirando a fondo allo stesso tempo, gli occhi aperti verso il soffitto. A quel punto sentì i movimenti al piano di sopra, il rumore di un rubinetto aperto. Fece ancora un po' di stretching – Tadasana, la posizione della montagna –, poi si ritirò di nuovo nell'Angolo degli orli.

Era in ansia. Si grattò un punto dietro l'orecchio, fissando il buio. Anche dal ripostiglio sentiva il rumore della pioggia fuori. Cosa sarebbe successo se l'avessero scoperta? "Sai benissimo cosa ti succederebbe", pensò. "Ti ricaccerebbero nel tuo posto preferito". Juno non voleva pensarci. Né tantomeno voleva morire in prigione. E la verità era che *stava* morendo. Si sentiva marcire; i reni come due vecchi pugni che perdevano le forze.

Le bruciava dietro l'orecchio, ma le sue dita continuarono a

grattare lo stesso punto a ritmo, avanti e indietro. “Sii presente, sii grata”. Ripescò i vecchi mantra dalla vita precedente e provò a calarseli addosso. “Dove sarei in un giorno normale?”. Una serie di immagini le attraversò la mente, ma le rifuggì. Forse l’interrogativo più adatto era: dove non aveva ancora dormito? Per un periodo Juno aveva avuto una tenda blu. Ovunque la piantasse, prima o poi arrivava la polizia a mandarla via con quel tono piatto che la faceva sentire piccola… piccola… e piccola. L’umiliazione inflitta da quegli uomini in divisa dal volto indurito, l’espressione imperturbabile ma l’impazienza pressante. “Vattene, non puoi stare qui. Via, devi andartene. Non puoi accamparti qui”. Juno non aveva nessun posto in cui andare eppure le ordinavano di farlo.

Era diventato più facile dormire di giorno. Juno schiacciava pisolini sulle panchine, sull’erba, talvolta nei bar dove la credevano solo una vecchietta sciatta che sonnecchiava davanti al caffè mattutino.

“Saresti al parco”, si rispose, girandosi verso la parete. Il parco in sé era bello, tranquillo, ma viverci non lo era per niente. Si tirò sulla testa il cappuccio della felpa e, infilati i palmi tra le ginocchia, cominciò a tremare. Aveva un master in Psicologia, aveva studiato i cani di Pavlov, e sapeva che il rumore della pioggia le incuteva freddo e paura perché era diventato un nemico – una minaccia per la sua sicurezza e comodità. E la sicurezza non era forse un bisogno primario dell’uomo? Certo che sì. Come un tetto sicuro sulla testa. “E qui sei al sicuro”. La sua bocca articolò le parole, senza osare pronunciarle a voce alta. “Sei al sicuro… sei al sicuro… sei al sicuro…”.

Quando si risvegliò, c’era della musica. Juno rotolò sulla schiena, attenta a proteggere le ginocchia. Se rimaneva ferma troppo a lungo, le si gonfiavano mani e piedi come pesci palla. Respirò a fondo, cercando di riconoscere la melodia. Sorrise, nel coglierne un paio di versi. A Dale piaceva quella canzone. Dale, il suo dolcissimo figlio minore. Mimò il suo nome con le labbra: “Dale… Dale…

Dale…", e si sentì meglio. Dale con i suoi ispidi ricci castani, il naso aquilino e le lunghe dita ossute che suonavano il pianoforte con molta più scioltezza di lei. Le mancava così visceralmente che la sua mancanza era diventata una specie di organo. Un organo pulsante, volubile. Juno si ripiegò su sé stessa, nel proprio dolore. Lo meritava, perciò quando sopraggiungeva lo accoglieva sempre, come una donna in travaglio.

Fallire come madre doveva fare soffrire. Di un dolore piatto e sordo e infinito. Juno avrebbe accettato tutto il dolore del mondo, sopportandone ogni singola sfumatura, pur di avere una sola possibilità di rivedere Dale e dirgli quanto fosse dispiaciuta.

La canzone cambiò e ora si distinguevano le voci dei singoli componenti della famiglia intenti a cantarla: Winnie stonata e Sam ancora con il timbro infantile che presto avrebbe perso. Nigel era bravo a cantare e sovrastava allegro le loro voci, in armonia con i loro striduli squittii.

Per pranzo Juno mangiò i fagiolini in scatola, ascoltando il film dei Crouch: *Ragione e sentimento* (aveva vinto Winnie a sasso forbice carta). Quella sera, quando Nigel aprì la porta per la pizza che avevano ordinato, Juno sentì la pioggia scrosciare incessante.

«Era un tuono?», chiese Nigel incredulo. Juno lo immaginò a scrutare oltre la spalla del ragazzo della pizza verso il lampo nel cielo.

«Sì, c'è il temporale. Proprio figo».

"La ragazza della pizza", si corresse Juno. Appena arrivata a Seattle si era stupita che i tuoni non accompagnassero sempre le giornate di pioggia. Nella sua vecchia vita, avrebbe raccontato a chiunque quanto le piaceva il rumore delle nuvole che si scontravano, ma in quella attuale la terrorizzava a morte.

Un orribile ricordo rifiorì mentre era sdraiata sul pavimento del vano ripostiglio. La prima volta che era rimasta senza soldi per pagare la sua lurida stanzetta al Motel Palm, aveva dormi-

to in macchina, i sedili reclinati e una vecchia trapunta adagiata nel vano del baule. Un lampo l'aveva svegliata di soprassalto dal sonno indotto dall'alcol. E cinque secondi dopo aver aperto gli occhi, Juno aveva creduto che un tir stesse passando sopra la sua automobile. Nelle vicinanze rombavano i tuoni, poi era arrivata la pioggia, grossa e fitta. Una pioggia di proiettili sparata da qualche AK-47 dei cieli.

Comprendere di non essere in effettivo pericolo era servito ben poco a placare la paura e la disperazione nelle quali si era svegliata. Non sarebbe morta subito, ma le avevano già spedito il biglietto per l'altro mondo insieme alla malattia. Il come era ancora al vaglio – se la fame o il freddo o un fulmine potessero battere il lupus – ma a lei stava bene. Erano semplicemente chiacchiere; Juno era una donnetta senza opzioni, senza amici. A ogni modo, aveva piovuto per tre giorni mentre lei se ne stava raggomitolata nella sua Prius rimasta a secco, bloccata nel parcheggio di un Walmart. Era corsa nel supermercato in cerca di cibo e dei servizi, ma per il resto non si era mossa, spaventata e in preda allo shock.

E adesso? E adesso? Quel pensiero le marciava nella testa, pretendeva ascolto. Juno non sapeva cosa sarebbe accaduto ora. Nel corso della carriera aveva fornito risposte agli altri, eppure eccola lì, smarrita e senza risposte, come anche loro un tempo.

Sentì odore di pizza, ne voleva. Erano in cucina adesso, intenti ad aprire le lattine delle bibite. Erano felici, e un tempo anche la famiglia di Juno lo era stata. Gli esseri umani avevano uno strano modo di sradicare la felicità. Le facevano le pulci in cerca di possibili pecche, finché l'intero sistema non si sgretolava. Un tempo Juno era stata annoiata della propria vita. Anziché attenersi al distacco professionale, l'aveva tappezzata delle storie dei suoi pazienti. Si era lasciata coinvolgere troppo; ora lo capiva. Una mente inattiva porta solo guai, diceva sempre sua madre. E lei l'aveva pagata, oh, se l'aveva pagata. Aveva perso tutto.

La pizza era finita; i Crouch stavano salendo di sopra. Juno era

contenta di sbarazzarsene; lo sarebbe stata ancora di più l'indomani, non appena avesse potuto andarsene. Fece pipì nel cartone vuoto del succo di mela, prese tre analgesici dei Crouch e si addormentò.

13
Juno

Giunse il lunedì; Sam fu il primo a uscire, scivolando di soppiatto fuori dalla porta prima che il sole si fosse levato del tutto. Juno sentì il dolce aroma del waffle alla nocciola che si era portato dietro, e per la prima volta da giorni avvertì la fame. Il desiderio di cibo passava, ma la necessità no. Prese dalla tasca una manciata di salatini, posandone uno sulla lingua con estrema concentrazione. Non poteva permettersi di mangiare e poi vomitare sul pavimento dell'Angolo degli orli. Trenta minuti dopo, Nigel e Winnie uscirono insieme, fermandosi prima sul retro a controllare che gli operai fossero arrivati. Juno li sentì intrattenere una breve conversazione, scuotendo le anche per il bisogno disperato di urinare.

«Credo vengano dentro a usare il bagno», disse Winnie. «Avevo specificato che devono servirsi dei gabinetti pubblici o di quelle cabine da cantiere. Non possiamo avere degli estranei per casa».

«Un bagno chimico?», suggerì Nigel.

«Non devono entrare in casa», insisté lei con fermezza. «Non mi piace».

«Non lo sai per certo. È una tua supposizione».

A quelle parole Winnie si stizzì. Juno sentì il calpestio dei tacchi spostarsi dalla cucina all'ingresso dove conservavano giacche e cappotti nel vano ripostiglio di fronte a quello di Juno.

«Detesto quando fai così. Parli come se io ingigantissi le cose».

Aveva un tono pungente. Juno doveva fare pipì. Doveva fare pipì, pipì, pipì… Posò un altro salatino sulla lingua e se lo premette contro il palato.

Nigel infilò il cappotto in silenzio. «Mi dispiace», disse poi. «Parlerò di nuovo con il caposquadra. Per vedere a che punto è il bagno chimico».

«Grazie», rispose fredda Winnie. Il salatino si sbriciolò e poi si sciolse sulla lingua di Juno.

Sentì il rumore di un bacio – veloce, abitudinario – poi la porta d'ingresso che si apriva. Niente allarme. Juno attese quanto più a lungo poté tollerare, benché forse non abbastanza, poi strisciò verso la porta del ripostiglio. Stava per afferrarne il pomello quando la porta d'ingresso si spalancò di colpo. Tonfi di scarpe sul parquet: Nigel. E se aveva dimenticato qualcosa lì dentro? Juno si ritirò nel suo angolino, facendosi piccola piccola sotto i giacconi. Per la prima volta da giorni, ebbe paura. Si era lasciata attirare dal giaciglio confortevole senza pensare al pericolo che stava correndo. Pericolo di essere scoperta, di essere scacciata come un ratto. Per quanto tempo aveva vissuto per strada, frugando alla ricerca di spiccioli per comprare sacchetti di patatine da un dollaro, così intirizzita da avere la certezza della morte imminente?

I passi le riecheggiarono sopra la testa; sempre più rapidi e incalzanti. Trattenne il fiato, il cuore martellante come se stesse per venirle un infarto o correndo una maratona. Si premette sul viso l'orlo di un costume di Halloween, un hot-dog di gommapiuma di dimensioni umane. Si coprì gli occhi con una parte del panino, per non vedere ciò di cui ormai era sicura al cento per cento. Nigel sarebbe entrato a prendere qualunque cosa avesse dimenticato, con la scarpa avrebbe urtato una qualsiasi parte del suo corpo – un'anca, una coscia – e si sarebbe chinato a controllare cosa ci fosse nascosto tra le tute da sci e il costume da hot-dog di Halloween.

Juno abbozzò un piano per fingersi morta, poi non appena lui fosse corso a chiamare aiuto, sarebbe schizzata fuori dal nascondiglio quanto più velocemente il suo vecchio culo fosse riuscito a reggere. Quindi non così velocemente, in realtà. Cercò con il dito il solito punto dietro l'orecchio. I passi scesero di nuovo al piano terra e puntarono dritti verso di lei. Il pomello della porta del

vano ripostiglio vibrò e a quel punto la vescica di Juno si contrasse per l'ultima volta prima di perdere ogni forza di volontà. Juno avvertì il calore diffondersi sotto di sé, non ancora sgradevole, ma era solo questione di tempo. Dio, era tanto vecchia quanto patetica. Non si era mai detestata tanto come in quel momento; né in prigione, né per strada. Stavolta era molto peggio, perché c'era già passata e non era cambiato niente; nessuna ricompensa per chi si comportava bene, nessuna ricompensa per chi tornava pulito. La società continuava a vederti come aveva sempre fatto... e così finivi per vederti anche tu con gli stessi occhi. Il pomello aveva smesso di vibrare, si rese conto Juno, e la porta d'ingresso sbatté di nuovo. Probabilmente Nigel l'aveva sfiorata mentre usciva.

Stavolta attese più a lungo prima di muoversi. Divenne terribile come previsto; ora si sentiva eccome il fetore pungente di urina – urina filtrata da reni malati. Juno avanzò carponi per buona parte del percorso, non voleva sentirsi i vestiti bagnati appiccicati alla pelle. Quando raggiunse il pavimento dell'ingresso, azzardò una mossa audace, persino per lei: si spogliò dalla testa ai piedi, rimanendo completamente nuda a due passi dalla porta. Se qualcuno l'avesse aperta di colpo, avrebbe avuto una bella sorpresa.

Juno aprì l'altro vano ripostiglio, quello che conosceva meno, e ne tirò fuori il sacco con i vestiti per la beneficenza. Trovò la maglietta di un pigiama con una serie di ZZZZ stampate davanti, oltre a una grossa macchia rossa probabilmente di vino, e se la infilò. Più giù, verso il fondo del sacco, sotto i vestiti luridi con cui Juno era arrivata, trovò un paio di jeans da uomo e una vecchia T-shirt. Non li indossò; se li ficcò sottobraccio e rimise tutto a posto come prima.

Portò i vestiti bagnati nel locale lavanderia, li infilò in lavatrice, aggiunse una lussuosa capsula di detersivo liquido e la avviò. Troppo spaventata per rischiare una doccia, si diede una risciacquata veloce con il sapone per le mani e una salvietta. Mentre gocciolava sul tappeto, usò la stessa salvietta per asciugare il disastro com-

binato, poi tornò alla lavatrice, aprì lo sportello e la gettò dentro insieme ai vestiti.

La parte successiva era più complicata. Prese un secchio per le pulizie dallo scaffale della lavanderia, lo riempì d'acqua calda dal lavandino, poi vi versò del detersivo liquido fino a formare un'abbondante schiuma. Nel tragitto di ritorno verso il ripostiglio, si intrufolò in dispensa per procurarsi un rotolo di carta assorbente.

Gli operai stavano usando la sega; li guardò lavorare all'esterno sotto la pioggia leggera e provò pena per loro. Pena perché erano costretti a lavorare fuori al freddo. L'assurdità di quel pensiero la fece scoppiare a ridere e si premette il pugno sulle labbra. Non intendeva farlo in maniera così fragorosa. Uscendo dalla cucina con il rotolo di carta, si guardò alle spalle ancora una volta e in quel momento uno degli operai alzò gli occhi e incrociò brevemente i suoi. Un'ondata di sangue le affluì verso la testa mentre si accucciava di colpo per sparire dalla visuale. L'aveva vista? Forse stava solo osservando il proprio riflesso sulla finestra, pensò Juno. Poco importava, ora sapeva di dover pulire subito il disastro che aveva combinato e sparire da quella casa. Doveva tornare a riprendere le sue cose – chissà per quanto tempo ancora non vi si sarebbe imbattuto nessuno? Accese la luce del ripostiglio e vi si chiuse dentro. Avrebbe potuto lasciare tutto com'era, lo sapeva. Nel giro di qualche giorno, i Crouch avrebbero cominciato a sentire l'odore ripugnante. Immaginò Winnie carponi, che annusava l'aria in cerca dell'origine della puzza. No, Juno aveva vissuto a casa loro e non era certo il genere di ospite che lasciava i piatti sporchi. Intraprese la lunga procedura di assorbimento dell'urina con la carta da cucina.

Fu mentre sfregava la moquette con la T-shirt che notò un filo allentato – una smagliatura nel tessuto. Tentò di strapparlo via. Invece, nel tirarlo, un angolino di moquette si staccò da terra. Juno sibilò un «maledizione» tra sé. Era la tipica giornata che Kregger avrebbe definito una montagna di merda. Anziché appiattire l'angolino, Juno gli diede uno strattone. Tirando un po', la moquette

si sollevò in un rettangolo perfetto. Juno lo scostò e al di sotto trovò, nascosta dal tappeto, un'asse rigida.

Mentre scrutava la botola di legno, sentì provenire dalla lavanderia il profumo di detersivo, fresco e floreale. Avvertì anche un altro odore, di chiuso e umido, salire dalla botola. Non era lo stesso legno del resto dell'abitazione; era un'asse di quercia spessa e scheggiata che sembrava giacere lì dalle origini della casa.

Due ganci di metallo, vecchi e arrugginiti, la ancoravano al pavimento. Juno dovette ingegnarsi per aprirli, scrollandoli con vigore. Si alzò in piedi e sfruttò la forza delle gambe per sollevare la botola. Sentì scricchiolare le giunture, ma le ignorò: la sua attenzione era rivolta altrove. Una folata d'aria stantia la investì in piena faccia strappandole una smorfia. Grazie alla lampadina solitaria del ripostiglio che pendeva sopra la botola, Juno intravide un pavimento di terra e dei cumuli indistinti. Si sdraiò sulla pancia e scrutò all'interno del buco. L'oscurità fagocitava buona parte dello spazio, consentendo a Juno di vederne solo una fetta, ma era chiaro che si trattava del seminterrato dell'abitazione. Juno non esitò: si sedette sul bordo della botola e vi calò le gambe.

Cadde a terra su mani e ginocchia. Avanzando carponi, alcune schegge di cemento le graffiarono i palmi facendola trasalire. Un uomo adulto avrebbe faticato a insinuarsi in certi angoli dello scantinato, specie dove il pavimento risaliva in onde pigre. Il soffitto era di legno, impregnato di muffa. Sembrava di essere in una grotta, era quasi accogliente. A dieci anni, Juno sarebbe stata entusiasta di quella scoperta. Il buffo pensiero la fece ridere di gusto. Fu il suono più orribile che avesse mai sentito, ancora più orribile di quando un'altra detenuta aveva tranciato la punta del mignolo del piede di Rhionette Wicke con una pietra appuntita, facendola urlare come una iena. A parte l'odore di marcio che doveva provenire da qualche roditore morto, era il posto migliore e più sicuro di qualunque altro in cui avesse mai dormito.

Juno aveva finito le pastiglie e il dolore ricominciava a farsi sentire, inasprito dal freddo. Sapeva che i suoi reni stavano cedendo

e sapeva anche che per una senzatetto non ne erano previsti di nuovi. Stava morendo e non gliene importava un fico secco. Non le restava niente, fine della storia; non era triste, non si disperava più, aspettava. E le sarebbe piaciuto farlo in un luogo caldo e sicuro. L'anno prima, in quello stesso periodo, una banda di teppisti adolescenti l'aveva presa a spintoni e nel tentativo di scappare lei era caduta battendo la testa sul marciapiede. Un'ambulanza l'aveva portata in ospedale, dove il medico del pronto soccorso aveva notato la chiazza a forma di farfalla sul suo viso e con delicatezza le aveva comunicato che con ogni probabilità soffriva di lupus. Juno conosceva la diagnosi da anni, ma non l'aveva confidato a nessuno, neppure ai figli. Davanti a quel dottore aveva negato, benché lui avesse capito che stava mentendo, ma la cosa riguardava solo lei. Non aveva bisogno di un filantropo novellino che voleva aiutarla a vivere una vita meno randagia. Juno voleva morire; semplicemente voleva farlo a modo suo, ecco. E forse quel seminterrato sarebbe stato il luogo ideale.

Risalì verso il ripostiglio e finì di pulire la moquette. Gli operai avevano staccato per il pranzo e Juno si affrettò a svuotare il cartone del succo di mela nel bagno degli ospiti. Era già in piena modalità programmazione, mentre tirava lo sciacquone sui rimasugli del weekend. Quel giorno si sentiva come un filo di fumo, sinuosa e quasi eterea. Però era riposata, buon Dio come si sentiva riposata. Infilò gli indumenti lavati nell'asciugatrice e si diresse verso la cucina. Aveva ancora a disposizione una decina di minuti prima che qualcuno dei Crouch rincasasse.

La porta della dispensa era già aperta e Juno vi si intrufolò, perlustrando gli scaffali con gli occhi. Prese una delle borse della spesa di Winnie, una capiente sporta di iuta con la scritta "Topino grasso" sul fianco, la scosse bene per aprirla del tutto e cominciò a riempirla. Le servivano delle confezioni multiple, scatole di snack incartati singolarmente, di cui fece l'inventario a mano a mano: un pacchetto di Ritz, uno di cracker all'aglio, una lattina di mais, una lattina di crema di mais, una bottiglia d'acqua da due litri, due pac-

chetti di snack alla frutta, una confezione di piatti pronti indiani. Adocchiò una latta di chili, ma mancava la linguetta per poter fare a meno dell'apriscatole.

Sapeva di essere ormai a corto di tempo. Passò al frigorifero, il respiro che le rimbombava nelle orecchie. Yogurt, uova, burro – cibi di cui sentiva la mancanza. Le brontolava lo stomaco. Esaminò la ciotola della frutta e trovò due mele raggrinzite e un peperone verde ormai dimenticato, infilò nella borsa anche quelli e aprì il freezer. Era stipato fino a scoppiare. Juno prese un sacchetto di piselli surgelati e lo gettò nella sporta. Si fermò davanti al cassetto delle posate e prese un coltello da burro per aprire i ganci della botola più facilmente. Per il momento doveva accontentarsi. Il cuore le saltellava dietro le costole come un coniglio. Ne era proprio convinta? Ebbene sì. Paura e adrenalina si inseguivano a rotta di collo; aveva trascorso il primo anno in prigione con la stessa sovreccitazione consapevole. "E il tuo primo anno in mezzo alla strada", rammentò a sé stessa. Ma l'agitazione scemava mano a mano che ci si adattava alla nuova normalità.

Di nuovo nel locale lavanderia, estrasse i vestiti ancora umidi dall'asciugatrice e rubò dallo scaffale un rotolo di carta igienica. La sua testa guizzò in direzione della porta sul retro – voci maschili. Prima ancora che radunassero gli attrezzi, Juno stava già attraversando lo scantinato con la prima scorta di provviste.

TERZA PARTE

14
Winnie

Winnie si sentiva gli arti pieni di aghi e spilli; era rimasta seduta troppo a lungo sul divano, a fissare la TV spenta, le gambe piegate sotto il sedere. Quando si alzò, avvertì il cuore pesante, quasi volesse essere lasciato sul divano. "Cuore a terra", pensò. Talvolta si vergognava dei propri pensieri perché sapeva come avrebbe commentato Nigel: «La solita melodrammatica».

Il marito era nello studio; ultimamente se ne stava sempre lì. Sdraiato sul suo prezioso divano Lovesac, con l'aria abbastanza compiaciuta di sé stesso e della situazione. Winnie zoppicò fino alla libreria, non perché avesse intenzione di leggere un libro ma per alleviare il formicolio alle gambe e ai piedi. Arrivò fino al computer prima di essere colta da quella sensazione fastidiosa. Sensazione che detestava. Uno dei suoi busti era storto – quello arancione. Rimase a fissarlo finché gli aghi e spilli scomparvero, poi andò a raddrizzarlo. Vide la porta che conduceva al prezioso studio del marito. Era scorrevole, e aprirla implicava parecchio sforzo e altrettanto rumore. Nigel l'aveva scelta di proposito, per sapere quando lei stava entrando. "Pensi sempre male", disse la voce del marito nella sua testa. Ormai lui dormiva lì dentro da giorni, dormiva come un ghiro mentre Winnie si girava e rigirava nel talamo nuziale. Così tanto da convincersi a scendere e farsi una camomilla, ma non le andava in quel momento. Era troppo ansiosa per mangiare o bere alcunché.

Incerta sul da farsi, si sedette al computer. Chinandosi a massaggiare il piede per scacciare gli ultimi residui di formicolio, sfiorò il

mouse con il gomito e sullo schermo si materializzò una fotografia dell'ultima vacanza di famiglia. Winnie la esaminò. Guardarla la gettò nella depressione come mai in vita sua. Era stata una bella vacanza, no? All'epoca sembrava che tutto andasse bene, che l'unione familiare fosse solida. Winnie di certo era più felice; e credeva nella teoria "Moglie felice, vita felice". "Ti sei persa", pensò. Il viaggio risaliva all'anno precedente; forse avevano solo bisogno di farne un altro. Forse era lei che stava trascinando tutti a fondo. Ne avrebbe parlato con Nigel... l'indomani. Poteva alzarsi presto, preparargli la sua colazione preferita, usare la macchina del cappuccino che non avevano mai il tempo di accendere, viziarlo un po'. Samuel, pensò Winnie, aveva bisogno che i suoi genitori giocassero nella stessa squadra. D'un tratto avvertì una determinazione d'acciaio insinuarsi alla base della spina dorsale e percorrerla per tutta la lunghezza. Raddrizzò la schiena per accogliere quel nuovo atteggiamento. Poteva aggiustare le cose e lo avrebbe fatto; un sorriso si delineava già sulla sua bocca, lo stesso sorriso che avrebbe fatto leggendo un bel biglietto d'auguri.

Prese il bloc-notes; poteva cominciare a fare programmi anziché starsene seduta con le mani in mano. Tirò fuori una penna dal cassetto della scrivania e avvicinò il foglio. Non avrebbe scoperto le parole impresse sulla carta se le sue dita non avessero sfiorato i solchi lasciati da una penna, una penna che cercava di attingere l'inchiostro ormai quasi esaurito. Sollevò il blocco alla tenue luce azzurra del computer e lo inclinò per decifrare le parole. Vide che formavano un elenco e stava quasi per lasciar perdere quando identificò un nome: Lisa Sharpe. Winnie non conosceva nessuno che si chiamasse così. Anzi, proprio nessuna Lisa. Sotto quel nome ce n'era uno più lungo, ma Winnie riuscì a decifrare solo quello di battesimo, Daisy, e parte del cognome, Sawat.

Si chiese se Samuel per caso non avesse usato quel computer. Aveva il suo, ma forse...

Per curiosità, Winnie aprì il browser e poi Facebook. Sam aveva un account – molto limitato, sottoposto alla sua approvazione.

Trovò l'elenco dei suoi amici e digitò "Lisa Sharpe" nella barra di ricerca. Nada, zero. Lisa era un nome comune nella generazione di Winnie, non di Samuel.

Accese la luce principale ed esaminò la grafia impressa sul foglio. Se l'avesse guardata subito con attenzione, si sarebbe resa conto fin dall'inizio che non apparteneva al figlio.

E a quel punto, passando convulsamente le dita sui piccoli solchi tracciati dalla penna sulla carta, Winnie ebbe l'improvvisa certezza che il marito la tradisse. "Nigel", pensò. "Sarebbe capace...?". Ruotò la sedia verso il salotto. Si stava comportando come una sciocca irrazionale. Doveva supporre che Nigel la tradisse solo perché aveva trovato un nome di donna annotato sul suo bloc-notes? Poteva esserci una spiegazione del tutto plausibile.

Allora cercò Lisa Sharpe su Google. Mordendosi il labbro, la fronte corrugata rivolta allo schermo, pregò che il motore di ricerca si sbrigasse a fare il suo lavoro perché aveva lo stomaco in condizioni penose. Stava meditando di salire a prendere i suoi antiacidi, quando il computer rivelò i risultati e a quel punto Winnie si scordò del bruciore allo stomaco e si sentì scoppiare il cervello.

Lisa Sharpe. Nella fotografia indossava un vestitino a righe rosse, i capelli biondi legati in una coda. Si era messa in posa con una Barbie fatiscente vicina al viso, la testa inclinata verso la bambola, un sorriso dolce. Aveva due anni, era stata rapita dal cortile di casa nel 2008. La bambina era sull'altalena e la madre era entrata un attimo a prendere il cellulare. Quando era tornata fuori, non più di sessanta secondi dopo (o così diceva), Lisa non c'era più.

Winnie scorse gli articoli, in preda a una crescente confusione – mai quanto la sua paura, tuttavia. Perché Nigel aveva cercato quella bambina? Quella Lisa Sharpe? Riusciva a pensare a una sola ragione per cui suo marito potesse interessarsi a un caso simile, e non volle nemmeno prenderla in considerazione.

Lisa non era mai stata ritrovata. Erano passati dodici anni e tutte le domeniche la madre organizzava ancora una veglia per lei con Facebook Live. Winnie si alzò in piedi di colpo, strappò il foglio

dal bloc-notes e lo appallottolò nel pugno. “No, no, no”, avrebbe voluto esclamare, ma le si era incollata la lingua al palato, asciutta e inutilizzabile. Come aveva potuto Nigel? Ma soprattutto: *perché* lo aveva fatto? E perché adesso?

15
Juno

Juno trascorse le successive quarantotto ore confinata nel seminterrato mentre i Crouch si passavano l'un l'altro l'influenza intestinale. Non era il periodo più lungo che aveva trascorso lì sotto, ma stavolta era meno preparata. Da quando Nigel dormiva nello studio al piano terra, non aveva potuto azzardarsi a sgusciare fuori per rifornirsi di provviste. Il secchio dei suoi bisogni aveva un gran bisogno di essere svuotato e, l'ultima volta che le aveva contate, le erano rimaste solo cinque bottiglie d'acqua appoggiate alla parete di fronte al letto. La temperatura esterna era scesa sotto i quattro gradi e le restava da mangiare solo qualche manciata di cracker. Si era distratta; il suo scopo – la sua ossessione, si corresse – era stato scoprire la verità su Sam, ma nel frattempo aveva dimenticato di prendersi cura di sé stessa. Di nuovo.

Le doleva un fianco, nonostante gli strati impilati sotto il sacco a pelo. Si girò sulla schiena, con un gemito. Provò a cambiare posizione ogni venti minuti; aiutava ad alleviare il dolore. Anni prima Juno aveva avuto una paziente con il lupus, Cynnie Gerwyn. Come dimenticare un nome così? Ciò che a Juno era rimasto più impresso di lei, tuttavia, erano il marchio a farfalla sul viso e il fisico da trentenne curvo e ammaccato come una gruccia di metallo. Ricordava perfettamente quanta pena avesse provato per quella donna. Accadeva anni prima che Juno ricevesse la stessa diagnosi.

In seguito Cynnie aveva subìto un trapianto di rene e dopo l'intervento Juno l'aveva incontrata due volte alla settimana per aiutarla a superare la depressione dovuta alla malattia. All'epoca era

solo una sua cliente, una donna che la pagava per essere ascoltata, ma dopo aver ricevuto la stessa diagnosi Juno aveva pensato spesso a lei, chiedendosi cosa avesse fatto della sua vita dopo il rene nuovo.

Juno tirò fuori le mani che teneva premute tra le ginocchia per scaldarsi e le avvicinò al viso; erano blu. Non per il freddo – non ancora, perlomeno. Le mani gonfie, blu, erano un sintomo della malattia. Le strinse all'altezza delle nocche, che scrocchiarono facendola trasalire di dolore. Non aveva neppure un'aspirina nel rifugio sotterraneo, da quando la famiglia Crouch era chiusa in casa.

Infilò di nuovo le mani tra le ginocchia desiderando la morte. Che poteva sopraggiungere entro la fine della settimana: il suo sistema immunitario era attivo come una combriccola di vecchie grasse con la gotta. Non poteva fare altro che pensare mentre se ne stava sdraiata sotto l'abitazione dei Crouch, sotto il brusio dei corpi dei padroni di casa. Non si vergognava di quel che stava facendo. Ai fini della sopravvivenza, a suo parere, era tutto concesso. Li aveva osservati, desiderati, e da loro aveva trovato una casa.

Quando finalmente i Crouch si liberarono del virus e uscirono dall'abitazione di Turlin Street per tornare ai rispettivi mondi esterni, Juno non mangiava da tre giorni. Non era affamata; non era niente, a dire il vero – si limitava a esistere fuori dal dolore del proprio corpo. Si convinse a mettersi seduta, poi strisciò avanti piano piano, lo sforzo di abbandonare il nido fu tale da toglierle il fiato. Il proprio corpo maleodorante le dava i conati e si rese conto che in qualche momento doveva essersela fatta addosso, probabilmente nel bel mezzo del sonno annebbiato dal dolore. Impiegò quasi un'ora a uscire dalla botola, poi si fermò un attimo a riposare nell'Angolo degli orli prima di rialzarsi in piedi.

La casa odorava di candeggina e fiori. Winnie si era data un bel da fare con la disinfezione. Era terribile, ma non quanto la puzza che trasudava lei stessa, constatò Juno. Raggiunse con grande lentezza il bagno per liberarsi la vescica, poi si spogliò e proseguì nuda fino alla lavatrice, nella quale gettò i vestiti. Non aveva la

forza di scendere a prendere gli altri, ma accanto alla porta trovò un nuovo sacco per la beneficenza. Prese le prime cose che trovò sopra il mucchio, una maglietta sformata e un paio di leggings con le farfalle, e le indossò. Andò in cucina, l'umore sotto le scarpe.

Mentre giaceva nel proprio sudiciume, l'oscurità era calata sui suoi pensieri. Quando si fermava troppo, il passato tornava sempre a farle visita. Puntò al lavello dove, senza alcuna gioia, aprì il rubinetto e bevve fino alla nausea. Non si preoccupò subito di mangiare; il suo stomaco stava decidendo che fare con tutta quell'acqua ricevuta in un colpo solo. Juno doveva lavarsi, ma lavarsi era un desiderio e mangiare una necessità, perciò doveva pensare prima alle provviste. Indugiò sulla porta della dispensa, barcollante. Era una stronza impulsiva, una stronza irrazionale, ma non il genere di stronza che commetteva due volte lo stesso errore. Arraffando senza riflettere, prese tutto il cibo che riusciva a trasportare, riempiendosi le braccia fino a sfinirsi. Gettò tutto nello scantinato attraverso la botola, ascoltando compiaciuta i tonfi di scatole e lattine e persino della porzione di tofu trovata nel frigorifero. Caricati i vestiti nell'asciugatrice, salì a farsi un bagno.

Juno rimase nella vasca finché l'acqua non si raffreddò, poi ne aggiunse dell'altra calda. Non appena si sentì relativamente meglio, la fece scorrere via tutta e a fatica uscì dalla vasca. Si stava asciugando con estrema lentezza e attenzione quando sentì aprirsi la porta d'ingresso. Le si spalancò la bocca e avvertì il risucchio dell'aria inspirata. Un brivido freddo la percorse da capo a piedi, poi il suo viso andò in fiamme.

Carne rossa o pesce, acqua frizzante o naturale, oro o platino – un tempo erano quelle le sue scelte quotidiane. In quel momento, invece, era nascondersi sotto il letto o nell'armadio. Corse verso il letto di Winnie e Nigel, un baldacchino smisurato. Juno aveva programmato tutto, era pronta. Aveva individuato un nascondiglio adatto in ogni stanza nel caso si fosse verificata un'eventualità del genere. E si stava verificando. Udì dei passi svelti sulle scale. Si tuffò di pancia, trascinandosi sotto il letto con le mani e i piedi,

nella mente l'immagine di una salamandra. Arretrò fino alla parete in fondo e si raggomitolò in una pallina, più piccola possibile. In fondo al corridoio sul comodino di Sam si vedeva lampeggiare la sveglia digitale: 13:20. Il corpo di Juno taceva, grazie alle pastiglie di ossicodone prese dal flacone di Nigel. La sua mente invece sfarfallava come una pessima frequenza radiofonica.

Capì che era Sam prima ancora che le sue Vans comparissero alla vista, lo capì dal rumore dei suoi passi. *Tum tum tum* come se scaricasse sui piedi tutto il peso della propria angoscia esistenziale.

Anziché puntare verso la sua camera, tuttavia, il ragazzo deviò bruscamente verso quella dei genitori. Juno vide le Vans avvicinarsi pericolosamente. Il cuore le batteva così forte nel petto da farle male. Come avrebbe reagito Sam trovando la simpatica vecchietta con la quale aveva chiacchierato al parco nascosta sotto il letto dei suoi genitori? Dio, se le fosse venuto un infarto lì sotto, quanto ci sarebbe voluto prima che la trovassero stecchita sul loro pavimento? Sam si fermò brevemente ai piedi del letto, poi si girò di colpo e si diresse verso il comò. Juno respirava piano, ma sentiva nelle orecchie come un forte sbattere di ali. Si aprì un cassetto. Cosa stava cercando?

Poi gli squillò il cellulare, una specie di cinguettio che Juno aveva già sentito.

«Sì, non lo trovo».

La sua voce così forte, così vicina. Juno chiuse gli occhi, le girava la testa.

«Mio padre però ha dell'ossicodone».

"No, no, no", pensò Juno. Quel farmaco le serviva. Quante pastiglie aveva ancora da parte? Sam si spostò in bagno e Juno lo sentì aprire l'armadietto dei medicinali, sbatacchiare le preziose pillolette bianche – e un attimo dopo era già fuori dalla porta, più veloce di prima, come se lo aspettassero da qualche parte. Il *tum*, *tum*, *tum* scese le scale, poi Juno sentì Sam in cucina, il tintinnio di un bicchiere e la porta d'ingresso che sbatteva.

Per un attimo rimase scioccata, troppo scioccata per muoversi.

Lo aveva previsto? No. Sam non avrebbe dovuto essere come i genitori; Juno era fortemente convinta che la natura potesse prevalere sull'educazione e viceversa. Invece stava diventando anche lui come loro, concluse, strisciando fuori dal nascondiglio e stiracchiando la schiena con un lamento.

Puntò lo sguardo verso il bagno. Avvicinandosi a passo leggero, notò come aveva lasciato la stanza. Vicino alla vasca, proprio accanto all'armadietto dei medicinali, c'era una piccola chiazza bagnata sul pavimento. Vedendola, Juno arricciò le labbra, poi girò lo sguardo lentamente verso la camera di Sam. Era un teenager e a quanto pareva aveva appena scoperto che un paio di pasticche facilitavano le relazioni sociali; non significava che avesse intuito che in casa qualcosa non quadrasse. Juno dubitava che si fosse trattenuto in bagno abbastanza a lungo da esaminarlo.

Si domandò se il ragazzo sapesse che qualcosa non quadrava nella sua famiglia – nello specifico, la sua nascita. Ripensò al suo blog: «I lupi lo sentono se vengono allevati dagli orsi». Ma quanto ne sapeva davvero? Juno tornò in camera di Winnie e Nigel. O, di recente, di Winnie e basta.

Osservò il suo comodino, pensierosa. Ripensando ai diari criptici e deprimenti che aveva letto, si ritrovò ad allungare la mano nodosa verso la maniglia. Quando li aveva trovati la prima volta, era all'innocente ricerca di un tagliaunghie; non stava affatto ficcando il naso. Ora invece aveva qualcos'altro in mente, qualcosa di più sinistro.

Eccola infatti, come prevedibile, nell'ultimo cassetto del comodino: una cassetta di sicurezza ignifuga. Juno la prese e se la posò in grembo. Una piccola chiave era agganciata con un anello di plastica alla cerniera di metallo. Juno non ebbe problemi a infilare l'inutile chiave nell'altrettanto inutile serratura. Se per i Crouch era quello il modo di proteggere i documenti…

La serratura scattò e Juno sollevò il coperchio.

All'interno trovò tre fasci di carte, due dei quali tenuti insieme da un elastico. Juno li prese per primi, separandoli con rinnovata

sveltezza. Fuori cominciavano ad allungarsi le ombre e la luce in camera da letto virò dal giallo all'arancione mentre il sole tramontava sul parco. Juno esaminò per un istante le sagome proiettate sulla parete della camera da letto, poi tornò all'opera. Era nervosa.

Passaporti: di Winnie e di Nigel. Quello di Sam non c'era. Rimise a posto l'elastico e posò i passaporti dove li aveva trovati, poi allungò la mano verso il successivo e più corposo fascio di documenti. Era proprio quello che si era augurata di trovare: una busta di plastica che conteneva i certificati di nascita di Winnie e Nigel, le tessere sanitarie, il certificato di matrimonio e le polizze per l'assicurazione sulla vita. Juno estrasse i documenti dalla busta, poi li infilò di nuovo tutti dentro, uno alla volta, per sicurezza. Non c'era nessun certificato di nascita per Sam, né la tessera sanitaria. Che strano. Forse Winnie li conservava altrove, ma Juno non riusciva a immaginare il perché. Sembrava che il ragazzo non avesse alcun documento. Juno sapeva di trarre conclusioni affrettate, ma aveva proprio sperato di trovare un certificato di nascita che risolvesse la questione e zittisse quella vocina fastidiosa nella sua testa. Ripensò alle parole di Sam quel giorno al parco, il giorno in cui le aveva detto di non sentirsi figlio loro: «Una volta ho cercato il mio certificato di nascita. La mamma ha detto che si era rovinato in soffitta quando si era riempita di muffa e non avevano ancora avuto il tempo di richiederne una copia».

Juno aveva visto parecchie donne come Winnie bussare alla porta del suo ufficio. Prevedibili nel loro ordine: Winnie scriveva il nome di Samuel con il pennarello indelebile sull'etichetta dei vestiti, bilanciava i suoi pasti con la precisione di un nutrizionista e per tutta la vita gli aveva cucito a mano i costumi di Halloween – lo dimostrava un intero album di fotografie. Non era il genere di madre che si perdeva il certificato di nascita del figlio o dimenticava di richiederne una copia; piuttosto il contrario. Juno portò la mano sulla cicatrice dietro l'orecchio.

Se Sam non aveva alcuna documentazione medica, non avrebbe potuto frequentare la scuola. Giusto? Giusto.

Forse Winnie conosceva la madre biologica di Sam e l'aveva manipolata per farsi dare il bambino. A suo avviso, avrebbe spiegato la sfuriata di Nigel. Cominciava a capire e dietro la nuca le si era insinuato un mal di testa che ora serpeggiava verso la fronte.

Mancava l'ultimo documento della cassetta – arrotolato e avvolto con elastici come un grosso spinello. Juno impiegò tre minuti buoni a srotolarlo e solo alla fine si rese conto che non sarebbe stata in grado di riprodurre quell'incarto complicato. «C'è del metodo in questa follia, Winnie?», chiese alla stanza.

Troppo tardi ormai... Due buste si spiegarono tra le sue mani, la carta assottigliata dal tempo. Sembrava una matrioska russa, pensò: cose nascoste dentro le cose. La diceva lunga su Winnie. Juno mise da parte gli elastici e osservò una delle due buste. Anziché leccarne il lembo di chiusura, Winnie lo aveva inserito all'interno, poi l'aveva arrotolata più volte. Juno ebbe la sensazione che aprendola non vi avrebbe trovato nulla. "Sarebbe esilarante", pensò. In realtà non proprio. Si era già spinta quasi oltre il limite, ficcando il naso dove non avrebbe dovuto. Che cosa gliene importava, in fondo? Perché si stava impicciando? Quella gente non era certo un problema suo. Juno si era trasferita lì per congedarsi, per morire. Si disse che era solo curiosità, un residuo della precedente carriera, mentre si apprestava ad aprire la busta. Dentro era vuota a eccezione di un altro rotolino di carta, così sottile stavolta che per un attimo Juno lo scambiò per una sigaretta rollata. Dovette usare le unghie per aprirlo, facendo attenzione a non strapparlo. Appiattendolo sulle ginocchia riconobbe due fogli stampati, le lettere così sgranate e sbiadite che senza occhiali riusciva a malapena a leggerle. Sembravano rapporti di polizia. Ne aveva visto qualcuno nel suo ambiente di lavoro. Le parole formavano una serie di righe nere e confuse. Talvolta Juno usava gli occhiali da lettura di Nigel, che lui teneva nel comodino accanto al letto. Si alzò, si avvicinò leggera al comodino e aprì il cassetto. Eccoli, accanto a un flacone quasi pieno di sciroppo per la tosse. Juno inforcò gli occhiali e prese il medicinale, di cui svitò il tappo senza perdere di vista i fogli

abbandonati sulla coperta dal lato di Winnie. Li scrutò a lungo e intensamente mentre beveva un'abbondante sorsata di sciroppo rosso pomodoro che le inondò la bocca come succo fresco di ciliegia. Si leccò le labbra, ripose il flacone nel cassetto e tornò dalla parte del letto di Winnie. Adesso le parole sui fogli apparivano più nitide. Juno ne avvicinò uno al viso. Leggendo, faceva con la lingua un rumore strano, le parole che risuonavano sempre più fastidiose. Juno si rese conto che erano versi di disapprovazione rivolti a Winnie. Dopodiché, ripiegò i fogli con cura e li infilò in tasca. Scrutò la busta ancora una volta.

Nell'angolino in basso c'era qualcosa... "Qualcosa", pensò Juno – o forse niente. Capovolse la busta, la scrollò un poco e tra le mani le fluttuò un oggetto stranissimo.

Un minuscolo frammento di carta assorbente... No, di tessuto. Era vecchio e appallottolato. Sembrava vi fosse impressa una goffratura, come i fazzoletti che suo nonno teneva nel taschino sul petto. Juno lo avvicinò al viso, lo fece scorrere tra le dita. Il colore giallognolo, si rese conto, era sangue, sangue molto vecchio e sbiadito.

Lo gettò a terra disgustata. Perché Winnie aveva conservato quel cencio minuscolo? E di chi era quel sangue? Si inginocchiò lentamente per raccogliere il quadratino da terra, chinandosi fino al tappeto per afferrarlo. Per un attimo temette di non raddrizzarsi più; le si era bloccata la schiena e nello stesso istante le sue ginocchia si erano indurite come due ruote dismesse, mentre lo sciroppo di Nigel stentava ancora a fare effetto. Strinse i denti e si rialzò con uno sforzo. Respirando come un rinoceronte affannato, ripose il frammento nella busta. Poteva essere qualsiasi cosa, concluse, a seconda di quanto stramba fosse effettivamente Winnie. Una volta Juno aveva avuto un paziente che conservava in un barattolo i pezzetti delle sue unghie. La seconda busta era più pesante. Pronta a tutto, Juno arricciò il naso e si apprestò ad aprirla sperando di trovarvi qualcosa di diverso, ma quando guardò all'interno scoprì non uno, bensì cinque frammenti di tessuto insanguinati.

Non aveva mai desiderato sbarazzarsi di qualcosa come in quel momento. Cosa diamine si era fumata la madre di Winnie quando aspettava i due gemelli? Con mano svelta, arrotolò di nuovo le due buste. Le si bloccavano le nocche per il dolore, ma una volta tanto era troppo preoccupata per farci caso. Scrollò la mano sinistra per alleviare la rigidità e portò la destra – che stringeva le buste – al viso. I vecchi occhi di Juno stavano compiendo uno sforzo enorme, al punto che dopo il suo mal di testa sarebbe esploso. Tuttavia ecco il risultato: due buste e sei brandelli insanguinati. Dopo aver rimesso la cassetta a posto, raggiunse il bagno a fatica e mise le mani sotto l'acqua bollente.

Gli anni di esperienza sul campo le avevano insegnato a entrare nella testa delle persone, scavare a fondo per capire non solo come funzionasse, ma *perché* funzionasse in tal modo. Ottenuta quell'informazione vitale, il pannello di controllo del cervello di quella persona si apriva, consentendole di andare a premere i pulsanti giusti. Due buste: sei frammenti di tessuto insanguinati. Erano dei trofei? No, Winnie considerava sé stessa un trofeo; non avrebbe mai conservato niente di sporco e incrostato a mo' di souvenir. Erano dei ricordi, come un ciuffo di capelli o una lettera d'amore. E a giudicare da come erano stati impacchettati, dovevano essere dolorosi. A quel punto affiorò un pensiero, si trascinò fuori dalla mente di Juno, impigliandosi strada facendo. E se nessuno avesse saputo che la madre di Sam era incinta? Se Winnie fosse stata l'unica a esserne a conoscenza? Juno aveva cercato un bambino rapito, ma forse la verità stava nel trovare la madre. Quel pensiero le calò addosso come un manto di nebbia e Juno si sentì gelare fino al midollo.

16
Winnie

Alle dieci del mattino seguente Winnie era al lavoro seduta alla sua scrivania, a controllare le e-mail e fare la lista della spesa. Suo figlio si stava divorando anche la casa. Le mancavano i giorni in cui era piccolo e mangiavano seduti al tavolino della Paw Patrol; con gli impegni di adesso, non cenavano quasi più insieme. La sua presenza in ufficio era richiesta solo tre giorni alla settimana e ne approfittava per mettersi in pari con le scartoffie. Gli altri due giorni li passava sul campo, perlopiù nei reparti psichiatrici per trasferire i pazienti alle case di cura. Preferiva il nuovo lavoro a quello che svolgeva al centro Illuminations. Tanto per cominciare, non aveva più a che fare direttamente con i pazienti, se non per la collocazione iniziale; dopodiché venivano presi in carico dagli assistenti sociali. Il suo era più che altro un ruolo di supervisione, che a suo parere le si addiceva. Si lasciava coinvolgere troppo dai singoli casi. Ecco perché Nigel aveva preferito che cercasse qualcosa di diverso dopo l'esperienza di Illuminations. Winnie prese il suo caffè e si accorse che era freddo. Si stava occupando della sistemazione di un paziente presso una delle più richieste case di cura per adulti, ma la sua mente continuava a scivolare verso il nome di quella bambina, Lisa Sharpe. Perché Nigel aveva cercato su internet quei bambini scomparsi e ne aveva annotato i nomi? Winnie lo percepiva come il più profondo dei tradimenti, la crudeltà peggiore che potesse infliggerle dopo... Eppure lei non aveva fatto la stessa cosa? Setacciando i giornali in cerca di storie analoghe? Se fosse stata davvero sincera, avreb-

be ammesso che lei era interessata soprattutto ai genitori. Voleva vedere la loro pena, partecipare al loro dolore come se ne facesse parte in qualche modo. Si crogiolava nella sofferenza. Si alzò dalla scrivania e uscì di fretta dall'ufficio in cerca di un altro caffè. Ecco di cosa aveva bisogno; non ne aveva bevuto abbastanza e la sua mente era in tilt. Le sfuggì una risatina mentre percorreva il corridoio verso la cucina. Era la tipica risatina di una donna che si sentiva a disagio per qualche ragione, e a mettere Winnie a disagio erano i suoi stessi pensieri. Non li avrebbe mai esternati a voce alta, neanche per sogno. Si stava versando il caffè in una delle tazze aziendali quando il pensiero successivo la scosse al punto da dimenticarsi di aggiungere i soliti latte e zucchero. Tornata in ufficio, scrutò la tazza di caffè nero pensando: "Non posso. Non posso fingere che sia tutto a posto se non è così". Aveva bisogno di parlare con Nigel, a quattr'occhi. Dirgli che sapeva che lui aveva cercato certe... cose su internet. Afferrò la giacca dallo schienale della sedia, rincuorata dalla propria determinazione. Del resto era sempre stata lei a cercare il confronto; doveva solo trovare l'occasione giusta. Nigel, al contrario, preferiva non arrivare allo scontro; gli piaceva vincere, come a chiunque, ma raggiungendo lo scopo in altri modi. Winnie non voleva quel genere di tensione nel suo matrimonio. Ciò che desiderava davvero era tornare indietro nel tempo, alla notte in cui aveva commesso lo sbaglio peggiore della sua vita, cancellare tutto come se non fosse mai accaduto. Se solo avesse potuto cancellare quel momento... il suo matrimonio, suo figlio... tutto avrebbe goduto di ottima salute come doveva.

Stava piovendo quando Winnie si fermò sotto la tettoia dell'edificio a pochi metri dall'automobile posteggiata. Esitò stringendosi nelle braccia, gli occhi rivolti al cielo livido senza vederlo. Dove sarebbe andata se si fosse messa al volante in quel momento? Non ne aveva idea, così anziché prendere la macchina si calò sulla testa il cappuccio della giacca e cominciò a camminare lungo il marciapiede, schivando un paio di tizi con gli occhi fissi sul cellulare.

La pioggia era impercettibile, le sferzava il viso quasi con affetto, come solo la pioggia di Seattle sapeva fare.

Se fossero arrivati allo scontro sarebbe finita male, perché era così che ti ritrovavi sul ring quando nascondevi dei segreti. Se Winnie avesse incolpato Nigel di aver cercato Lisa Sharpe in rete, il marito avrebbe ribaltato le accuse, facendola sentire uno schifo per aver ficcato il naso saltando subito alle peggiori conclusioni. E forse avrebbe avuto ragione lui, oppure avrebbe solo tentato di manipolarla; del resto anche Winnie ricorreva spesso alla manipolazione. Tuttavia Nigel non era come lei; non cercava di punirsi per il proprio ruolo nell'errore della moglie. No, se stava cercando informazioni era per vantaggio personale. Non si viveva per anni e anni con una persona senza apprenderne gli schemi; nel bene e nel male, si finiva per imparare a conoscerli.

Winnie si leccò la pioggia dalle labbra. Non sapeva dove fosse diretta, né a che velocità; notava solo vagamente la gente che le passava accanto e il modo in cui la guardava. "Sarà per il trucco", pensava. La pioggia che le baciava il viso doveva aver sciolto il mascara. Una vocina nei recessi della mente insinuò che stava travisando lei gli sguardi della gente anziché affrontare la realtà di quale fosse il suo vero aspetto; la vocina sembrava diffidente come lo psicologo dal quale era andata per tre anni, la cui voce le era rimasta più impressa nei ricordi di quella del defunto padre. Alla fine il tizio aveva perso l'abilitazione, e a quel punto Winnie aveva abbandonato la terapia del tutto per trasformarsi a tempo pieno in una mamma maniaca del controllo.

Poi, quando Nigel aveva suggerito di affittare l'appartamento al piano terra per pagare le bollette, Winnie si era decisa a cercarsi un lavoro. Il pensiero di avere per casa degli estranei che la osservavano la terrorizzava. Non poteva tollerarlo, pur avendo accettato di creare un ingresso separato. Si fermò all'angolo di una via poco familiare e si guardò attorno per la prima volta. "Calma", si disse, ma lo era. Fin troppo. Come mai? Perché lui *non poteva* lasciarla, in fondo era quella la più grande paura di Winnie. Scoppiò

a ridere, un'esplosione roca che spinse diverse persone in attesa del semaforo verde ad allontanarsi da lei, la donna con il giaccone Burberry e il mascara sbavato. Eppure era proprio buffo, no? Winnie temeva qualcosa che non poteva accadere. Il sorriso le si spense sulle labbra. La questione non era che Nigel non potesse andarsene, ma che volesse e non potesse. Forse pretendeva troppo dopo quello che aveva fatto, ma Winnie desiderava solo che il marito l'amasse… che volesse stare con lei.

In qualche modo arrivò a piedi fino a casa, percorrendo strade che solo di rado imboccava con l'automobile finché non si ritrovò all'estremità opposta di Greenlake Park e poi davanti a casa – in un disastro di vestiti bagnati e trucco colato. La macchina era rimasta nel parcheggio dell'ufficio. Winnie aveva camminato per sei chilometri senza nemmeno accorgersene. L'ultima cosa che desiderava era trascinarsi di nuovo fino al lavoro mentre gli altri rientravano dalla pausa pranzo. Se i colleghi l'avessero vista tornare, fradicia, a riprendersi la macchina, avrebbero presunto il peggio. Cercavano sempre qualche scandalo da ruminare; faceva scorrere le giornate più in fretta. E il peggio che potessero immaginare non sarebbe mai stato terribile come ciò che Winnie aveva fatto davvero. L'indomani avrebbe chiamato un Uber per andare in ufficio, inventandosi qualche storiella plausibile. Decise di raccontare a Nigel che uscita dal lavoro aveva trovato la batteria della macchina scarica. Sarebbe bastato. Come ai bei vecchi tempi: spazzare sotto il tappeto i cocci della propria follia.

Indugiò un istante, ai margini del parco; casa sua era dall'altra parte della strada e per un attimo la osservò come un passante qualunque. «Una delle abitazioni più belle», una volta aveva sentito dire da un anziano che passava di lì alla compagna. «Mmmmmh», aveva concordato la donna, prendendolo sottobraccio. Winnie concordava con il vecchio signore; trovava affascinanti i suoi mattoni rossi e la struttura tradizionale, ma qualche sua amica faceva commenti maligni, dicendo che poteva quasi diventare

il set di un film di Wes Craven. Era solo mezzogiorno, tuttavia dal cielo si allungavano le ombre tipiche del tardo pomeriggio. La casa era attorniata da nubi agitate che sul tetto parevano ancora più scure, come vi si fossero riunite di proposito. Che pensiero ridicolo. Winnie sembrava sull'orlo di un esaurimento nervoso o giù di lì; tutta quella giornata era stata... E a quel punto i suoi occhi seguirono la direzione del vento verso le finestre della camera da letto e la riflessione rimase inconclusa. Una visione le serrò lo stomaco paralizzandole le gambe. C'era qualcuno nella sua camera da letto e stava guardando verso il parco – guardava *lei.* Winnie spalancò la bocca e in quell'istante un uomo con i cani al guinzaglio le passò davanti, impedendole la visuale per non più di due secondi. Quando lui si allontanò, la finestra – la finestra della sua camera da letto – era vuota. Winnie si gettò in mezzo alla strada, a metri di distanza dalle strisce pedonali, e una Mazda le strombazzò dietro il clacson. Lei accennò un gesto di scuse attraversando svelta le tre corsie di traffico, gli occhi incollati alla finestra della stanza che divideva con il marito. Tirò fuori le chiavi dalla borsetta mentre percorreva di corsa il viale d'ingresso, scrutando le altre finestre in cerca dell'intruso. Vide la Tahoe del signor Nevins parcheggiata lungo il marciapiede. Il vicino era in casa; avrebbe potuto chiamarlo in caso di bisogno. Le due abitazioni confinavano sul retro, separate da una stradina stretta. Winnie superò di corsa la monovolume e l'adesivo giallo che detestava con tutta sé stessa fino a raggiungere il retro. Non si vedeva traccia del signor Nevins, le finestre della sua casa in stile Cape Cod erano buie. Il cancello di Winnie era inviolato; lo aprì piano, prendendo il cellulare dalla borsetta senza distogliere lo sguardo dalla porta che dava sul retro. Se qualcuno avesse voluto scappare, sarebbe uscito da lì. A quel punto Winnie si raddrizzò, ricordando un dettaglio importante: l'allarme. Scrutò la porta sul retro, le chiavi tra le dita. Avrebbe sbirciato all'interno per controllare se l'allarme era inserito. Con uno scatto attraversò il giardino posteriore, i fiori fin troppo vivaci nella strana luce

che filtrava attraverso le nuvole. Non appena fu a meno di due metri dalla porta, notò la lucina rossa sul tastierino della cucina. L'allarme era attivo. Winnie avvertì un brivido freddo percorrerle la schiena e addensarsi, incerto, sulle dita dei piedi. Avrebbe voluto chiamare la polizia, ma a Nigel sarebbe venuto un colpo. Si sarebbe vergognato e, soprattutto, l'avrebbe creduta «fuori di senno». L'avrebbe guardata di nuovo con quello sguardo, come fosse un oggetto pericoloso capace di esplodere da un momento all'altro. Winnie si morse il labbro inferiore, con un leggero fremito. Non poteva chiamare la polizia e non poteva chiamare Nigel. Avrebbe dovuto verificare la situazione da sola.

Aprì la porta pronta a essere aggredita. L'aveva solo immaginato? Un attimo prima stava riflettendo sulle nuvole scure e poi... si guardò intorno, inserì il codice dell'allarme sul tastierino e trasalì quando il frigorifero si mise a ronzare. Il dispositivo emise un unico *bip* per avvertirla di essere stato disattivato e lei avanzò cauta verso la cucina prestando ascolto a qualsiasi suono. Era una casa vecchia; Winnie udì i soliti rumori mentre tendeva l'orecchio in cerca dell'intruso. Poiché non sentiva nulla di strano, avanzò lentamente verso il corridoio, vuoto come la cucina. Proseguì fino alle scale, convinta di essersi immaginata tutto. Quella mattina era in uno stato d'animo terribile; non si sarebbe stupita di aver scambiato un'ombra per qualcosa di terrificante. Con il battito del cuore più regolare, Winnie salì al piano di sopra.

In camera da letto fece un giro lento su sé stessa, gli occhi che scrutavano con attenzione e impazienza gli oggetti familiari. Non c'era niente... fuori posto, eppure Winnie percepiva qualcosa di strano. Non riusciva a identificarlo. Era come se lì dentro fosse entrato qualcuno, anche se adesso non c'era più. Passò rasente alle finestre, attenta a non rivolgere le spalle alla porta. Era ridicolo, si sentiva ridicola, ma la paura sapeva essere convincente. Sarebbe stato più ridicolo farsi ammazzare. "Non credi davvero che in casa ci fosse qualcuno", pensò. L'allarme era inserito. Allora cosa...?

Scostò le tende e si fermò nello stesso punto in cui aveva visto la figura. Qualcosa l'aveva guardata da quella finestra; ne era certa. «No», rise, voltandosi. L'unica cosa che la perseguitava erano le sue decisioni del passato. La spaventavano più quelle che i fantasmi.

17
Juno

L'erba era umida e spugnosa sotto le sue scarpe da tennis; Juno rivolse il viso alla pioggerella e inspirò a pieni polmoni l'aria buona dello Stato di Washington. Uscire per lei era diventato un piccolo lusso; se solo la vita avesse saputo bilanciare i problemi. Poco lontano scorse Joe, alle prese con il suo cartello di cartone, una bottiglia di succo d'arancia accanto ai piedi.

«Succo d'arancia, Joe?».

Lui si guardò intorno per individuare l'origine della voce. Quando la vide, il suo viso si illuminò. «Me l'ha rifilato qualche figlio di puttana, Juno. Sai che a me piacciono le porcherie frizzanti». Scoppiò a ridere così di gusto che si diede una sberla sul ginocchio. Juno non lo incontrava quasi mai senza una bibita gasata; gli piaceva l'aranciata, soprattutto, ma bastava fosse qualcosa di frizzante. Diede un'occhiata al suo cartello e inarcò le sopracciglia. Joe non era un tipo da "Aiuto, per favore". A caratteri maiuscoli e marcati aveva scritto tre versi di una canzone di Johnny Cash che Kregger ascoltava sempre. Juno li lesse divertita. Joe era un senzatetto di nicchia: i suoi cartelli attiravano l'attenzione non solo delle anime pie ma anche degli amanti della musica provocatoria con un debole per i testi ben scritti. Il più delle volte se la passava bene. Joe, che chiamava il mondo intero «figli di puttana», era un eterno ottimista. Aveva persino battezzato il bastardino che lo seguiva dappertutto con il nome di Madre. Juno non vide la bestiola lì in giro; c'era solo Joe che cercava di attirare la sua attenzione. Gli sorrise e proseguì per

la sua strada, ma lui la chiamò: «Ehi! Ehi, Juno! Che fine avevi fatto, ragazza mia?»

«Ormai sono una ragazza tanto quanto te, Joe!».

«Giusto! Sei una figlia di puttana!». Lo sentì ridere prima ancora di svoltare l'angolo, ansiosa di allontanarsi. Joe era un chiacchierone insaziabile e non le andava di dargli corda in quel momento. Prese la strada più lunga verso la biblioteca, fermandosi all'emporio all'angolo per una porzione di minestra calda. Il commesso che ci lavorava nei giorni feriali era sempre gentile con lei. La guardò un paio di volte poi la salutò con un cenno del capo mentre Juno si dirigeva al bancone delle minestre calde. Non si faceva viva da un po'. Era bello che se ne fosse accorto. Optò per il minestrone e lo versò nel contenitore da asporto, poi si mise in fila alla cassa. La porzione costava due dollari e cinquanta, Juno posò le monete sul ripiano e chiese anche un francobollo, pescando dalla tasca gli spiccioli che mancavano. Le avanzò giusto l'importo necessario per utilizzare la stampante della biblioteca, che costava cinque centesimi a pagina. Il francobollo riposto al sicuro, Juno bevve la sua minestra direttamente dalla ciotola di carta strada facendo. Il cassiere le aveva allungato un pacchetto di Mentos prima che uscisse dal negozio – gratis. Juno ne mangiò metà seduta al computer della biblioteca, infilandosi le caramelle tra le labbra con discrezione. Una volta individuato quel che cercava e recuperato dalla stampante anche l'ultimo foglio ancora caldo, se ne andò. Samuel sarebbe rincasato entro un'ora. Avrebbe disattivato l'allarme e Juno si sarebbe intrufolata in casa dalla cucina mentre lui faceva i compiti. Il problema era il signor Nevins, che di tanto in tanto sbirciava fuori dalla sua finestra verso il viale che Juno doveva percorrere per raggiungere il cancello sul retro. Senza alzare lo sguardo verso le finestre, non l'avrebbe nemmeno notato, ma lui avrebbe visto lei e chiamato la polizia. Juno non attraversò la strada davanti al parco per raggiungere la casa dalla facciata principale; attraversò un po' prima e percorse il giro largo verso il retro dell'abitazione. Il cuore le galoppava come un cavallo al derby e non aveva ancora

varcato il cancello. E se Sam fosse stato in cucina intento a prepararsi un panino e avesse visto la sua vecchia amica senza dimora entrare dal retro di casa sua? La monovolume del vicino non era posteggiata lungo il marciapiede. Juno percorse il viale sforzandosi di sembrare un'anziana e innocua signora, lo sguardo fisso sul cancello. Samuel lo aveva lasciato aperto; a Juno non sarebbe servito allungare il braccio per rimuovere il chiavistello interno. Una volta vicina, rallentò il passo e si guardò attorno furtiva, ma non vide alcun movimento dietro le finestre del signor Nevins. Avrebbe potuto notarla qualcun altro, suppose, ma l'avrebbe scambiata per la signora delle pulizie o qualcosa del genere. In città la gente andava e veniva senza impicciarsi come accadeva invece in periferia. Juno conosceva gli spostamenti di tutti, quando era una madre che viveva in periferia. Varcò il cancello e riconobbe all'istante il proprio errore. Raggiunta la parte laterale della casa, infatti, si sentì chiamare da una voce maschile.

«Ehi! Che stai facendo?». Si girò e vide Joe che la pedinava lungo il viale, un lurido cappellino dei Mariners di traverso sul capo. Camminava a passo sciolto, ciondolando la testa come se il suo cervello fosse troppo pesante per il collo. Juno sapeva che non era il suo caso, perciò Joe doveva essersi calato qualcosa. Gli piaceva accompagnare le bibite con un tiro di crack. Scivolò fuori dal cancello, fingendo di non averlo sentito, e proseguì verso la strada. Il cuore le saltellava nel petto come un coniglio. Perché si era fermata a parlare con lui poco prima? Si guardò attorno aspettandosi di vedere il bastardino, ma Joe era solo e a giudicare dall'espressione del suo viso aveva fame di guai.

«Juno! Juno, figlia di puttana!». Lei accelerò e svoltò a destra imboccando la strada per Greenlake Park. Attraversando svelta, lo avrebbe seminato. Quando si girò a controllare se l'avesse raggiunta, non lo vide più. Tornò sui propri passi e sbirciò dietro l'angolo. Joe era ancora fermo davanti al cancello aperto dei Crouch, scrutava dentro barcollando sulle gambe. Una visione terrificante. Se Sam fosse entrato in cucina e avesse visto…

«Ehi! Sono qui, Joe. Che vuoi?». Stavolta fu lui a non sentirla; era troppo concentrato sulla casa. "Buon Dio", pensò Juno. "Che diamine gli passa per quel cervello sballato dal crack?". Juno si augurò che il signor Nevins guardasse davvero fuori dalla finestra.

«Joe!», chiamò. «Ehi, testa di cazzo! Andiamo a prenderci una ciambella, figlio di puttana, prima che finiscano». Joe non si muoveva, lo sguardo stavolta puntato come un laser. Juno lo aveva conosciuto al negozio delle ciambelle, una friggitoria minuscola che profumava di paradiso. Il proprietario era un ex tossicodipendente e vendeva le sue ciambelle a venticinque centesimi l'una a chiunque non avesse un tetto sopra la testa; chi prima arrivava, prima si serviva. Joe era molto più giovane di lei, perciò non si potevano considerare amici, ma se vivevi per strada diventavi parte di una comunità anche senza volerlo. Juno fece qualche passo verso di lui, attenta a rimanere fuori dalla sua portata. Il crack lo rendeva imprevedibile. «Joe», ripeté. «Ti offro una...».

L'uomo girò la testa così di scatto che Juno sobbalzò all'indietro. «Cosa cercavi lì dentro?»

«Come?». D'un tratto Joe le parve molto più lucido di quanto sospettasse. "Forse non si è fatto". Joe avanzò verso il cancello, pronto a spalancarlo.

«Vieni, idiota», lo chiamò a denti stretti. «E se sono in casa? Dai...». Fu interrotta dal rombo di un'auto, e all'improvviso Joe si mosse. Titubante. Juno gli piantò le dita dietro il braccio e lo strattonò. L'uomo si lasciò trascinare lontano dal viale e verso il marciapiede. Juno si fermò davanti al muretto sul quale un tempo si sedeva a osservare i lavori in casa Crouch e si guardò intorno nervosa.

«Che fai, mi segui?».

Sul volto pallido di Joe riconobbe uno sguardo che non le piacque. Mentre lo osservava, notò che l'uomo aveva la pelle del naso e delle guance scottata. Juno credeva fosse fatto, invece era perfettamente sobrio.

«Hai rubato qualcosa da quella casa, Juno...?»

«Sì, come no, Joe. Stavo cercando di fregarmi la TV», scherzò. «Pensavo di caricarmela in spalla fino al banco dei pegni per...».

«Facevi la strizzacervelli nella tua bella vita precedente, no? Sì, me lo ricordo».

Juno gli rivolse un sorriso fiacco, lo sguardo spento. «Già, sì». Tentò di mantenere un tono di voce calmo, ma quelle domande le fecero accelerare i battiti. Joe aveva un sorrisetto saccente sulle labbra sottili e incrostate. Girò la testa verso la casa dei Crouch per studiarla ancora una volta, pizzicandosi la pelle secca attorno alla bocca.

«Sì, credo proprio che trami qualcosa, vecchia figlia di puttana». Joe si protese così tanto verso di lei che Juno sentì il suo alito marcio e gli distinse i butteri sul naso. «Mi sa che trami qualcosa...». E di punto in bianco l'uomo si allontanò verso il parco con la stessa andatura ciondolante. Juno rimase a guardarlo, lo stomaco formicolante di paura. "È solo un drogato. Prima di sera si dimenticherà della nostra conversazione", si rassicurò. Non le aveva più chiesto dove fosse stata, però; come se... lo sapesse. E se lei voleva rientrare in casa prima che tornassero Winnie e Nigel, stava per esaurire il tempo a disposizione.

«Datti una mossa, vecchia figlia di puttana», sussurrò a sé stessa, facendo eco a Joe, mentre imboccava ancora una volta il viale. Alzò lo sguardo verso la finestra di Sam e vide la luce accesa. Che cosa avrebbe fatto il ragazzino se l'avesse sorpresa a intrufolarsi in casa sua?

18
Winnie

Winnie non controllava le e-mail da giorni. Non era l'unica cosa che non aveva fatto: i piatti giacevano impilati attorno al lavello e nella lavatrice c'era un carico di vestiti bagnati e lasciati ad ammuffire che era stata troppo pigra per trasferire in asciugatrice. Pigra non era la parola giusta, no, era *distrutta*. Nell'ultimo periodo rimaneva sveglia tutte le notti ad aspettare che accanto alla finestra si materializzasse l'oscura figura per svegliare Nigel e dimostrargli di non essere pazza. Dopo quel giorno non c'erano più state apparizioni e Winnie trascorreva gran parte della notte a convincere sé stessa che la visione era stata solo frutto della sua immaginazione. Era una casa vecchia, in fondo. Mentre bloccava con il piede la leva del cestino dei rifiuti, per gettare diversi volantini e opuscoli di negozi, le capitò tra le mani la busta.

Fu la grafia scribacchiata a catturare la sua attenzione. Nessun mittente, solo il suo nome e indirizzo, e il francobollo.

Aprendola ne scivolò fuori una cascata di fogli che atterrò sul pavimento della cucina. Winnie si inginocchiò a raccoglierli imprecando. Erano ritagli di varie misure. Ne avvicinò uno al viso e vide che si trattava di stampe di notizie online. La prima era intitolata *Bambina rapita al supermercato!*

Era la storia di Rosie Jhou, rapita dal suo passeggino a fine anni Novanta in un supermercato di una nota catena. Winnie ricordava quella storia. A quanto ne sapeva, Rosie Jhou non era mai stata ritrovata. Ormai doveva avere più di vent'anni. Ma perché qualcuno le aveva spedito quell'articolo? Winnie ne prese un altro, il cui

interrogativo *Dov'è Karlie Karhoff?* campeggiava in alto, in grassetto. La piccola Karlie Karhoff, di otto mesi, era stata vista per l'ultima volta nella cameretta di casa sua nel Montana. I genitori disperati avevano raccontato di averla messa a letto la sera prima, come sempre. «Era raffreddata e aveva sonno», aveva spiegato la madre, Hillary Karhoff, alle autorità. Con grande orrore, però, il mattino successivo avevano trovato la culla vuota, la piccola Karlie sparita.

Winnie ne prese un terzo, stavolta con lo stomaco in gola; parlava di una bambina di nome Hellie Armstrong scomparsa a Detroit. Hellie non era arrivata a festeggiare il suo secondo compleanno; era stata rapita dal suo giardino neanche una settimana prima, con indosso l'abito giallo della principessa Belle. La madre aveva raccontato che la festa avrebbe avuto il tema delle principesse Disney. Quando Winnie finì di raccogliere i ritagli di carta, si ritrovò una dozzina di articoli tra le mani, ma le tremavano così forte che le caddero ancora. Ficcò tutto di nuovo nella busta, ogni singolo bambino mai ritrovato, e la gettò nella spazzatura. Richiuse il coperchio e si mise una mano sul cuore impazzito.

Respirò a fondo, tremante, il visino di Rosie Jhou ancora impresso nella mente. Poi d'un tratto premette forte la leva del secchio della spazzatura con la punta del piede e il coperchio si spalancò di nuovo. Winnie fissò, tra le bucce e i rifiuti, il proprio nome e indirizzo scritti a mano sulla busta, e un brivido la percorse da capo a piedi. Era la grafia di una donna, ne era certa. Spinse la busta più a fondo, ricoprendola con il resto della spazzatura. Qualcuno sapeva.

Winnie trascorse il resto della settimana e del weekend in una sorta di intontimento scioccato. Qualunque cosa la faceva sobbalzare, e il volume dei programmi TV di Sam le dava sui nervi, le risate registrate del pubblico le mettevano voglia di urlare. Perché i ragazzi guardavano la televisione a un volume così fastidiosamente alto? Il venerdì sera si annodò i capelli in una coda, si infilò la

tuta e si rifugiò in bagno, con il pretesto di avere i crampi. Nigel e Samuel si erano chiusi nello studio a giocare ai videogame, lasciandola agli affari suoi, che includevano la ricerca ossessiva su Google delle storie di quei bambini citati negli articoli. Nessuno di loro era stato ritrovato. Nessuno. Winnie si mise a camminare su e giù per il bagno, ai piedi i soli calzini, un braccio stretto attorno alla vita, l'altro sulla bocca. Pensava a Josalyn, la biondina dai capelli sottili, arruffati. Una ragazza dal viso particolare; sembrava arrabbiata e insolente anche senza volerlo. Non dimostrava più di quattordici anni, ma era già maggiorenne quando era entrata nel programma di Illuminations. Winnie ricordava le sue unghie mangiucchiate, e l'aria assonnata la prima volta che era salita in macchina con lei per una visita medica. Aveva due malattie sessualmente trasmissibili e i denti marci; per il resto, Josalyn era di costituzione robustissima. La sua mente, al contrario, era un calderone di problemi e spesso nutriva pensieri suicidi – a rivelarlo, le cicatrici sui polsi, inferte nella direzione sbagliata, come farebbe una quattordicenne. Seduta a un tavolino di Starbucks, Josalyn le aveva raccontato di aver quasi rischiato l'overdose di sonniferi l'anno prima in California. Winnie ricordava perfettamente il tono piatto con cui l'aveva messa al corrente dei suoi tentativi di suicidio – come semplici dati di fatto. La sua psicologa le aveva diagnosticato un disturbo da stress post-traumatico e un bipolarismo di tipo 1. Per Winnie era semplicemente una ragazzina, una ragazzina bisognosa di aiuto. Tutte le sere era tornata a casa pensando... no, ossessionata dalla sorte di Josalyn. I colleghi le avevano spiegato che si trattava di sentimenti normali agli inizi della carriera. Tuttavia quella ragazza le era entrata dentro, chissà perché. Aveva importanza? Winnie voleva solo aiutarla. Invece aveva fatto il contrario.

19
Winnie

Quando il martedì mattina il suo cellulare si illuminò per un messaggio di Amber, Winnie stava attraversando Pike Street con le braccia cariche di composizioni di fiori secchi per il banchetto invernale alla scuola di Samuel. Si era offerta volontaria per andare a ritirarle.

I fiori, che al mercato si potevano acquistare a mazzi enormi ed economici, in inverno venivano venduti secchi. Winnie lo trovava deprimente. Crepitavano piano tra le sue braccia mentre aspettava il verde. Stava congelando, il naso ancora arrossato per il raffreddore della settimana prima. Si domandava chi, nel consiglio di istituto, considerasse natalizi quei mazzi di fiori morti, e perché nessuno avesse inventato i cappotti riscaldati.

Dovette risalire la collina fino al garage coperto dove aveva lasciato la macchina, così lesse il messaggio solo dopo aver caricato i fiori con attenzione nel baule, e anche a quel punto controllò il cellulare con occhi distratti, nel fare il giro dell'auto fino alla portiera del conducente. Dovette rileggere il messaggio due volte, certa che fosse un errore, schiarendosi la gola di continuo come in preda all'ansia. Di sicuro Amber, che d'abitudine a pranzo beveva due bicchieri di vino, aveva visto male. Winnie però sapeva anche che sua cugina, che era cresciuta a Brooklyn e una volta aveva spinto un uomo giù dalle scale per averle toccato il sedere, non era il tipo di persona da diffondere falsi allarmi.

Così digitò la risposta: "Mandami la foto".

Rimase in attesa con la schiena appoggiata alla portiera dell'au-

to, lo stomaco sempre più sottosopra con il passare dei secondi. Faceva freddo al quarto piano del garage – il vento si levava dallo stretto e si infilava dritto tra le grandi finestre aperte – ma Winnie non voleva ancora salire in macchina. Rabbrividì, fissando il retro di un Suburban nero. Qualcuno aveva scritto "scemo" con il dito sulla portiera sporca del passeggero. Sarebbe stato diverso se il messaggio le fosse arrivato da qualcun altro, ma Amber era sua cugina. Se portava cattive notizie, era probabile che fossero attendibili. Notizie che dovevi sapere anche controvoglia.

Winnie aprì gli occhi e lesse il messaggio di nuovo, per sicurezza:

Ero combattuta se mandartela o meno ma credo sia la cosa giusta. Ieri ero a pranzo a Palomino. Ho visto Nigel da lontano e pensavo fosse con te così mi sono avvicinata per salutare. Arrivata al tavolo ho visto che non eri tu. Era con una donna. Seduti sulla stessa panca, molto vicini, girati l'uno verso l'altra. Non mi quadrava. Non mi hanno vista così ho scattato una foto passando. Mi dispiace.

Amber era così; non ti indorava la pillola, te la faceva ingoiare senz'acqua. A Winnie tremavano le mani – no, tremava dalla testa ai piedi – mentre aspettava la foto. Quando arrivò, la notifica illuminò il display del cellulare. La fissò a lungo – tanto che le bruciavano gli occhi. Eccola; ce l'aveva proprio davanti. L'immagine si annebbiò non appena comparve sullo schermo, i volti delle due persone immortalate che sparivano mentre i suoi occhi si riempivano di lacrime. Li aveva visti, però, li conosceva bene: suo marito e Dulce Tucker.

La fotografia era sfocata; Amber l'aveva scattata al volo e si vedeva l'ombra di un'unghia rossa in un angolo, ma era impossibile non riconoscere Nigel, il corpo ruotato verso la donna al suo fianco, il braccio rilassato dietro di lei, sullo schienale della panca. La donna indossava un maglioncino rosso fuoco che metteva in risalto il seno prosperoso. Il particolare che più turbava Winnie era la sua mano poggiata sul petto del marito, con una tale disinvoltura che doveva avercela messa molte altre volte. E chissà dove altro, pensò Winnie. Dove altro aveva posato le mani quella donna? Sorride-

vano entrambi. "Pensa un po'", notò Winnie. "Si può sorridere anche quando stai spezzando il cuore a qualcuno".

"Grazie", rispose a Amber, dopodiché fu colta da un attacco di panico sul pavimento freddo del parcheggio, l'auto traboccante di graziosi fiori morti.

Winnie andò a consegnare le composizioni, poi puntò dritta all'ufficio di Nigel. Non aveva ancora pianto, non aveva ancora provato nulla a parte il viscido terrore che in quello stesso momento le si stava insinuando nella mente. Non aveva più il controllo della situazione; un'altra donna aveva accesso al cuore di suo marito. Lui amava Dulce? Era quello l'interrogativo del momento, che le bruciava sotto la pelle come una scheggia. Nigel si era forse innamorato di un'altra sotto il suo naso? Winnie era stata distratta, senza dubbio... tra il lavoro, Samuel e il volontariato. Era una donna impegnata, come tutti. Il vero marcio della faccenda era non averlo minimamente sospettato. "Cosa credevi, stupida? Che davvero non ti avrebbe lasciata prima o poi dopo quello che hai fatto?".

Nigel lavorava in un tozzo edificio di mattoni a Belltown, accanto alla ferrovia. A quell'ora del giorno c'erano sempre un paio di senzatetto che vagavano nei dintorni; Nigel li chiamava le cavallette di Belltown. Winnie ne vide uno trascinarsi sul marciapiede, una bibita in mano e il passo precario. Provava disagio per i nomignoli affibbiati da Nigel, eppure lei stessa finiva per ricorrere agli stessi epiteti che la infastidivano. Erano le 12:30, lesse sull'Apple Watch. Nigel pranzava verso quell'ora; Winnie lo raggiungeva spesso per un boccone mordi e fuggi in uno dei bar della zona.

Suo marito odiava che lei definisse il loro pranzo «un boccone mordi e fuggi». «È questo un vero boccone mordi e fuggi...». E le mordicchiava il collo scherzosamente. Ora, a quanto pareva, lo mordicchiava a qualcun'altra, assaggiando bocconi che non gli appartenevano.

Winnie si sedette su una panchina a mezzo isolato di distanza e, rivolta verso l'ingresso del palazzo di Nigel, accavallava e scaval-

lava le gambe. Se fosse uscito per il pranzo, da quella posizione l'avrebbe visto. Anche se fosse uscito a pranzare con Dulce, da lì l'avrebbe visto, e non era sicura di volerlo. Poco lontano lungo la strada, l'uomo con la bibita in mano dava da mangiare dei pezzetti di pane a un cane. Lo ribattezzò signor Bibita, pensando fosse meno spregiativo del nomignolo di Nigel. Winnie osservava la scena senza riuscire a metterla a fuoco; il signor Bibita e il suo cane facevano solo da sfondo. Nella mente ripercorreva gli ultimi mesi, in cerca di qualche indizio da rimuginare. Quanto era stata cieca e stupida, di preciso? E quanto era stato subdolo lui a fargliela sotto il naso?

Per niente al mondo Winnie voleva diventare la moglie stupida tradita dal marito annoiato, ma dieci minuti dopo si rese conto di esserlo. Nigel indossava il maglione che gli aveva regalato per il suo compleanno e teneva aperta la porta per Dulce. Winnie si protese sulla panchina mentre la brunetta alta un metro e sessanta passava davanti a suo marito per uscire sul marciapiede, sorridendogli con incredibile dolcezza. Si incamminarono insieme, parlando e gesticolando allegri. Sembrava l'ultima scena di un film a lieto fine, a parte il signor Bibita sullo sfondo. Erano diretti verso i locali dei bocconi mordi e fuggi. "Se la porta da 360, non rispondo di me", pensò, alzandosi per seguirli. Rimase ai margini della strada, qualche metro indietro, trottando per tenere il loro passo. Aveva con sé soltanto una borsetta a tracolla e mentre camminava si stringeva la cinghia al petto con entrambe le mani, senza staccare gli occhi dai due. Si era aspettata quasi che qualche collega si unisse a loro, chiamandoli perché rallentassero, ma non arrivò nessun altro. Era un pranzo a due, e non di lavoro. "Non puoi saperlo", pensò Winnie. Quando tuttavia li vide entrare proprio nel ristorante che temeva, ne ebbe la certezza.

Il 360 era il *loro* ristorante, con piatti locali e molto gettonato la sera per gli appuntamenti. Nigel non le aveva mai detto di frequentarlo anche di giorno con altre persone. Winnie attese cinque minuti, poi attraversò la strada ed entrò nel locale.

Non aveva un piano preciso a parte cercare conferma di ciò che aveva già scoperto. Non era pazza o fuori di sé come in teoria si sentivano le donne che scoprivano i tradimenti dei mariti. Provava una calma sospetta. La tempesta stava per arrivare, lo sapeva, ma per il momento dentro di lei regnava un'inquietante immobilità.

I due erano seduti a un tavolino piccolo, uno di fronte all'altra; entrando, Winnie riuscì a distinguere solo la parte finale delle loro teste. Quando la padrona del locale la accolse, Winnie indicò un posto accanto alla vetrata da dove poteva osservarli senza essere vista. Non appena si sedette, Dulce si alzò per andare in bagno, sorridendo a Nigel con aria d'intesa. Winnie la guardò allontanarsi; anche suo marito fece lo stesso. Si sporse addirittura da una parte, mentre l'altra spariva dalla sua visuale, per fissarle il culo. Dulce portava una gonna gessata, bianca a righine grigie, così stretta da lasciare intuire che passasse cinque sere a settimana in palestra.

Winnie fece una smorfia. Quindi a Nigel piacevano così? Poco più che ventenni con il culo tondo e sodo e i capelli mossi da arruffare. Era così banalmente prevedibile, e tuttavia doloroso.

I capelli biondi di Winnie erano lisci e sgonfi, il sedere più o meno uguale, nonostante si sfinisse di affondi e squat. Aveva sempre desiderato un seno più grosso, ma Nigel insisteva che gli piaceva così com'era. Evidentemente no. Evidentemente il suo piccolo atletico marito era alla ricerca di un cavallo selvaggio. Winnie si versò dell'acqua dalla caraffa sul tavolo. Scolò il bicchiere d'un fiato e lo riempì di nuovo, asciugandosi la bocca con il dorso della mano. Insieme alle gocce rimosse uno strato di rossetto. Doveva esserselo sbavato anche in faccia, ma non le importava. Dulce tornò al tavolo e i sorrisetti ricominciarono. I due confabularono sul menu, mentre la cameriera attendeva, la penna sospesa.

Qualcuno venne a prendere l'ordine di Winnie, e non appena rimase di nuovo sola vide che Nigel e Dulce avevano davanti un cocktail mimosa ciascuno. Le si rivoltò lo stomaco. Fino a quel momento non era accaduto altro, a parte che quell'imbecille patetico di suo marito in pausa pranzo chiacchierava con una donna

molto più giovane e le squadrava il culo. Winnie aveva ordinato un caffè, ma si limitò a portarsi la tazza alle labbra senza berne neppure un sorso. Avrebbe gradito qualcosa di più forte, ma non sapeva cosa ordinare. Arrivarono i loro piatti e il cuore di Winnie rallentò i battiti. Stavano… mangiando. Come due colleghi. Si sentì ridicola, stupida. Amber doveva averli visti a pranzo insieme, come lei in quel momento, ed era saltata a conclusioni affrettate. Di recente sua cugina era stata tradita; tutto sembrava quadrare, per Winnie. Dio, che imbarazzo. Stava quasi per lasciare sul tavolo una banconota da dieci per il caffè prima di andarsene, quando accadde.

Ai suoi occhi, un gesto intimo quanto un bacio. Dulce tendeva la forchetta verso Nigel, sulla punta un boccone di toast alla francese; dalla sua postazione, Winnie vide colare lo sciroppo dal pane. Nigel doveva averlo addentato, perché lei stava di nuovo abbassando la forchetta sul piatto, un sorriso da parte a parte. Winnie vide il marito muovere le orecchie mentre masticava, udì le sue risate mentre si asciugava lo sciroppo dal viso.

Aveva visto abbastanza. Posò il caffè sul tavolo e prese il cellulare dalla borsa. Trovò diverse chiamate perse di Amber e una della sua amica Courtney. Le fece scorrere per cercare il nome del marito.

“Ciao, dove sei?”.

Lo vide chinare il capo verso il cellulare. Per un attimo Winnie pensò che avrebbe ignorato il suo messaggio, invece ecco la nuvoletta con i tre puntini a indicare che stava rispondendo. Con l’attenzione di Nigel rivolta al telefonino, Dulce si concesse un’espressione incauta mentre lo osservava scrivere alla moglie.

Winnie sentì diffondere nelle viscere una sensazione cruda e primitiva. La sua collera immediata era rivolta alla donna, non al marito. Si rese conto che andava contro i suoi princìpi femministi, ma non le importava. Che se ne faceva del femminismo una donna tradita? Quella puttana si era arruffianata un padre sposato e l’unica cosa che sapeva fare era sfoderare sorrisoni come il gatto del Cheshire. Avrebbe voluto infilarle due dita ai lati della bocca e tirarle quel sorriso fino a strapparle la faccia. Mai in vita sua

aveva nutrito pensieri tanto violenti, che la fecero rabbrividire di soddisfazione e disgusto. Lo sguardo chino sul cellulare, bruciava di dolore come se avesse la febbre. Lesse la risposta di Nigel, con un leggero sussulto.

"A pranzo".

Non stava mentendo. Per lei tuttavia un'omissione era come una bugia.

"Con chi?".

Si decise a bere un sorso di caffè, ma quando la cameriera si avvicinò, ordinò un bicchiere di vino bianco. Se doveva bere qualcosa di freddo, che almeno servisse a farla stare meglio. Il vino bianco non era la medicina della stronza ordinaria? In vita sua Winnie non si era mai sentita ordinaria come in quel momento, mentre il marito pagava il pranzo in contanti. Dulce non si era nemmeno offerta, notò.

Quando Nigel finalmente rispose al suo messaggio, si stavano alzando per andarsene e Winnie si era già scolata il bicchiere di vino.

"Qualcuno dell'ufficio...".

Quella cos'era?, pensò Winnie – un'omissione o una menzogna spudorata? Il confine era piuttosto labile.

Lo guardò rimettersi la giacca, un sorriso persistente sulle labbra per qualcosa che Dulce aveva detto. Lui abbassò lo sguardo un'ultima volta sul cellulare, poi lo rimise in tasca. Fu a quel punto che, all'unisono, i due si girarono verso la porta, sollevando il colletto dei cappotti. Nigel avanzava proprio verso Winnie, che lo stava squadrando dritto in faccia, decisa a farsi notare. Durò un paio di orribili secondi prima di essere sopraffatta da una consapevolezza: era sul punto di gridare e inveire e scagliarsi contro il marito, ma se lui non avesse aspettato altro? Un motivo per lasciarla definitivamente? Un istante dopo, gli occhi di Nigel incrociarono i suoi e lei si protese in avanti, curiosa di vedere la sua reazione. Forse era la medicina al vino bianco a fomentare la sua spavalda sete di scontro. Nigel si bloccò di colpo, come se qualcuno lo avesse strat-

tonato all'indietro con un filo invisibile. Dulce non si voltò nemmeno finché, arrivata alla porta, non lo trovò pronto ad aprirgliela. Seguendo lo sguardo di Nigel fino a Winnie, le cadde il sorriso dalla faccia.

«Ti raggiungo», disse lui con un cenno per congedarla. Non dovette ripeterlo; la ragazza filò fuori dalla porta e passò oltre la vetrata a capo chino, come un cane bastonato. Nigel si sedette di fronte alla moglie. Lei gli esaminò il viso per capire cosa stesse provando, ma la sua espressione era neutra. Era sempre stato più bravo a celare le emozioni.

«Che fai ora, mi segui?»

«Che fai ora, vai a pranzo con le puttane del tuo ufficio?».

Nigel fece uno scatto indietro con la testa, offeso, e Winnie provò un moto di rabbia.

«È una collega», si giustificò. «Non essere ridicola...».

«Ti ha offerto del cibo dalla sua forchetta. Lo fai anche con Brady quando pranzate insieme?».

Per un attimo il marito rimase senza parole. Sembrava un ebete quando rimaneva senza parole; Winnie non lo aveva mai notato. Sembrava quello che suo padre definiva un cretino più stupido di una merda. I suoi occhi guizzavano di qua e di là, sbattendo le palpebre come se l'ambiente fosse troppo luminoso.

«Ci sei andato a letto?».

Nigel si stava preparando a quella domanda da un minuto buono, ecco perché l'espressione neutra, pensò Winnie. Il cervello del marito stava andando su di giri per lo sforzo di trarsi d'impaccio.

«Che cosa? No!». Ma lei sapeva già che mentiva. Glielo leggeva negli occhi. Nigel provava vergogna. Aveva chinato il capo come Dulce nell'allontanarsi.

«Nigel», disse Winnie con fermezza. «Dimmi la verità. Almeno quella me la merito, non ti pare?».

Lui balzò in piedi, rovesciando quasi il tavolo. «Non hai nessun diritto di venire qui ad accusarmi di certe cose». Winnie rimase

così smarrita per lo shock da non sapere cosa rispondere. Nigel era paonazzo, ma le sue labbra erano incredibilmente bianche, come se avesse appena addentato una ciambella spolverata di zucchero a velo. Era il segnale rivelatore; di quando mentiva, quando era colpevole. La reazione del marito le fece provare un immediato imbarazzo.

Si fece piccola piccola sulla sedia, il dolore che risaliva in gola, insieme al desiderio di scoppiare in singhiozzi. Nigel se ne andò sbattendo la porta, lasciandola lì seduta, immobile come una statua. La gente guardava; certo che guardava – lo avrebbe fatto anche lei. E in quell'istante capì tutto: Nigel le aveva fatto quella scenata per liquidarla, guadagnare tempo per una menzogna migliore. Rivoltarle contro la sua debolezza significava aver toccato il fondo del loro matrimonio. Winnie finì l'acqua del bicchiere, lasciò una mancia generosa e tornò a casa con un Uber.

Cinque ore dopo, Nigel rientrò dal lavoro. Winnie aveva trascorso quelle cinque ore a scoprire tutto il possibile su Dulce Tucker. Lo sentì posare la borsa da lavoro nel ripostiglio delle cianfrusaglie, poi salire le scale con passo pesante per andare a togliersi i vestiti da ufficio.

Scese qualche minuto dopo in T-shirt e pantaloni della tuta. Si sedette e giunse le mani sul tavolo come per pregare. «Possiamo parlare?»

«Direi che *dobbiamo*», rispose lei calma. Nelle ultime ore aveva sorseggiato del tè, versando acqua calda a ripetizione sulla stessa bustina. Non le importava; non sentiva alcun sapore.

«Winnie», continuò Nigel. «Negli ultimi tempi siamo stati così stressati entrambi, non ero in me».

Lei attese qualche istante che aggiungesse altro, che spalmasse un velo di balsamo sulle ferite che le aveva inferto con le sue azioni. Qualcosa di più, in ogni caso, di un semplice «non ero in me». Si protese verso di lui – solo di qualche centimetro per spingerlo a concludere la frase.

«Oh… oh», disse poi. «Allora è finita, vuoi…?»

«Maledizione!». Nigel sbatté il pugno sul tavolo. La saliera di Winnie sobbalzò. «Non ti va mai bene niente».

Lei lo fissò sbattendo gli occhi incredula per qualche minuto. Nigel si stava comportando come se lo avesse rimproverato di non aver comprato lo yogurt della marca giusta.

«Non ho detto questo. Era forse… una confessione?».

Nigel era un fascio di muscoli tesi, malgrado si sforzasse di apparire rilassato. Winnie provava un'attrazione viscerale per quell'uomo perché, per quanto lui cercasse di plagiarla, lo desiderava in maniera vergognosa.

«Perché sei così, Winnie? Così sospettosa. Non te ne ho mai dato motivo. Mi sento in colpa per qualcosa che non ho fatto».

«Non l'hai fatto?». Winnie non poté evitare di mostrarsi incredula. Davvero stava andando in quel modo? Lo aveva beccato a un pranzetto intimo con quella Dulce Tucker del cazzo, e ora suo marito se la prendeva con lei? Era troppo assurdo per essere vero. Winnie aveva conosciuto Dulce all'ultima festa di Natale dell'ufficio di Nigel, era appena stata assunta. L'avevano presa tramite un'agenzia interinale per sostituire la segretaria in maternità, poi quando quest'ultima aveva deciso di fare la mamma a tempo pieno, Dulce era stata confermata. Le battute di Nigel sul suo nome si sprecavano e Winnie gli dava corda, credendo fosse meglio che chiedersi se provasse attrazione per lei. Alla fine era successo.

«Winnie…», ritentò lui. «Abbiamo commesso entrambi dei terribili errori…».

«Ci sei stato a letto o no?».

Nigel abbandonò il capo. «No».

Non gli credeva, ma lui non avrebbe mai cambiato versione. Quando mentiva, rimaneva coerente alla propria menzogna. Winnie lo sapeva meglio di chiunque altro.

«Però volevi farlo?». Lo vide riflettere sulla domanda – o meglio, ribollire. Winnie incrociò le mani sotto il tavolo, se le strinse forte.

«Sì». Pareva quasi sollevato dall'ammissione.

«Perché?»

«Non lo so... noia», le rispose con tono di sfida. «Te ne stai sempre nella tua testa. Non riesco a entrarci».

«Oh, figuriamoci». Winnie serrò le labbra così forte che immaginò somigliassero a quelle di Nigel.

«Figuriamoci?». Sul viso del marito fece capolino un'espressione nuova. Winnie la riconobbe; era la faccia che faceva sempre quando stava vincendo al gioco. Pensò a come spostava la bottiglia di liquore in giro per la casa per depistarla. Per lui era tutto un gioco.

«Non voglio discuterne più, Nigel». La verità era che non si sentiva più in grado di sostenere quella discussione. Avevano oltrepassato un limite, la fiducia che avevano ricostruito con tanta fatica gli stava scivolando via da sotto il sedere come uno sgabello instabile. Winnie non sapeva come spiegare a parole le proprie emozioni, perché le parole non bastavano a descriverle.

Ogni cosa nella sua vita stava andando in frantumi; il suo matrimonio, il rapporto con il figlio e la sua salute mentale. Si sentiva spiata, o credeva di esserlo, e francamente non sapeva cosa fosse peggio. Non aveva nessuno a cui rivolgersi, nessun'anima che potesse capirla. Non poteva lasciare Nigel per quello che aveva fatto, e suo marito non poteva lasciare lei perché l'aveva aiutata a farlo. In quella vita erano legati l'uno all'altra. Si chiuse a chiave in bagno, desiderando una bottiglia di vino.

Nigel si ritirò nel suo studio, dove Winnie immaginò che avrebbe passato la notte. Una volta uscito di scena, lei si preparò un infuso e si sedette al computer, per concentrarsi su qualcosa che non fosse la bufera della sua vita.

Stava controllando le e-mail, sorseggiando la sua camomilla in modo aggressivo, quando trovò un messaggio inviato dal sistema bibliotecario della contea di King. Winnie ne aveva ricevuti così tanti in passato da sapere cosa fosse prima ancora di leggerlo. Dopo la nascita di Samuel, era stata per anni una lettrice vorace, frequentava regolarmente la biblioteca con il piccolo in-

filato nel marsupio. Talvolta qualche libro le piaceva così tanto che anziché restituirlo lo rileggeva; di conseguenza le mandavano la multa. Non le importava, anzi, ne valeva la pena. Come volevasi dimostrare, quando il corpo dell'e-mail comparve sullo schermo, i sospetti di Winnie ebbero conferma: una multa della biblioteca.

Era impossibile, però. Winnie non frequentava la biblioteca da anni, almeno quattro o cinque. Senza contare che non aveva idea di dove fosse finita la sua tessera. Doveva trattarsi di un errore del sistema, o di un'e-mail fantasma che tornava a tormentarla dalla posta in arrivo del passato. Leggendo meglio, scoprì che si trattava di una multa per un libro preso in prestito nell'ottobre dell'anno in corso. Si avvicinò allo schermo per leggere il titolo del testo che si presumeva avesse preso in prestito; era minuscolo, come scritto da un piccolo elfo bibliotecario – *Sottrazione di minore: teoria del comportamento criminale*.

Per un istante fu come se qualcuno le avesse infilato le dita in una presa elettrica. Una scarica di terrore le percorse gli arti, insediandosi nelle viscere come un cibo untuoso. Winnie si piegò su sé stessa, battendo la fronte sul bordo della scrivania senza neppure accorgersene. China con il capo tra le ginocchia e le mani strette sui polpacci, inspirò forte dalla bocca per non piangere. Dentro di sé stava urlando, ma doveva mantenere il controllo. Sollevò la testa, diede un'ultima occhiata rapida alla schermata prima di chiuderla e spegnere il computer. Avrebbe voluto chiedere a Nigel se fosse un qualche scherzo crudele, ma in fondo al cuore sapeva che lui non avrebbe mai fatto una cosa del genere, avendo le mani sporche quanto le sue. Oltretutto, né Nigel né il figlio leggevano libri della biblioteca; o nuovi, o niente. In ogni caso, doveva verificare.

Mandò un messaggio a Samuel. "Hai preso in prestito un libro dalla biblioteca di recente?"

"L'ultima volta che ho messo piede in biblioteca è stato in gita in quarta elementare".

Perché non poteva limitarsi a rispondere? Bastava un sì o un no – semplicissimo. Doveva sempre fare il sarcastico. Se lei avesse osato rispondere così a sua madre all'età di Samuel…

E d'un tratto la sua rabbia si dissolse. Doveva ritenersi fortunata che le avesse risposto; negli ultimi tempi non voleva mai avere a che fare con lei. Era quella la differenza fondamentale tra Winnie e sua madre nel rapporto con i figli: alla madre non era mai interessato come loro la considerassero. Winnie si sforzò di non pensare quanto invece lei ci tenesse e si alzò dalla scrivania per cercare la tessera della biblioteca nel cassetto delle cianfrusaglie. Dovette rovistare tra una spazzola per capelli con il manico rotto, una corda per saltare e una confezione di unghie finte prima di trovarla. Era finita sotto la pila dei manuali di istruzioni e degli scontrini, nascosta nell'angolino in fondo al cassetto. La posò sul palmo e la esaminò. La biblioteca doveva essersi sbagliata; avrebbe risolto la questione.

Tuttavia, quando telefonò, le confermarono che aveva davvero preso in prestito *Sottrazione di minore: teoria del comportamento criminale* il 5 ottobre.

«Non sono stata io», obiettò con fermezza. «Non vengo in biblioteca da anni. Non so neppure dove sia finita la mia tessera!». Fissò con sguardo colpevole il cassetto delle cianfrusaglie.

«L'avrà presa qualcun altro allora», replicò il tizio all'altro capo della linea. «E questo qualcun altro deve pagare cinque dollari e settantadue centesimi di multa. Vuole saldare lei? Posso prendere gli estremi della sua carta direttamente per telefono».

Quando concluse la chiamata, Winnie piangeva. Non le capitava da tempo e le fece bene dare sfogo al dramma, come diceva sua madre. Ultimamente era stata troppo presa per avere paura, ma ora rieccola: era bastato un libro della biblioteca a ricordarle che la sua vita poteva andare in pezzi in qualunque momento.

Se lo avesse raccontato a Nigel, lui avrebbe sminuito e la cosa sarebbe sfociata in una nuova, gigantesca discussione. Winnie era stanca di discutere, naturalmente, dato che si era addirittura

rifiutata di discutere dell'infedeltà del marito. Aveva un disperato bisogno di pace e di riconquistare il figlio, e che i suoi segreti rimanessero tali.

Tornò a controllare la tessera della biblioteca, studiandola alla luce con attenzione. Era macchiata di cioccolato in un angolo e gran parte della scritta era cancellata.

Marciò verso la dispensa e ne tirò fuori la bottiglia segreta di Jack Daniel's di Nigel – stavolta nascosta nel portapane. Senza nemmeno prendersi la briga di cercare un bicchiere, svitò il tappo e bevve direttamente a canna. Cominciò a tossire e sputacchiare e un rivolo di whisky le colò lungo il mento. Gli occhi si misero a bruciare come se se lo fosse versato direttamente sulle pupille e li strizzò forte, lo stomaco che si rivoltava contrariato. "Meglio", pensò Winnie. "Se vomito l'anima, non avrò tempo di pensare a tutta quella merda che mi spaventa".

Non si stupì che al marito piacesse quella roba. Sollevò la bottiglia alla luce, agitandola. Suo padre era stato un bevitore di whisky e quando Nigel al loro primo appuntamento ne aveva ordinato uno liscio, proprio come piaceva a suo padre, lei se n'era innamorata all'istante. Salvo poi ovviamente impedirgli di berlo (dopo la morte del genitore, a causa del suddetto whisky), ma lo faceva solo per spaventarlo a morte. Sapeva che il marito beveva lo stesso, ma poiché lei glielo aveva vietato, quantomeno stava attento a quanto, dove e con chi.

Winnie vagò per le stanze del piano terra, la bottiglia di whisky tenuta per il collo, bevendo qualche sorso cauto di tanto in tanto. Quando attraversò la cucina per la seconda volta, la bottiglia si era notevolmente alleggerita e lei sentiva ogni singola goccia d'alcol gorgogliarle nelle vene. Era una sensazione orribile e favolosa al tempo stesso. Girò a destra uscendo dalla stanza e barcollò fino al computer, dove d'un tratto ricordò tutto ciò che cercava di dimenticare, solo che adesso era ubriaca. Da ubriaca era peggio che da sobria. Winnie aveva la sbronza triste, cupa; quando beveva troppo pensava alle cose brutte. Le succedeva già prima che il pa-

dre morisse, la causa della sua morte aveva solo rafforzato il suo disgusto per quella robaccia schifosa.

Si appoggiò con un fianco alla parete e dopo qualche secondo anche con la testa. Le girava tutto e le veniva da rimettere. Suo padre diceva così: rimettere. Winnie scoppiò a piangere e finì per rimettere davvero.

20
Winnie

Venne fuori poi che non era stato solo l'alcol a scombussolare lo stomaco di Winnie. Il giorno seguente si manifestò il virus. Aggredì entrambi, così fu difficile capire di chi fosse la colpa. All'inizio Winnie credeva di essere stata punita con dei postumi da sbronza delle dimensioni del Kilimangiaro, ma quando sentì Nigel fiondarsi in casa a mezzogiorno e puntare dritto al bagno del piano terra, capì che presto sarebbe toccato anche a Samuel. Winnie, che quel giorno non era nemmeno uscita per andare al lavoro, si trovava al primo piano in una posizione analoga, china sul water con la faccia verdognola, intenta a espellere insieme al virus le proprie pessime decisioni. Si incrociarono casualmente in cucina, entrambi in cerca d'acqua. Fu uno strano faccia a faccia, dal quale Winnie capì di essere uscita vittoriosa quando Nigel distolse lo sguardo per primo e proseguì a testa bassa verso il frigorifero. Fu mentre gli fissava la nuca che Winnie capì che era stato lui a portare a casa quel malanno, preso direttamente dalla sua Dulce Tucker del cazzo. Winnie e Nigel avevano condiviso la stessa bottiglia semivuota di Jack Daniel's, tracannandola fino alle ore piccole per affogare i loro peccati. Fu quell'oltraggio a farle perdere le staffe, l'audacia di Nigel nell'umiliarla intrattenendosi con un'altra donna. Il modo in cui nascondeva la bottiglia in giro per la dispensa, troppo ubriaco da riporla nello stesso posto. La vita insieme a lei era forse così insopportabile? Non si era certo lasciata andare, né tantomeno ignorava il marito. Lui aveva semplicemente deciso di punirla e di conseguenza ora stava male, male da cani. Winnie non riuscì ad

aspettare il proprio turno per l'acqua, lo stomaco le si stava contorcendo di nuovo. Si precipitò verso le scale infuriata da morire.

Uscì dal bagno dopo un bel po' e si lasciò cadere dalla sua parte del letto, sentendosi relativamente meglio. Subito prima si era guardata allo specchio e aveva visto un volto cereo con due buchi neri al posto degli occhi. Aveva i capelli appiattiti e stopposi, incollati al viso. Se li era raccolti in una coda bassa trascinandosi verso il materasso. Il cellulare si illuminò sul comodino e Winnie lo agguantò mentre scostava le coperte, esitando un attimo quando vide che era un messaggio di Dakota. Dakota, che nel frattempo era tornato a vivere dalla madre e stava peggiorando anziché migliorare. Nonostante i colossali sforzi di suo fratello per riconquistare la moglie, Manda non ne voleva più sapere. Lui aveva scritto messaggi su messaggi, implorando ciascuna delle sorelle di far ragionare la moglie. Winnie posò il cellulare a faccia in giù sul comodino e strisciò dentro il letto, già tremante di febbre. Fu mentre fissava il bagno con ardore, pentita di non aver bevuto dal rubinetto del lavandino, che notò accanto al letto il bicchiere d'acqua che trasudava condensa. A quella vista, scoppiò a piangere. Gliel'aveva portato Nigel; Nigel non l'aveva abbandonata, malgrado fosse freddo con lei. Si portò il bicchiere alle labbra e lo bevve d'un fiato.

Nigel, che dormiva nel suo prezioso studio, non si era scusato ma si era mostrato premuroso. Un'altra volta le aveva preparato del pane tostato, gliel'aveva portato in camera su un vassoio insieme a un bicchiere d'acqua e del tè. Winnie era riuscita a ingoiarne a stento qualche boccone, ma si era sentita confortata. Non c'era spazio per il rancore nel loro matrimonio. Nigel le era rimasto accanto e lei sarebbe rimasta accanto a lui. Forse non avevano firmato per il genere di matrimonio che effettivamente avevano avuto, eppure eccoli ancora lì, insieme nonostante tutto.

Il virus abbandonò la loro casa tre giorni dopo. Sam lo prese in modo leggero, nonostante le dodici ore buone trascorse davanti alla tazza del suo bagno personale e altrettante in camera sua, a

giocare al computer. Winnie non si era ancora ripresa del tutto, quando accettò l'invito di Shelly a raggiungerli nel loro chalet di montagna per le vacanze di Natale. Prima che la piaga li colpisse, tuttavia, ricordava vagamente di aver pensato che avessero proprio bisogno di una vacanza. Ricordava vagamente anche altre cose che però in quel momento preferì ignorare. Andare ovunque con Shelly significava escludere a priori la possibilità di rilassarsi, precisamente ciò di cui aveva bisogno: farsi distrarre, tenere la mente lontana dai pensieri. Sommata alla follia vacanziera e alla casa piena di ragazzini urlanti, era proprio il genere di distrazione che faceva al caso suo. Accettò con gratitudine forzata, poi scrisse un messaggio a Nigel per comunicargli il programma.

"Non posso", le rispose. "Ho quella conferenza di lavoro".

Winnie ricordava vagamente qualcosa di una certa conferenza di lavoro, di cui lui si era lamentato.

"Liberatene".

"Non posso".

"Non puoi o non vuoi?"

"Entrambe?".

Era furiosa con lui per quel punto interrogativo perché riusciva quasi a vedere la sua espressione nel digitarlo: facciamogliela vedere alla mogliettina, diceva.

"Dov'è la conferenza?".

La risposta giunse istantanea, talmente istantanea che lui non poteva averla inventata al volo... O forse sì? Se l'aveva già studiata...

"Puyallup".

"Wow. Ok. Priorità".

Winnie era così arrabbiata che scagliò il cellulare nella borsa e non lo guardò più fino a pranzo. Come faceva Nigel a non capire che ne avevano bisogno? Sembrava che ultimamente non facesse il minimo sforzo per mantenere unita la famiglia. Quando Winnie decise di recuperare il telefonino in mezzo a tutte le sue cianfrusaglie, era seduta al bar da Lola insieme a due colleghe, a sorseggiare caffè e gustarsi un pasticcino.

Al solo vedere il nome del marito fu assalita di nuovo dalla rabbia, ma dopo aver letto il messaggio si congedò per andare in bagno a rileggerlo.

"Ci sto provando, Winnie. Posso accompagnarti. Starò con te sabato e domenica e poi torno. Per ora non posso fare di meglio".

Winnie annuì verso la cabina vuota. Okay... Poteva farselo bastare. Avrebbe messo in valigia dell'erba, ovviamente, allo chalet con Shelly ne avrebbe avuto bisogno.

21
Juno

Negli anni Sessanta, la madre di Juno possedeva un salone di bellezza chiamato Glamour. All'epoca giungevano donne da tutta la contea a visitare il salone di Hoida Pearl per un taglio alla Vidal Sassoon, incredibilmente radicale per quei tempi. Il salone si trovava in una via commerciale accanto a un piccolo emporio, una lavanderia e una macelleria. Piega, bucato e cena – scherzavano le donne della comunità – tutto in uno! Juno trascorreva molti pomeriggi e weekend nel salone della madre, a lavare e piegare asciugamani, ascoltando le chiacchiere delle signore. Imparò che quando notavano la sua presenza, si scambiavano sguardi, indicandola con gli occhi. «Giovani orecchie in ascolto!», annunciava una di loro, allora la madre si dirigeva verso la cassa sculettando, i tacchi che risuonavano sulle piastrelle del pavimento. Juno sentiva il cassetto dei contanti aprirsi con uno scatto, seguito dal tintinnio degli spiccioli tra le mani di Hoida. A quel punto capiva che la madre la stava comprando e liquidando in un solo colpo.

«Un gelato per te, *mija*, e le sigarette per me». Le monete le cadevano fredde nel palmo.

Protestare sarebbe stato inutile, e Juno aveva voglia di gelato. Da quel giorno in poi aveva imparato che nascondendosi alla loro vista – accanto all'armadio degli asciugamani, per dire – loro si sentivano più libere di sputare il rospo, e si svuotavano la bocca di un chilometro di panni sporchi al minuto. Juno aveva scoperto tutto di tutti gli abitanti della città – inclusi il pastore battista e il suo pediatra, il dottor Mynds.

Adesso era grata per le capacità affinate nel salone della madre.

Rannicchiata nel suo nido, vibrava di una sorta di attesa trepidante. Sopra di lei, nella casa vera e propria, Nigel spalancò la porta del ripostiglio e vi gettò dentro la borsa da lavoro. Juno sentì i suoi passi sulle scale, la sua voce chiamare Winnie e Sam. Stavano partendo per la settimana bianca con la famiglia di Shelly; come volevasi dimostrare, Shelly aveva ripreso a parlare con Winnie dopo l'episodio con Dakota. Anche se, stando a quanto aveva appreso Juno, al fratello non era andata affatto giù quella serata a casa Crouch. Aveva lasciato due messaggi nella loro segreteria, minacciando Nigel con macabra minuzia e accusandolo di avergli rovinato la vita con il tono biascicato di un uomo che aveva perso la famiglia e si stava sbronzando a morte rapidamente.

Di rado gli ubriaconi si facevano un esame di coscienza, e se mai accadeva finivano in genere per bere ancora di più. Era evidente che Dakota cercasse un capro espiatorio e Nigel si era aggiudicato l'ambito titolo. Juno sapeva riconoscere una bomba a orologeria alla prima occhiata. Nigel però aveva cancellato entrambi i messaggi senza che ne giungesse parola a Winnie.

Il giorno prima avevano preso le tute e gli sci dall'Angolo degli orli e caricato tutto dentro il baule e sopra il tetto della Subaru di Nigel. Ora Juno li sentì scendere le scale, tutti e tre, le voci squillanti ed eccitate. Avrebbe avuto la casa tutta per sé e aveva già fatto programmi.

Aveva trascorso le sue giornate sdraiata nello scantinato senza pensare a niente se non ai suoi crescenti sospetti. Mentre il suo corpo martellava, lei si era ritirata nei suoi pensieri, accumulando teorie in uno scomparto traboccante del cervello. Non andava bene quando entrava in quello stato; non riusciva più a dormire, né a concentrarsi su nient'altro. Prese un'aspirina (in quei giorni era passata a quelle), la ridusse in colla e la ingoiò a fatica. Si era procurata anche un po' della marijuana di Winnie, da una scatoletta di mentine nascosta nella trousse dei trucchi sotto il lavandino. Juno era scoppiata a ridere alla vista delle sei canne rollate con precisio-

ne. Ne aveva presa una senza pensarci due volte. In quei giorni il dolore soppiantava la cautela. Con l'aspirina ancora impastata in gola, scivolò in una nebbia di dolore sommesso e ricordi sgraditi.

Kregger le stava dicendo di averne abbastanza. Era arrabbiato e lui si arrabbiava di rado. Juno gli teneva testa, si difendeva. Era il suo lavoro, insisteva; tutti portavano un po' di lavoro a casa. Kregger la guardava sconcertato. Non puoi dire sul serio, Juno, non puoi...

Le vibrazioni della porta sbattuta la destarono appena. L'allarme si stava attivando con il consueto *bip bip bip*. Juno respirò a fondo, l'odore di marijuana per fortuna copriva gli altri odori dello scantinato. Riaccese lo spinello e si fece un bel tiro, la cartina che sfrigolava. Andava ad agire proprio sui punti giusti – su tutto il dolore, nel corpo e nel cervello. Juno si distese di nuovo, posando la canna in bilico su una lattina di Coca-Cola alla sua destra, fissandola sotto la linguetta.

Mentre il dolore si placava, Kregger fece ritorno, la sua voce così nitida che sembrava lì sotto insieme a lei. Juno rise a quel pensiero: Kregger che viveva nello scantinato di qualcun altro come un ratto! La sua ilarità durò poco, tuttavia; l'erba le aveva seccato la gola provocandole un accesso di tosse mista a sangue.

Scegli: la tua carriera oppure me e i ragazzi.

Juno sputò per terra, ansimante, poi si sdraiò di nuovo. La carriera o la famiglia – ecco l'ultimatum che le aveva dato suo marito. Profondamente ingiusto, dal momento che lui poteva avere entrambe. Glielo aveva anche rinfacciato, e lui l'aveva guardata con l'espressione che diceva "tu sei pazza" e "non so più chi ho sposato". *Sei ossessionata, Juno, non vedi cosa ci stai facendo? Sei più malata dei tuoi pazienti, lo sai? Sei tu ad avere bisogno di aiuto!*

Juno non lo aveva capito a quel tempo, non aveva riconosciuto su di sé quello che negli altri vedeva facilmente.

Per anni aveva saputo che il marito voleva lasciarla, proprio come sapeva che Nigel voleva lasciare Winnie. All'inizio erano stati innamorati, ma un partner problematico riusciva a distruggere l'amore più in fretta di quanto il sentimento fosse capace di ricrescere. Un

passo avanti, due indietro. Finché un giorno non ne restava abbastanza da coprire i peccati. Kregger aveva preso i ragazzi e se n'era andato. Juno sentiva di non meritare quella decisione. Certo, aveva mandato a puttane il suo matrimonio, la carriera. Era finita pure in prigione, aveva pagato i suoi debiti. Ma loro non le avevano fatto visita neanche una volta e nessuno era venuto ad aspettarla il giorno in cui aveva lasciato le mura del carcere, un fagotto con le sue cose stretto al petto. Era uscita titubante alla luce del sole, per affrontare la nuova realtà da sola. Per un po' li aveva cercati, mentre viveva in un centro di accoglienza per ex detenuti. Aveva chiamato tutti i loro amici, uno per uno, gente che aveva mangiato alla sua tavola, che le aveva tenuto i figli. Nessuno aveva voluto parlarle. Kregger era sparito e con lui i suoi figli.

Qualche mese dopo il rilascio dal carcere, Juno aveva preso un autobus per il suo vecchio quartiere e bussato alla porta di una vicina. Lo stupore sul viso della donna nel ritrovarsela davanti, con un paio di jeans troppo larghi e una felpa Reebok di seconda mano, era stato così doloroso da farla rimpicciolire per la vergogna. I suoi capelli erano un cespuglio grigio e stopposo che lei tentava invano di raccogliere in una crocchia. Sulle tempie e la fronte schizzavano fuori in viticci ingovernabili. Era sembrata tanto aliena a quella donna quanto lei era parsa a Juno?

«Juno, non ti dirò niente». La vecchia amica aveva evitato il suo sguardo. Non l'aveva sorpresa; un tempo aveva seguito una paziente che soffriva di attacchi di panico ogni volta che incrociava un senzatetto. «Mi fanno sentire in colpa e vulnerabile», le aveva spiegato.

«Per favore, Bette, si è preso i miei ragazzi...».

Il viso della donna si era rabbuiato, e per una frazione di secondo Juno aveva accarezzato il pensiero che la vecchia compagna di caffè e uscite serali l'avrebbe aiutata. Era stata proprio lei, in fondo, a soprannominare Elizabeth Brown "Bette" quando si erano conosciute. Il nome aveva attecchito e all'improvviso avevano cominciato tutti a chiamarla così. E ora la sua Bette, con gli zigomi

alti come due lune piene, la guardava come fosse un formaggio con la muffa. Fin troppo indulgente; Juno sapeva bene come si sarebbe comportata lei nella stessa situazione. Qualcuno che ti vergogni di conoscere si presenta alla tua porta e chiede informazioni che non merita affatto.

Gli occhi di Bette erano diventati di ghiaccio. Juno conosceva quello sguardo, ma non era da lei; la sua amica era sempre stata un agnellino. Di colpo sembrava completamente diversa. Forse Kregger l'aveva chiamata per avvisarla che stava per uscire di prigione e di tenere gli occhi aperti? Era pronta a scommetterci; conosceva bene Kregger, tanto quanto lui conosceva Juno. Aveva fatto un passo indietro, gesto che era parso ringalluzzire la nuova Bette.

«Non sono i tuoi ragazzi, sono figli di Kregger. Hai avuto la tua occasione con loro, Juno, e l'hai sprecata. Lasciali in pace, si sono rifatti una vita». A quel punto Bette le aveva chiuso la porta in faccia.

Juno un tempo aveva la chiave di casa dell'amica; la teneva lei per un'eventuale emergenza, nel caso fossero rimasti chiusi fuori, o avesse dovuto entrare per innaffiare le piante mentre loro erano in vacanza. In quel momento Juno aveva provato un dolore insostenibile: *erano* i suoi ragazzi, li aveva cresciuti lei. Lei e il marito avevano lasciato l'Alaska dopo che l'ex moglie di Kregger, Marnie, era morta di overdose nel suo appartamento di Albuquerque. Un vicino aveva trovato i bambini con i pannolini zuppi, che vagavano per i corridoi dell'edificio. La parte peggiore era stata che non piangevano nemmeno; era stato quello a spezzare del tutto il cuore di Juno. Lei e Kregger avevano preso il primo volo per il Nuovo Messico senza alcuna intenzione di tornare in Alaska. Avevano dei figli adesso e Juno li aveva accettati di buon grado – certo che li avrebbe cresciuti lei, certo che li avrebbe amati come fossero suoi.

I ragazzi non c'entravano nulla con i suoi errori; semplicemente in quel frangente non aveva pensato a loro. Andava sempre così quando si sbagliava; non ci si preoccupava di pensare. Durante il primo anno di superiori di Dale, Juno aveva avuto una storia con

il suo allenatore di nuoto. Avrebbe potuto addurre qualunque scusante possibile, del tipo «è successo e basta» oppure che lei non era quel genere di persona, ma… se arrivi a fare una cosa simile, scusa tanto ma sei proprio quel genere di persona.

Lui si chiamava Chad Allan, e la prima volta che era entrato nello studio di Juno era insieme alla moglie Julianna. Nel riconoscersi erano trasaliti, poi si erano seduti con un certo imbarazzo. Juno sul lavoro usava il cognome da nubile e il caso degli Allan le era stato assegnato d'ufficio, perciò prima dell'appuntamento nessuno dei due si era reso conto che si conoscevano già. I figli frequentavano lo stesso anno; Michael, il figlio di Chad e Julianna, non era uno sportivo e aveva scelto l'indirizzo artistico, perciò i due ragazzi frequentavano giri diversi.

Juno stava tremando. Doveva alzarsi, spostarsi verso un luogo più caldo. L'Angolo degli orli, pensò. No, la stanza azzurra; poteva riposare nella stanza azzurra accanto allo studio di Nigel. Quando era stata l'ultima volta che aveva dormito in un vero letto? Gemette per una nuova fitta allo stomaco. Avrebbe aspettato ancora un po', fino a riprendere le forze, nonostante i brutti ricordi.

Chad Allan non era stato la causa del fallimento del suo matrimonio e del suo ruolo di madre, no. Soltanto la sua pessima conclusione. Per Juno era stato come un giro sulle montagne russe, si era accorta solo troppo tardi di voler scendere. L'adrenalina della segretezza era andata a nozze con la donna arrabbiata. E Juno lo *era* – con Kregger. Perlopiù. Lei non aveva forse messo in stand-by la propria vita e la carriera per crescergli i figli? Aveva fatto tutto per bene, tutto a vantaggio del marito – eppure quando aveva conosciuto Chad, Kregger la degnava a malapena di uno sguardo. Anzi, guardava di tutto, fuorché lei: la televisione, il giornale, il computer portatile.

Il figlio di Chad li aveva visti insieme, uscivano da un Motel Six mano nella mano mentre lui andava verso la galleria d'arte dove lavorava part-time. La moglie di Chad, Julianna, aveva intentato una causa civile contro Juno per essersi portata a letto il marito,

che era un suo paziente; sommata ai capi d'accusa criminali contro di lei, Juno non aveva avuto la minima possibilità, né tantomeno il suo matrimonio. Per salvare il proprio, il buon vecchio Chad aveva interpretato il ruolo della vittima, del povero bersaglio indifeso di una psicologa predatrice che riversava i propri problemi sui pazienti. Mentre Chad si riconciliava con la moglie con un viaggio a Tahiti, Kregger si trasferiva con i ragazzi in un altro appartamento. In attesa della sentenza e con la casa pignorata, Juno aveva dormito sul divano di un'amica. Kregger non l'avrebbe mai perdonata, lo sapeva. Aveva dimenticato sé stessa, come spesso accade. Aveva dimenticato sé stessa per tre mesi di sesso mediocre con un uomo la cui battuta preferita era: «Niente zuppa per te!», da *Seinfeld*.

Juno cercò l'acqua, le pizzicava la gola e aveva la bocca piena della polvere dello scantinato; si sentiva soffocare. Era abbastanza stanca da continuare a dormire, ma i pensieri la tenevano sveglia. Chad Allan era tornato a trovarla.

Dopo tanti anni Juno sentiva ancora le sue labbra sul collo, i piccoli cerchi che le tracciava con la lingua sulla vena pulsante e più giù, lungo la china ripida che affondava nella clavicola. La faceva ridere; ecco cosa le piaceva tanto di lui. La faceva ridere e venire: doppio bonus. Non si amavano e non ne avevano bisogno, perché era solo un gioco. All'epoca Juno viveva in uno stato febbrile, voleva superare il limite, voleva di più, di più, di più.

Anche adesso versava in uno stato febbrile – letterale, stavolta. Scostò il nido di coperte e lasciò che l'aria sferzasse la sua pelle madida. Stava proprio male, constatò. Era stata contagiata da qualunque malanno avessero avuto al piano di sopra. L'aria era pungente, le graffiava la pelle con i suoi artigli. Juno era stata così male altre due volte prima di allora: una in prigione, dove le donne si passavano le malattie come le sigarette in cortile. Quella volta era finita in infermeria per una settimana con la polmonite. E la seconda quando viveva per strada, poco dopo essersi trasferita nello Stato di Washington, e *quella* volta aveva rimpianto la degenza nell'ospedale carcerario come fosse stata un ritiro in un centro

benessere. Si era contagiata al ricovero per i senzatetto, di sicuro, e il giorno dopo tremava così forte da non riuscire quasi a respirare. Non sapeva dove andare, aveva solo bisogno di starsene sdraiata fino a quando qualunque cosa avesse in corpo non lo avesse abbandonato. Aveva sete, oltretutto, ma era impossibile che le gambe la reggessero abbastanza a lungo da procurarsi da bere. Aveva camminato verso una panchina accanto all'acqua; sulla collina c'era un piccolo parco.

Ora stava sognando di nuovo. Chad era in piedi in una stanza d'albergo con i suoi ridicoli boxer dei Simpson, in mano una bottiglia di birra calda. Era davanti al televisore, impegnato in un balletto che la faceva tanto ridere. Dalla natica sinistra dei suoi boxer, Bart Simpson le mostrava il dito medio. Alle sue spalle, sullo schermo azzurro della TV, Juno riconobbe un'altra paziente, Pattie Stoves. La donna si era rivolta a lei per placare i sensi di colpa dovuti alla relazione con il ministro della sua chiesa, il pastore Paul.

«No, no, no...», balbettò Juno mentre Pattie cavalcava il ministro sullo schermo, le labbra che si schiudevano di piacere. Chad, che credeva parlasse con lui, girò appena la testa e ammiccò da sopra la spalla. Era un uomo tarchiato, muscoloso, e per un attimo Juno lo guardò ballare in modo provocatorio mentre Pattie gemeva dietro il suo torace. Stava per chiedergli di accendere la musica, quando si rese conto che si sentiva già una canzone: *Summer of '69* di Bryan Adams. A Juno venne da vomitare, persino nel sogno. Il suo stomaco si contorceva pericolosamente mentre Chad avanzava vibrando verso di lei, i boxer dei Simpson tesi per la sua erezione.

«Wheeee...», gridava, molleggiando sulle ginocchia e scagliando pugni in aria. Juno volse lo sguardo alla TV dove Pattie Stoves se ne stava seduta obbediente sul ginocchio peloso del ministro. Era nuda e non sembrava affatto a disagio mentre lui si inarcava alle sue spalle.

«Fuori di qui... Fuori di qui, cazzo, spaventi i bambini».

Juno guardò confusa la donna nuda nel televisore. Dietro di lei si

scorgeva il petto del ministro, liscio e muscoloso, madido di sudore. Le massaggiava i seni, mentre lei inveiva contro Juno.

Adesso Pattie era proprio furiosa; si alzò in piedi, i seni sballottati con forza per la rabbia. Poi si protese verso lo schermo e ne uscì fuori con tutto il busto come se non fosse altro che una scatola di cartone. Allungò le braccia verso Juno e la agguantò per il bavero del cappotto.

«Sei un rifiuto della vita», le ringhiò in faccia. Juno si guardò intorno in cerca di aiuto. Dov'era finito Chad? Quando girò di nuovo lo sguardo, si ritrovò di colpo a Greenlake Park, sdraiata su una panchina di fronte al parco giochi, le grida di Pattie che riecheggiavano ancora: «Li stai spaventando!». Ma la donna era sparita, con lei anche Chad e il pastore Paul; un uomo la stava fissando con rabbia, le stringeva i pugni sulle spalle della giacca. Era giovane e dietro di lui c'era una bambina con un cappottino giallo, l'aria spaventata.

L'uomo era chino su di lei, opprimente. Juno era sdraiata su una panchina del parco di fronte alle attrezzature gialle e blu del parco giochi. Dall'espressione dell'uomo, dalle sue labbra serrate, comprese che voleva farle del male. Cercò di ritrarsi, ma lui le rimaneva incollato alla faccia, gridando cose orribili. Gli occhi di Juno saettarono da parte a parte, in cerca d'aiuto, ma non venne nessuno. In alto, nubi nere come il carbone correvano come se il cielo volesse spaccarsi in due. Alla destra di Juno c'era un parco giochi circondato da pini così alti che sparivano dalla vista, puntando verso i minacciosi nuvoloni grigi. Forse poteva usare lo scivolo coperto come riparo? L'aveva già fatto una volta, infilata dalla vita in giù nella bocca del tubo giallo, il resto del corpo sdraiato sulla pedana di metallo che riversava i bambini nello scivolo, riparata da un tettuccio di plastica che ricordava la torretta di un castello. Gli alberi fornivano una copertura sufficiente a nasconderla dai poliziotti di passaggio. Poi quell'uomo – quello sconosciuto – la ridestò con le sue grida. La fissava con disgusto sbraitando la parola successiva: «Vattene!».

All'improvviso la lasciò andare, per gettare un'occhiata alla bambina oltre la spalla. Juno cadde all'indietro e batté la testa sulla panchina, poi atterrò di schiena sul cemento. Una fitta di dolore le esplose nel cranio come quell'altra volta con i teppistelli; così acuta e accecante da offuscarle la vista.

«Vattene!», gridò l'uomo di nuovo.

«Lasciami in pace», strillò Juno, riversa a terra. Non vedeva che stava male... che aveva la stessa voglia di stare lì che aveva lui di trovarcela?

Mentre le prime gocce di pioggia cadevano sul parco giochi, l'uomo cominciò a chiamarla con epiteti orribili. Ma Juno non era nessuna di quelle cose; era una donna senza niente e nessuno, certo non la somma dei suoi errori. Voleva portarle via anche la panchina?

«Troia», concluse l'uomo allontanandosi svelto, sollevando la figlia come fosse una sagoma di cartone. La piccola, non aveva più di otto anni, incrociò gli occhi di Juno mentre si reggeva alla spalla del padre, ballonzolando a ogni suo passo.

"Non vedermi con i suoi occhi", la implorò in silenzio. La bambina parve dubbiosa, le sue piccole sopracciglia si aggrottarono. Accadde così in fretta che Juno dovette rivivere più volte quel momento nella mente per apprezzarlo in pieno. La piccola sollevò la mano e la salutò. Poteva semplicemente essersi sistemata meglio sulla spalla del padre mentre lui attraversava il parco giochi trascinandola verso la macchina, ma Juno non credeva. Aveva visto il piccolo palmo della bambina sollevarsi in un cenno di saluto prima di voltare lo sguardo nella direzione presa dal padre. Quella manina rimase sospesa nella mente di Juno mentre si sdraiava di nuovo sulla panchina per riprendere fiato. Il palmo di porcellana di quella bambina, che la accettava con apprensione innocente.

«Mi dispiace», disse Juno. «Non sono come sembra». Non era rivolto solo alla bambina con gli intensi occhi castani, ma a chiunque fosse disposto ad ascoltare. "Non sono come sembra. Anch'io

sono spaventata. Anch'io sono triste. Voglio la mia famiglia, ma loro non vogliono me".

Si risvegliò di soprassalto. La bambina era sparita, il padre furioso era sparito; Chad e i suoi boxer dei Simpson erano spariti... Lo scantinato sorrise a Juno. La febbre era scesa.

Bevve un piccolo sorso del succo di mela in lattina e ripensò a Pattie Stoves. La timida e leziosa Pattie, che indossava Chanel n° 5 perché sua madre le aveva insegnato che gli uomini non sapevano resistere a quel profumo, e che sapeva come truccarsi gli occhi per rivolgersi a un pastore. Pattie Stoves, che tradiva il marito con il ministro della sua chiesa. Le parlava più dei loro appuntamenti che dei figli. Alla terza seduta, Juno si era fatta l'idea che non le servisse affatto l'aiuto di una psicologa; in realtà Pattie desiderava un'amica alla quale confidare i suoi segreti. Erano un'occasione di vanto, le sue visite allo studio in cui raccontava a Juno ogni particolare con vocina sussurrata. Alla terza seduta Juno era andata dritta al sodo e aveva fatto a Pattie la domanda da un milione di dollari che la ragazza aveva evitato con cura le due volte precedenti.

«Pattie, sei qui perché ti senti in colpa per la tua storia di sesso con il ministro della chiesa o perché tradisci tuo marito?».

Pattie Stoves aveva rimuginato per qualche minuto, le unghie dorate come i sandali, che faceva frullare come i suoi pensieri.

«La prima», aveva risposto triste. Juno però non aveva letto alcuna tristezza nei suoi occhi. Pattie si stava gustando quella relazione. Descriveva il ministro nei minimi dettagli, tracciando il quadro di un ragazzo di successo e in gran forma, costretto a sposarsi subito dopo il college, che in comune con la moglie aveva solo Gesù. Neanche Pattie era niente di speciale, ma aveva un corpo che la faceva sembrare molto più giovane e Juno aveva notato che si vestiva in modo tale da accentuarlo. Dopo un anno di sedute bisettimanali con Pattie Stoves, era come se avesse letto un romanzo particolarmente piccante, ai limiti del tabù. Una domenica che la donna era andata a trovare dei parenti in un altro Stato e Kregger aveva portato i ragazzi a pesca, Juno aveva indossato un abitino

e si era recata in chiesa – aveva scoperto quale fosse durante una seduta con Pattie. Era arrivata in ritardo e si era seduta nell'ultimo banco, in mano una Bibbia rubata qualche anno prima in un Motel Six. Il ministro era esattamente come lo aveva immaginato. Juno si era chiesta se la sua paziente fosse l'unica parrocchiana con cui il sacerdote intrattenesse una relazione.

Guardandosi attorno nella chiesa, ogni singolo occhio di donna era fisso su di lui senza batter ciglio mentre predicava il suo sermone su... Juno non ricordava cosa. Dopo quella volta, la sua ossessione aveva preso una piega leggermente diversa, trasferendosi da Pattie con le sue tette da liceale allo stesso pastore Paul Blanchard. Pattie le aveva raccontato che il ministro amava recarsi da Tip Top Donuts il mercoledì mattina per dedicarsi alle devozioni e raccogliersi in preghiera. Tip Top distava almeno una cinquantina di chilometri dalla chiesa, vicino alla zona della città in cui viveva Juno.

Dedusse che il pastore si fosse giustificato così con Pattie per avere un po' di tempo per sé; le relazioni lo divoravano. Il mercoledì mattina Juno aveva fatto tappa lì prima di andare al lavoro, rinunciando all'asporto per entrare nel locale. Ed eccolo, Mister Pastore in persona, che si beveva un caffè con una graziosa brunetta. Dopo quella volta Juno si era presa l'impegno di fermarsi ogni mercoledì mattina e aveva scoperto con piacere che il pastore Paul beveva sempre il caffè con la stessa amica. Non era neppure la moglie – Juno l'aveva vista con lui alla messa domenicale.

Supponeva che a chiunque li avesse visti insieme, il pastore avrebbe spiegato che stava offrendo alla donna il suo sostegno morale; in fondo si incontravano in un luogo pubblico e, da quanto aveva osservato Juno, si sfioravano a malapena con il piede senza attirare gli sguardi di nessuno. Si era quasi convinta che tra loro non ci fosse nulla, quando un giorno aveva aspettato in macchina, abbastanza a lungo da vederli uscire insieme. Anziché salire sulla propria auto, il pastore Paul aveva atteso cinque minuti davanti a Tip Top, appoggiato al muro dell'edificio, la testa

china sul cellulare. Poi, guardandosi a malapena intorno, aveva attraversato il parcheggio, scavalcato una siepe bassa e si era avvicinato a una monovolume blu scuro. La portiera si era aperta, come Juno immaginò che presto avrebbero fatto anche le gambe della brunetta e il buon pastore avrebbe adempiuto alle proprie funzioni sul sedile posteriore della Honda. Aveva atteso trenta minuti prima di andarsene. Un'ora dopo aveva appuntamento con Pattie ed era curiosa di scoprire se i nuovi sviluppi avessero cambiato la propria visione della paziente.

Ma non era finita lì. La volta seguente era successo per caso; Juno era in attesa all'ufficio postale quando aveva notato Cayleigh Little fuori dalla vetrata, diretta al supermercato. Cayleigh, che si faceva chiamare Clee, andava verso i trenta ed era una sua paziente. Juno evitava di incontrare i suoi pazienti fuori dallo studio, se poteva; era imbarazzante per tutte le parti coinvolte. Tuttavia aveva abbandonato il proprio posto nella fila per guardare meglio.

Sbirciando la strada attraverso la vetrata, aveva seguito i passi della donna attraverso il parcheggio. Clee Little era single, viveva in centro per conto suo, e non aveva parenti in zona. Si dichiarava sesso-dipendente, descrivendo spesso le sue acrobazie nel dettaglio con voce orgogliosa. Per un attimo Juno aveva creduto di sbagliare persona, poi però aveva visto il portachiavi fucsia notato spesso durante le loro sedute. Penzolava dalla mano di Clee. Con l'altra la donna teneva per mano un bambino e aveva un neonato in un marsupio fissato al petto. L'intera scena aveva sconvolto Juno, inducendola a uscire dalla posta e affrettare il passo per raggiungerla. Clee era vestita in maniera diversa, in jeans e maglietta. L'aveva mai vista indossare altro che non fossero eleganti tailleur da lavoro? Dal marciapiede Juno aveva seguito mamma e figli dentro le porte scorrevoli del supermercato. Si erano diretti al reparto surgelati, Clee con il neonato, che non aveva più di sette mesi, legato al petto. Juno l'aveva osservata ammaliata, mentre la donna riempiva il carrello di cene surgelate raccomandando al figlio maggiore, che correva davanti a lei, di andare piano. "Potrebbe essere

la babysitter", aveva pensato Juno, osservando il marsupio sul suo petto.

«Mamma!», aveva chiamato il bambino, correndo incontro alla donna. Lei non aveva notato la presenza di Juno e aveva sussurrato paroline dolci al figlio. Perché mentire fingendo di essere single? Di non avere figli quando era ovvio che ne aveva addirittura due? Per qualcuno, mentire era una via di fuga. O magari era davvero una sesso-dipendente e non voleva far sapere a Juno di avere famiglia. Clee non aveva mai scoperto che Juno l'aveva seguita al supermercato. Né tantomeno gli altri. Per un po' Juno era riuscita a rimanere invisibile come sentiva di essere e se qualcuno la notava – come ogni tanto capitava (una volta al ristorante) – fingeva che fosse una pura coincidenza. Non aveva avuto bisogno di seguire Chad, no. Era stato lui a rincorrerla fin dall'inizio. Juno aveva il suo numero, come di ogni altro uomo che cominciava quel gioco con la stessa frase: «Non lo faccio mai, tu sei l'eccezione».

Il reato sessuale di quarto grado prevedeva una sentenza di minimo due anni di prigione. La legge non mostrava alcuna indulgenza per l'abuso di potere; una psicologa che faceva sesso con il suo paziente ne aveva per forza abusato. Se i capi d'accusa si fossero limitati a quello, avrebbe anche potuto lottare, forse, ma quando Juno ebbe scontato la sua pena di quattro anni di carcere (due per cattiva condotta sessuale e due per inflizione intenzionale di disagio emotivo e molestie sessuali da parte del professionista), chi aveva fatto parte della sua vita era andato avanti. Non riconosceva più nessuno e nessuna delle vecchie amiche riconosceva lei. Le sue mani avevano toccato cose che le loro mani non avrebbero mai toccato; i suoi occhi avevano visto cose per le quali loro se la sarebbero fatta addosso nei comodi mutandoni a vita alta. Allontanandosi svelta dal suo vecchio quartiere, si era resa conto che non avrebbe più potuto viverci comunque. Ormai le sembrava sporco; una maglietta bianca sulla quale le macchie di sangue non venivano più via. Era possibile che una persona cambiasse troppo

per tornare indietro? Una volta avrebbe detto no, ma adesso abbracciava il sì.

Fuori la temperatura era andata sotto zero, secondo i notiziari che Juno guardava dallo studio di Nigel, avvolta in una grossa coperta di lana che conservava il suo odore. Juno conosceva quell'odore; conosceva quelli di tutti. Nigel odorava di canneto, di erba e spezie. Winnie non ne aveva più uno suo: si annegava in profumi costosi e odorava di profumeria. E Sam, be', lui aveva un odore salace, da ragazzo. Si lasciava dietro un aroma leggero di stupidaggini.

Juno fissava la TV senza pensare, i capelli ancora umidi per la doccia appena fatta. Lavarsi l'aveva stancata. Sullo schermo c'era una giornalista in mezzo a un prato, con una grossa giacca imbottita. Sembrava le desse fastidio, nonostante l'albero di Natale luccicante alle sue spalle. Erano tutti stufi marci dell'inverno, ed erano solo a dicembre. "Quanto manca al giorno della marmotta?", si chiese.

Spense la TV e rimase con lo sguardo fisso sullo schermo nero. Nelle ultime settimane faceva più fatica a risalire dallo scantinato, le fitte alle giunture troppo forti perché le aspirine dell'armadietto di medicinali dei Crouch bastassero a lenirle. Avrebbe voluto che fosse rimasto un flacone di ossicodone, ma grazie a Sam era sparito.

La maggior parte dei giorni preferiva starsene raggomitolata nel nido che si era creata con un materassino di gomma trafugato dall'attrezzatura per il campeggio. Aveva preso anche delle coperte e un sacco a pelo dall'armadio della biancheria del primo piano, e una volta Winnie aveva riempito un sacco della spazzatura di vecchi plaid, come li chiamava lei, da dare in beneficenza, che Juno aveva traghettato dentro la botola prima che Nigel lo portasse via. Nessuno aveva mai notato i suoi furti, anche se a suo parere non si potevano definire tali, poiché tecnicamente era rimasto tutto in casa e in ogni caso era roba di cui si volevano sbarazzare. Winnie e Nigel erano troppo occupati nei loro traffici per badare ai suoi.

Dai sacchi per la beneficenza Juno aveva accumulato un piccolo

guardaroba di felpe e pantaloni dismessi, indumenti che lavava con cadenza settimanale nella lavanderia dei Crouch. Quando faceva molto freddo e il pavimento dello scantinato diventava gelido, durante la notte Juno strisciava di sopra e dormiva nel vecchio alloggio, sotto le tute da sci e i costumi di Halloween dell'Angolo degli orli. Un vero lusso. In quei giorni trascorreva di sopra gran parte del tempo, per fare scorta di provviste e sostare qualche minuto accanto a una finestra a prendere un po' di sole (quando si degnava di farsi vedere). Lavava vestiti e coperte, si faceva un bagno, mangiava qualche pasto caldo e guardava il telegiornale. Arrivata a quell'ora, Juno ormai dormiva in piedi. Quando si calava di nuovo nello scantinato dopo un intero giorno in casa Crouch, era staaaanca. "O forse sono i tuoi reni a essere stanchi", si diceva. Per quanto eleganti e forniti stessero diventando il suo nido e il guardaroba, niente era paragonabile alla benedizione di poter dormire nell'appartamento durante quella settimana di gloria senza i Crouch.

Il lontano borbottio dell'asciugatrice giunse fino al punto in cui Juno era seduta, a sforzarsi di leggere ma troppo distratta.

Tirò fuori i vestiti, caldi e profumati di salviette ammorbidenti, e ripiegò ogni capo nella borsa della spesa presa in prestito a Winnie. Sapeva che quella vacanza era temporanea, e presto sarebbe dovuta tornare nello scantinato. A essere sincera, tuttavia, riusciva a trascorrere diversi giorni lì sotto in condizioni di relativo comfort: poteva cambiarsi i vestiti, dormire senza preoccuparsi che qualcuno la importunasse o i poliziotti la cacciassero via. Poliziotti così giovani da poter essere suoi figli, ragazzi senza il minimo rispetto per le persone della sua età, per non dire delle persone della sua età e senza dimora. No, preferiva vivere lì, sotto la casa dei Crouch, e soffrire in pace. Adesso aveva un'intera flotta di cartoni di succo di mela: tre per i bisogni, due per l'acqua, uno per la spazzatura. Li teneva in quella che chiamava l'angolo toilette: il punto più lontano dello scantinato. Juno considerava le visite al piano di sopra come una sorta di ginnastica, che ultimamente faceva sem-

pre meno. Era convinta che ormai avesse poca importanza; i suoi reni bruciavano come carboni ardenti all'interno del suo corpo, roventi e grondanti di sudore per la pressione delle troppe ore e delle scarse condizioni di lavoro.

«Scusate, ragazzi miei…». Con una mano si massaggiò la schiena e con l'altra richiuse l'asciugatrice con forza. I suoi vestiti erano piegati e pronti per tornare giù. Trascinò il fagotto verso il ripostiglio e calò tutto nella botola, da cui la puzza di sporco e ammoniaca la investì in una folata di aria stantia. Ormai ci aveva fatto l'abitudine, anche se era convinta di condividere i polmoni con le spore della muffa.

Si raddrizzò e pensò soddisfatta a tutte le cose che era riuscita a sbrigare quella mattina: lavatrice, doccia, un po' di TV, e pure la ginnastica. Non le restava che mangiare.

Il tragitto fino al frigorifero era lungo; Juno non sapeva mai se vi avrebbe trovato qualcosa. Alleluia alleluia, qualcuno aveva fatto la spesa, e a volerci scommettere Juno avrebbe puntato sul qualcuno di nome Nigel. Trovò avanzi di un polpettone vegetariano e di un vero purè di patate. Per il rientro dei Crouch, sarebbero stati comunque da buttare. Juno se li mangiò freddi, direttamente dalla vaschetta. Poi lavò e asciugò il contenitore e lo ripose nel cassetto insieme ai suoi simili.

Fuori pioveva; l'erba era di un acceso verde fluorescente. I nuvoloni grigio-blu si riversavano sopra Seattle come grassi ventri cascanti. Attraverso le nubi, filtravano lame di luce che investivano il prato, il marciapiede e la strada poco oltre del bagliore tipico dei dipinti di Thomas Kinkade. Due ricordi scomodi riaffiorarono nella mente di Juno. Nonostante la bellezza della scena che aveva di fronte, distolse lo sguardo; anzi, *proprio* per la sua bellezza. Juno la psicologa adorava l'erba dei prati, una rarità nel Nuovo Messico. Per la nuova Juno senza dimora, nello Stato di Washington era diventata una vera e propria attrazione. C'era erba ovunque, rigogliosa, verde e morbida. Quando dormiva nel parco, si teneva vicino il coltellino svizzero di Kregger, anche se il pensiero di ac-

coltellare qualcuno con quella piccola lama, stretta nelle sue mani gonfie e artritiche, era a dir poco ridicolo. Tuttavia, averlo con sé la rassicurava. Non sapeva dove andare e trovava sempre gente pronta a cacciarla via. Il parco era stato l'unico luogo accogliente per lei, così vi si era stabilita per tutta l'estate fino all'autunno. Ma in autunno lo Stato di Washington si trasformava, la pioggerella infinita ricopriva il terreno sul quale dormiva e bagnava l'erba. Juno ricordava l'umidità che le penetrava nei vestiti, notte dopo notte, mentre lei si sforzava di tenersi al caldo. In quel periodo non era mai asciutta e aveva pure rischiato la morte, con un febbrone delirante. Qualche buon samaritano – che l'aveva notata nello stesso punto il giorno prima facendo jogging – aveva chiamato l'ambulanza. Dopodiché, per un certo periodo c'era stata la tenda blu.

Juno conosceva gli esperimenti di Skinner con i ratti, a scuola ne aveva studiato il metodo, perciò la sua avversione per l'erba bagnata era un fatto assodato. Gli esseri umani funzionavano così, raccoglievano frammenti delle loro esperienze e sceglievano di trasformarle in dolore o in trionfo. A ogni modo, Juno era triste che fosse così anche per lei, che associasse sensazioni terribili a cose che un tempo amava. All'improvviso sentì un gran caldo come quella volta, prima di piombare nel torpore febbrile. L'ultima cosa che aveva visto prima di chiudere gli occhi era stata un filo d'erba, così verde e luminoso che si era concentrata su quell'immagine con tutte le forze, serrando i denti. Un centinaio di goccioline di pioggia si erano incollate a quell'unico filo d'erba, affilato lungo i bordi, come le lame del suo vecchio coltellino. Juno l'aveva osservato con più attenzione e aveva visto dei minuscoli capelli arricciati allungare le piccole braccia verso di lei in modo grottesco. "Non li stai vedendo davvero", aveva pensato. "Sei malata, non stupida". Aveva strizzato gli occhi più volte, per schiarirsi la vista. Si era rammentata di osservare le cose dalla giusta prospettiva. Aveva concentrato troppi pensieri su quel filo d'erba, e quando alla fine si era risvegliata in ospedale si era resa conto di odiarla, di punto in bianco. Nello scantinato però non c'era erba, solo polvere, pol-

vere, polvere. “Ora basta”, si rimproverò. “Sbriga le tue faccende e tornatene nella tua topaia”.

“Oppure possono aspettare”, pensò adocchiando il computer di famiglia che giaceva inattivo sulla scrivania. Era colpa del prato, del ricordo di come aveva sbattuto le palpebre più volte, per mettere a fuoco e vedere l’immagine giusta: un filo d’erba lungo qualche centimetro con due piccole gocce d’acqua in equilibrio sulla punta; una cosa semplice che il suo cervello in preda alla febbre aveva reso orribile. “Stai facendo con Winnie la stessa cosa che hai fatto con quel filo d’erba. La stai trasformando nel nemico”.

Sì, era proprio quello che stava facendo. Eppure… non poteva andarsene senza controllare le ultime ricerche di Winnie. Forse avrebbe trovato qualche risposta.

Juno scorse la cronologia internet degli ultimi giorni. Solo un mucchio di cagate banali come ricette vegane e gossip di celebrità… poi eccolo. Giovedì sera alle 23:30 Winnie aveva cercato Josalyn Russel – parecchio tempo dopo l’orario in cui di solito andava a dormire. Il contenuto della busta doveva averle lasciato un’impressione così amara nella mente che Winnie era rimasta a letto sveglia per due ore e alla fine si era seduta al computer. Così Juno immaginava, quantomeno.

In ogni caso, eccolo: Winnie aveva ricevuto per posta la busta di Juno e poi, mentre Nigel dormiva, aveva cercato quella donna su internet. Cliccò sul link dell’ultimo sito visitato da Winnie, che la portò all’articolo che aveva letto.

Juno lo scorse con gli occhi strofinando un lembo della maglietta tra pollice e indice. Era pronta a trovarci qualcosa, ma non sapeva di preciso cosa. Si era sempre vantata di avere un fiuto eccellente. In genere le sue sensazioni a pelle riguardo alla gente si rivelavano corrette e, da quando si era trasferita da loro, Juno aveva avuto una certa sensazione. Lesse l’articolo due volte, accertandosi di non perderne alcun dettaglio.

L’articolo parlava di Tent City. Juno spalancò gli occhi fino alla massima estensione. Aveva vissuto per qualche tempo – non mol-

to – a Nickelsville, la tendopoli mobile e autogestita di Seattle. Intesa come risposta temporanea alla mancanza di posti letto nei ricoveri per senzatetto, era accettabile. Le sue tende viola erano state donate dalla prima chiesa metodista della città e un servizio di sicurezza a rotazione manteneva un blando ordine. Juno viveva lì da qualche settimana quando una banda di delinquenti impasticcati aveva provocato un golpe prendendo il controllo del campo. Per dirla come sua madre e Ray Charles: *hit the road, Jack*, "dattela a gambe". Così aveva fatto, ma le sue alternative erano state una panchina o l'accampamento di senzatetto nelle aree boschive lungo l'Interstate 5. Aveva scelto la seconda. Ma che interesse poteva avere Winnie per un posto del genere?

Juno divorò l'articolo, in cerca di cosa potesse averla attirata. «Ogni anno scompaiono migliaia di adolescenti fuggiti di casa», diceva l'articolo, «di cui le famiglie non hanno più notizie».

E alla fine la trovò: una citazione di Winnie Crouch, che all'epoca lavorava presso il centro di salute mentale Illuminations.

«In questi accampamenti vivono donne, donne giovanissime come me e lei, che tirano a campare, senza accesso ai servizi igienici o alle cure sanitarie. Proprio una delle ragazze che ho seguito era incinta e viveva in una tenda al momento della sua scomparsa».

22
Winnie

Era a letto, ascoltava i grilli frinire a Greenlake Park, mentre scivolava verso il sonno. Il viaggio allo chalet era stato orribile come previsto – anche peggio. Non vedeva l'ora di tornare a casa. Ma adesso era lì, di nuovo nel suo letto, e si sentiva uno schifo come in montagna.

Qualcuno tramava contro di lei. All'inizio si era convinta di essere paranoica, dopotutto era il suo tratto distintivo: la povera, paranoica Winnie. Tuttavia non c'era spiegazione per il bloc-notes o il libro della biblioteca, o per la busta arrivata per posta con i ritagli di quegli articoli. Dentro di sé, sapeva di aver raccontato a Nigel solo metà della storia, di aver agito come una vera criminale tanti anni prima – Josalyn Russel.

Josalyn Russel non aveva lasciato casa sua e la famiglia perché era una tossicodipendente; lo era diventata per quello che le avevano fatto. Josalyn era scappata di casa tre mesi prima del suo diciottesimo compleanno. In quei tre mesi era rimasta nell'ombra, poi, una volta maggiorenne, si era rivolta ai servizi sociali. Soffriva di disturbo bipolare e aveva bisogno di cure. Quando il suo caso era stato assegnato a Winnie, Josalyn era uno scricciolo di ragazza, pesava poco più di quaranta chili. Teneva gli auricolari nelle orecchie tutto il tempo, un chiaro messaggio: non intendeva fare conversazione. Winnie non l'aveva forzata, non li forzava mai. Il suo compito era difendere Josalyn in un mondo che non la capiva. La ragazza aveva sulle braccia delle piccole cicatrici, rivelatrici di anni di autolesionismo. Era una fuggitiva: ribelle, taciturna, con

seri problemi di fiducia. Le piaceva il cibo spazzatura – patatine alla cipolla e bibite di colore blu. Winnie aveva costruito un sentiero della fiducia a base di snack.

Un poco alla volta Josalyn aveva cominciato ad aprirsi. Dapprima, le parlava di casa sua – i genitori divorziati e la madre che si era risposata con un uomo più giovane. Poi un giorno le aveva raccontato delle molestie del patrigno. «E dei suoi amici», aveva aggiunto, lo sguardo a terra. «Mi passava anche a loro, e se piangevo fingeva che l'idea fosse stata mia».

Josalyn preferiva rimanere nell'ombra; Winnie le leggeva negli occhi una paura genuina quando parlava del patrigno. La sua famiglia era ricca – parecchio, a detta sua – e usavano i soldi per ottenere ciò che volevano. Winnie d'un tratto aveva compreso quella frangia di capelli arcobaleno che le contornava il viso; Josalyn ci si nascondeva dietro quando aveva bisogno di spazio. Così le aveva comprato altre tinte per i capelli – rosa e verde e blu – e avevano istituito un programma di tutoraggio. Winnie si era affezionata alla ragazza, voleva proteggerla. Sapeva che cosa faceva il mondo alle donne come Josalyn e aveva paura per lei.

Finché Josalyn non era rimasta incinta. Diceva di non sapere chi fosse il padre, dormiva in tenda e si pagava la droga con il sesso.

Non frequentava quasi più il gruppo di sostegno e si rivolgeva a Winnie solo quando aveva bisogno di qualcosa. Winnie aveva cercato di farla ragionare per il bene del bambino, offrendole programmi, aiuto, disintossicazione, ma lei era decisa a tenerlo.

«È mio. Lo voglio», diceva.

«Josalyn, vivi in una tenda. Non è una sistemazione adatta a un bambino. Interverranno i servizi sociali. Te lo porteranno via».

«No», aveva replicato la ragazza in tono piatto, gli occhi spenti come fosse in punto di morte. Winnie aveva addolcito il tono.

«La tua famiglia, Josalyn. Possiamo metterci in contatto con loro… Possono aiutarti».

A quel punto la ragazza aveva cambiato faccia, gli occhi colmi di terrore anziché di lacrime.

«No», aveva ripetuto con fermezza. «Mai e poi mai. Meglio vivere in una tenda che con quelli».

Poiché Winnie insisteva che non sarebbe stata in grado di crescere il bambino, Josalyn era scappata. Winnie l'aveva cercata, spingendosi fino a Tacoma, bussando ai vari ricoveri per senzatetto per chiedere di una ragazza incinta con i capelli multicolore. Nessuno aveva visto Josalyn e da quel momento il senso di colpa di Winnie aveva imboccato un nuovo corridoio della sua vita.

Si strofinò gli occhi. Aveva bisogno di dormire; non riusciva più a ragionare con lucidità. Continuava a girarsi e rigirarsi nel letto. Chi poteva sapere di quella notte? Di ciò che aveva fatto? Era sola con Josalyn in quella tenda.

La telefonata le era giunta nel cuore della notte ma non l'aveva sentita, perché dopo le 20:00 aveva silenziato il cellulare. Si era svegliata per andare in bagno e aveva visto la chiamata persa illuminare il display. Aveva preso il telefono con sé e cliccato sulla casella vocale mentre faceva pipì. Ne era emersa la voce di Josalyn, tremante, le parole disarticolate come i rumori di sottofondo.

«Ho avuto il bambino. Non sta bene, io non sto bene. Hai detto che mi avresti aiutata. Vivo in una tenda vicino al cavalcavia di Ravenna. Ti prego...». Ed era caduta la linea. Winnie aveva ricomposto il numero subito, ancora seduta sul water, ma aveva continuato a suonare a vuoto.

Ciò che ricordava in modo vivido erano le condizioni in cui li aveva trovati: i mucchi di spazzatura, il tanfo di vomito e merda così opprimente che Winnie aveva dovuto fare due decisi passi indietro, all'aria fresca, e aveva dato di stomaco. Una volta ripresa si era lavata la bocca con l'acqua della bottiglietta che aveva in borsa, ed era rientrata nella tenda di Josalyn. Nel tentativo di scaldare il bambino, la ragazza gli aveva creato un nido di coperte, adagiandolo tra il proprio corpo e quello del suo cane, che fissava Winnie minaccioso, immobile.

Josalyn aveva la faccia pallida, quasi verdastra intorno agli occhi e sulla mandibola. Giaceva inerte accanto al fagotto di coperte, un

telo logoro disteso addosso. L'odore della morte era così tangibile che gli occhi di Winnie erano schizzati subito verso il neonato fissandosi su di lui.

Il bambino era la sua priorità; non aveva chiesto lui di venire al mondo in quella situazione disperata. Per prima cosa doveva portarlo al sicuro. Strisciando accanto a Josalyn, l'avrebbe raggiunto; così, senza riflettere, Winnie si era inginocchiata a terra, avanzando carponi tra gli escrementi umani e animali, le mani che pestavano il vomito rappreso. Il cane aveva abbaiato dal punto in cui si trovava, lo sguardo assonnato puntato su Winnie.

Lei aveva chiuso gli occhi, concentrandosi sulle proprie emozioni interiori: il bisogno disperato di raggiungere il bambino, l'urgenza, l'adrenalina martellante che vinceva l'esitazione. Quel che vedeva e toccava e annusava non era importante; il bambino era importante. Quando con la mano gli aveva sfiorato il visetto esangue, il piccolo si era mosso, e Winnie aveva provato una gioia smisurata, palpabile e corroborante. Era vivo!

Era minuscolo, pesava poco più di due chili. Winnie lo aveva estratto con delicatezza dalle coperte di Josalyn e sollevandolo dal bozzolo aveva visto che indossava una tutina di Elmo di una taglia in più – relativamente pulita, a parte il pannolino rigonfio. Poi lo aveva infilato nella giacca partendo dai piedini, per tenerlo al sicuro contro il suo petto, gli arti divaricati come una piccola tartaruga. Avrebbe dovuto accontentarsi di quella sistemazione, finché Winnie non lo avesse portato in un posto caldo. Aveva richiuso la cerniera, lasciandogli lo spazio sufficiente per respirare. Per la prima volta in vita sua, era stata grata di non avere il seno grosso, che avrebbe soffocato la creaturina. Ancora a terra carponi, aveva chinato il capo per sbirciare dentro la giacca, dove il piccolo se ne stava rannicchiato come su un'amaca; respirava, ma non profondamente. Winnie era strisciata fuori alla luce, lontano dalla puzza e da tutto quello schifo, inspirando la pungente aria invernale.

Faceva un freddo cane; doveva portare il bambino in macchina, e in fretta, ma l'aveva parcheggiata sopra il terrapieno ripido,

a quasi due chilometri di distanza. L'unica opzione era scalare il pendio erboso e ghiacciato. Winnie si era rimessa carponi per il terrore di scivolare. Con una mano stretta sul fagotto davanti al petto, si era arrampicata piano piano, senza mai voltarsi una sola volta verso la tenda di Josalyn sospesa nella foschia in basso, senza mai rivolgere un solo pensiero alla ragazza. Arrivata in cima, aveva scavalcato la ringhiera di metallo e gettato le gambe dall'altra parte per poi atterrare sull'asfalto. E a quel punto aveva spiccato il volo, correndo verso la sua BMW immacolata, che profumava ancora di nuovo. L'aveva parcheggiata in uno spiazzo erboso tra le case. Le vedeva più avanti, tra le nuvolette bianche dei suoi respiri affannosi. Non aveva più pensato a nulla, tranne al bambino, salendo al volante del suo SUV per ripartire a scatti dallo spiazzo d'erba.

Se solo avesse chiamato subito un'ambulanza.

Intendeva farlo – una volta messo il piccolo al sicuro in macchina. Ma a quel punto le cose si erano messe male, davvero male…

23
Juno

Juno ruppe il decoder della TV. Era quello il suo grande piano. Lo staccò dalla presa, lo sollevò sopra la testa e lo scagliò contro il pavimento rivestito di moquette dello studio di Nigel. La prima volta piano… Poi una seconda… Alla terza sentì qualcosa sbatacchiare all'interno. Poi lo rimise al suo posto, come l'aveva trovato, e attese. Nigel se ne stava sempre rintanato nel suo studio, a guardare una carrellata infinita di programmi d'intrattenimento insensati su CNN e ESPN. Mandargli a puttane il decoder significava mandargli a puttane la stabilità mentale già precaria. Ma era proprio quello che Juno voleva: destabilizzare tutti, per avere qualche risposta.

Nigel trascorse due giorni a litigare al telefono con il fornitore del dispositivo. Juno, che si era azzardata a trascorrere la notte nell'Angolo degli orli per sentire tutto, per una volta apprezzò la sua collera sguaiata. No, non avrebbe pagato per la sostituzione… No, il decoder era difettoso, non era lui quello incapace di usarlo… Sì, voleva che qualcuno venisse a dare un'occhiata, non lo aveva detto fin dall'inizio? Il prima possibile era quando? No, non se ne parlava, quel weekend voleva guardarsi la partita e non ci avrebbe rinunciato a causa della loro incompetenza… Se proprio non si poteva fare altro… Giovedì. «Può darmi un margine d'orario, per farmi trovare in casa?»

«Otto ore lo chiama margine?». Juno poté quasi percepire il tono di sconfitta. «Va bene. Sì… Lascerò l'allarme disattivato e la porta sul retro aperta. Mi faccia avvisare dal tecnico quando arriva

e poi se ne va, così torno a chiudere a chiave. Lo ha scritto nelle note? Lo scriva».

Il giovedì mattina, Juno si mise in attesa a partire presumibilmente dalle cinque del mattino. Prima di salire dallo scantinato aveva fatto colazione con un cartone di latte al cioccolato e qualche salatino, e lo zucchero l'aveva sovreccitata. Meglio sovreccitata che moscia, pensò. Si era messa una felpa grigia dei Seahawks con il cappuccio tirato sulla testa e un paio dei jeans di Nigel da regalare, stringendoli in vita con dello spago trovato nel cassetto del fai da te di Winnie. Nigel partiva sempre prima della moglie, in genere usciva dalla porta per le sei, e Juno voleva essere già pronta. Aveva ai piedi le stesse scarpe da ginnastica del giorno in cui si era trasferita lì – poiché l'avevano portata in quella casa, le indossava come portafortuna.

I passi decisi, regolari di Nigel rimbombarono sopra la sua testa. Si rannicchiò sotto i giacconi invernali e i costumi di Halloween, inspirando dal naso il lieve sentore di urina. Un colpo di tosse le salì in gola e cercò di rimandarlo indietro prima che trovasse la via d'uscita. Era uno dei suoi più grandi timori: farsi tradire dalla tosse. Le bruciavano le cosce, per i muscoli inutilizzati da settimane e costretti a reggere il suo peso, per quanto lieve. I passi di Nigel si erano spostati sulle scale; presto avrebbe disinserito l'allarme e preso la borsa dell'ufficio dal vano ripostiglio. Juno lo sentì schiarirsi la gola, poi il lieve *bip* dei pulsanti mentre digitava il codice per disattivare l'allarme. Era la data di nascita prevista di Sam: 0610. Una volta Juno aveva sentito Winnie comunicarlo a Dakota. La porta si aprì e poi richiuse, e Nigel era fuori. Quel giorno non aveva preso con sé il borsone della palestra e Juno lo fissò a lungo prima di avvicinarsi piano. Controllò prima le tasche, poi dentro. Nella zip interna trovò una banconota da cinque dollari; se la appiattì sul ginocchio e continuò a cercare, tra un cambio di vestiti e una bottiglietta di colonia. Sul fondo trovò una scatoletta di mentine che dal rumore non sembrava piena. Juno la prese e sollevò il coperchio. Non le restava tanto tempo; Sam si sarebbe svegliato da un momento all'altro.

Le si seccò la bocca quando il suo sguardo si posò su una carta di credito e una mazzetta di banconote da venti che doveva ammontare a circa cinquecento dollari, oltre a un unico preservativo nel suo involucro. Sfilò venti dollari dalla mazzetta e se li ficcò in tasca insieme agli altri cinque. La mossa successiva le provocò una certa ilarità più che sorprenderla. Juno strisciò indietro verso il costume da hot-dog, contro il quale le piaceva appoggiare il viso. Un giorno si era presa un colpo quando una spilla da balia le aveva punto la guancia. L'aveva fissata meglio, la punta acuminata ben nascosta. Recuperò la spilla mentre ormai le rimanevano pochi minuti a disposizione; Sam era in bagno. In realtà, con il dolore attenuato dall'aspirina, Juno era abbastanza veloce. Provò una bella sensazione infilando la punta della spilla attraverso l'involucro del preservativo, fino a bucarne il lattice traslucido. Spinse fino in fondo. Dopodiché rimise tutto a posto come l'aveva trovato; il solito trucchetto. Juno infilò la porta d'ingresso prima ancora che Sam tirasse lo sciacquone. Aveva un margine di tempo di otto ore.

Alle tre e mezza, si portò una scatola di cereali comprata in un discount su una panchina vicina al lago. Aprì il sacchetto di plastica, ne gettò una manciata sul terreno e in un paio di secondi si ritrovò circondata da una dozzina di piccioni con la striscia blu sul petto. Si misero a beccare, imperturbabili, guardandola con la coda degli occhi ambrati. Juno non gradiva più di tanto quei piccoli ratti con le ali, ma arrivavano sempre per primi.

«Di solito qui ci sono tre tartarughe».

Juno sobbalzò, lasciando quasi cadere i cereali a terra. Era sbucato il sole – evento raro – e ce l'aveva proprio negli occhi, temporaneamente accecata. Conosceva quella voce, però, la conosceva bene.

Samuel era in piedi sulla riva, nel punto in cui il terreno scendeva ripido verso il lago. Indossava una felpa verde con il cappuccio e un paio di jeans sdruciti, e aveva in spalla uno zaino simile a quello di Nigel. Non stava guardando lei; i suoi occhi erano concentrati

sulle foglie di ninfea a pochi metri dalla riva fangosa. Juno sapeva che le tartarughe di solito vi si fermavano sopra, bisognose di sole come il resto degli abitanti dello Stato di Washington.

«Sì. Poco fa c'erano».

«Che maleducate a non aspettarmi».

Juno lo guardò e, compresa l'ironia, gli sorrise. Sparpagliò a terra le ultime briciole di cereali per gli uccelli e si ripulì le mani.

«Cosa gli stai dando?»

«Cereali vecchi e stantii».

Sam fece un passo verso di lei, esaminando il terreno mentre i piccioni gli zampettavano attorno alle scarpe; erano Vans, Juno lo sapeva. Le avevano anche i suoi figli. Sam diede un calcetto a un frammento di cereali e un corvo se lo portò via, allontanandosi a balzelli.

«Sembra mangime per criceti. Ci credo che non te li sei mangiati».

Juno rise. «Sì, non erano un granché. Roba fibrosa».

«La colazione dev'essere divertente. Fai una pessima colazione e avrai una pessima giornata».

«Sembra uno slogan pubblicitario!», esclamò Juno. «Che cereali stai cercando di vendermi?»

«I Froot Loops, decisamente». Sam sorrise, la battuta gli era piaciuta. Poi aggiunse: «Ehi, hai addosso una maglia di Landman! Ne avevo una proprio identica».

«L'ho presa in un negozio dell'usato». Juno fece spallucce. «Credevo fosse un fagiolino».

Sam lo trovò esilarante. Rise così di gusto da contagiare anche lei.

«Allora probabilmente era mia», scherzò. «Mia mamma dà tutte le mie cose in beneficenza».

«Be', se davvero era tua», replicò Juno, «ormai ti starebbe stretta». Pensò con tristezza ai sacchi di vestiti da regalare.

Sam fece spallucce, il sorriso ancora sulle labbra.

«È il personaggio di un videogioco. Landman si può trasformare da essere umano in qualunque frutto della terra. In pratica deve

sconfiggere i nemici, Gorg e Spawn, intrappolandoli tipo nei fiumi o nei vulcani».

Juno ascoltava rapita, annuendo quando Sam accennava a cose che si aspettava conoscesse anche lei. Immaginò gli occhi dei suoi genitori, glassati come ciambelle mentre ascoltavano solo metà di quello che lui raccontava, mormorando *mmm* di circostanza finché non si tornava a parlare di loro. I ragazzi avevano bisogno di parlare; avevano bisogno di svuotarsi delle loro esperienze per elaborarle nel modo corretto. E, cosa più importante, avevano bisogno di qualcuno disposto ad ascoltarli e in grado di guidarli con dolcezza. Ecco cosa faceva Juno. Ascoltava.

Sam, una volta finito di raccontare dei suoi videogame, infilò le braccia nelle bretelle dello zaino e se lo appese davanti al petto. Portava al polso un braccialetto di plastica, di quelli elastici con un motto scritto sopra. Un cagnolino con il guinzaglio estensibile si avvicinò zampettando e gli annusò le scarpe prima di schizzare via al richiamo: «Klipper!». Sam si chinò per accarezzarlo ma era troppo tardi, le zampette posteriori del cucciolo stavano già pompando al massimo per tornare dal padrone.

«Comunque, mio zio mi ha rotto la consolle e non ho più potuto giocarci».

Juno rizzò le orecchie. Si riferiva a Dakota? Non era successo durante la sua ultima permanenza a casa loro, ne era sicura.

«Come ha fatto tuo zio a romperti il gioco?», chiese.

«È un alcolizzato». "E ne parla pure in modo così diretto", pensò Juno. Lo studiò con lo sguardo di quando esercitava la professione.

Sam era un ragazzino, dall'aria scontrosa, con le braccia arcuate e muscolose e il mento duro da pugile. Non lo aveva mai sentito lagnarsi con i genitori dei compagni di scuola che lo infastidivano, ma non significava nulla. Alcuni ragazzi si confidavano mentre altri si chiudevano a riccio. "Tu chi sei, ragazzino… il bulletto, o lo spettatore?". Juno lo vide piegare il capo, poi, tutto d'un tratto, puntare di nuovo gli occhi verso l'acqua. Per qualche secondo

osservò con interesse una coppia di coetanei in kayak, poi si girò di nuovo verso di lei e la guardò come se la vedesse per la prima volta. Juno cominciò a sudare sotto la felpa di Landman. Gli studiò il viso, in cerca di cosa non ne aveva idea; qualcosa di Winnie o Nigel, forse. In quel momento, però, non ne trovò traccia. Con un guizzo rapido della mano, Sam fece comparire il cellulare dalla tasca e controllò il display.

«Ti va un cagnolino? È così che papà chiama gli hot dog». Diede un calcio a terra con la punta della scarpa, poi la guardò strizzando gli occhi. «Mi porto sempre dietro dei soldi il giovedì per comprarmene un paio prima di tornare a casa, ma oggi abbiamo fatto una pizzata in classe e sono ancora abbastanza pieno. Posso mangiare questa roba solo fuori, dove mia mamma non mi vede». Sorrise.

«Maniaca salutista?». Juno sapeva che Winnie era più maniaca del controllo che della salute, ma Sam annuì. Al ragazzino non erano concessi zuccheri, carboidrati complessi, bibite, carne o pizza, tranne nelle occasioni speciali. Più Winnie tentava di controllare cosa mangiasse, più Sam contrastava i suoi sforzi disobbedendole per affermare il proprio diritto di scelta. Sarebbe stata una battaglia infinita, finché uno dei due non avesse ceduto, e a giudicare dal ragazzino insolente che Juno aveva di fronte, la lotta di Winnie si prospettava lunga ed estenuante.

Prima ancora che lei gli desse una risposta, Sam stava già correndo verso il chiosco. Juno ci andava spesso; non era altro che un baracchino con il tetto di lamiera, vendeva bibite fredde e hot dog, che giravano lentamente su uno spiedo unto.

«Hai fatto in fretta», disse quando qualche minuto dopo lui fece ritorno con due barchette di carta, una per mano. Lo zainetto gli sporgeva sul davanti come il guscio di una tartaruga ed era schizzato di senape. Juno prese il suo panino senza neppure guardare Sam. Quando alzò gli occhi, lui stava già mangiando e fissando il lago dove poco prima erano passati i due ragazzini in canoa. Gli uccelli, che avevano rinunciato a cercare cibo a favore dei cereali

di Juno, stavano beccando le nuove briciole ai piedi di Sam. Lui fu talmente svelto a trangugiare l'hot dog, senza mai staccare gli occhi dall'acqua, che Juno non capì come avesse potuto gustarselo.

Alla fine si ricordò delle buone maniere. «Grazie, Samuel».

Il ragazzo le rispose con un sorriso radioso. Che svanì rapidamente com'era apparso. «Chiamami Sam, ti prego», disse. «Detesto il mio nome per intero».

Juno ammetteva di essere un po' arrugginita in fatto di giovani, ma era abbastanza sicura che la maggior parte non parlasse come i rampolli dell'aristocrazia britannica.

«Va bene. Sam», rispose lentamente. «Anche a me piace di più».

Lui le sorrise. Poi aggiunse: «Sei ancora senza casa?»

«Sì», rispose Juno. «Ancora».

Lo vide tirare calci al muretto di mattoni, poi girarsi all'improvviso e sedersi accanto a lei. Juno trovò il gesto quasi infantile nella sua innocenza. La maggior parte della gente teneva lontani i barboni, non gli si sedeva certo accanto.

«Come mai?»

«È la vita. Non sempre va come vorresti».

Sam parve rifletterci un po', poi annuì. «Perché sei venuta a Seattle?»

«Come sai che non sono di qui?»

«Non lo so, in effetti. Ma la maggior parte della gente che conosco non è di qui».

«Be', hai indovinato», rispose Juno. "Ed è una cosa interessante", aggiunse tra sé.

«Vengo dal Nuovo Messico», spiegò. «Una volta ero sempre abbronzata, ora...». Alzò lo sguardo al cielo, dove le nuvole avevano di nuovo oscurato il sole. Sam rise.

«Che lavoro facevi, prima?»

«Fai un sacco di supposizioni, Sam».

«Lo dice anche papà», rispose senza vergogna, quasi l'avesse preso per un complimento. «Dice che le supposizioni fanno fare la figura dello scemo a chiunque sia coinvolto».

«Davvero?». Juno non riusciva a staccargli gli occhi di dosso. Aveva sentito Nigel dirgli le stesse identiche parole nello stesso identico tono, ma ora vedeva di persona come lui le aveva interpretate.

«Facevo la psicologa, tantissimo tempo fa». Juno fece una pausa per vagliare la reazione di Sam. Aveva catturato la sua attenzione, i suoi occhi scuri erano fissi su di lei. Quel ragazzino ragionava in maniera diversa, ma Juno non riusciva ancora a capire come. Attese la domanda che intuiva gli fosse rimasta sulla punta della lingua.

«Perché hai smesso?»

«Non si smette mai di fare gli psicologi».

Sam rifletté un minuto, risucchiando le guance come un pesce, poi riformulò l'interrogativo. «Com'è stato il tuo ultimo giorno di lavoro?».

Juno ne rimase scossa; l'aveva spiazzata di nuovo. Alla fin fine, non poteva mentirgli; qualcosa in lui le suggeriva che fosse comunque capace di leggerle dentro. Lo aveva sempre notato durante le loro chiacchierate in riva al lago. E in fondo, che differenza faceva? Sam sapeva esattamente chi era Juno, eppure non sembrava farci caso.

«Triste. Non volevo che fosse l'ultimo giorno, ma a volte certe cose non si possono evitare».

Sam ponderò le sue parole, la fronte corrugata. «Sentivi di non avere il controllo».

«Sì, Sam, proprio così», rispose Juno lentamente. «Purtroppo non siamo gli unici a controllare la parabola della nostra storia. È influenzata anche da fattori esterni».

«Ma siamo noi a lasciargliela influenzare».

«Sì e no. Da adulto puoi controllare chi lasciar entrare nella tua vita, ma non come si comporterà una volta entrato».

«I figli non hanno scelta».

Sam non lo disse con amarezza; anzi, aveva un tono neutro, e a Juno si spezzò il cuore. Era così tenero in quel momento, così vulnerabile. Era dura trovare il tuo posto nel mondo quando la

gente non faceva che dirti cose diverse. Lei stessa aveva confuso a morte i suoi figli, che Dio la perdonasse. Da giovani le persone erano alquanto stupide – soprattutto perché si credevano tanto intelligenti.

«Ehi, a proposito della nostra conversazione di prima... Ho una cosa per te», disse cercando il sacchetto di carta ai suoi piedi. Si chinò con un gemito, ma Sam non parve farci caso; i suoi occhi erano incollati al sacchetto, la curiosità dipinta sul volto. Lottando contro l'incertezza, Juno ne tirò fuori la confezione di Froot Loops e gliela porse. Era un dono stupido, quasi se ne vergognava – Sam invece si illuminò non appena la vide.

«Wow. Questo sì che è buffo! Parlavamo proprio dei Froot Loops prima».

Juno rise. Non era buffo, né una coincidenza. Ma non gli avrebbe confessato di sapere che adorava quei cereali. Come glielo avrebbe spiegato?

«Ehi, devo andare». Si guardò alle spalle in direzione di casa sua. Winnie stava per tornare; Juno capì che il ragazzo stava calcolando quanto avrebbe impiegato a fare il giro del lago e se sarebbe riuscito a battere la madre sul tempo. La spolverata di lentiggini color cannella che aveva sul naso fece sussultare il cuore di Juno come non le succedeva da tempo. Anche Marcus, il figlio maggiore, aveva le lentiggini. Non lo vedeva da tantissimi anni e non aveva idea se gli spuntassero ancora sul viso in primavera come i fiori di ciliegio. Sam afferrò i Froot Loops. Juno lo osservò divertita mentre apriva lo zaino con un ginocchio posato a terra.

«Grazie per i cereali, Juno!».

Juno gongolò. Era proprio un bravo ragazzo.

Voleva fare la cosa giusta. Sam non apparteneva a Winnie e Nigel; lo avevano sottratto a una donna di nome Josalyn Russel. La sua storia era tragica: scappata di casa, giovane e spaventata, era rimasta incinta. Doveva essere terrorizzata. Tuttavia significava che Sam da qualche parte aveva una famiglia biologica: zii e cugini, forse anche dei nonni. Juno non avrebbe mai avuto la possibilità di

fare da nonna ai suoi nipoti e la cosa le spezzava il cuore. Ciò che aveva commesso quella gente era inconcepibile.

In quel momento, prese la sua decisione: avrebbe trovato quella famiglia, i Russel. Doveva vedere con i suoi occhi che genere di persone fossero.

L'incontro con Sam le aveva scombinato i piani, così Juno trascorse la notte nel lato ovest del parco, troppo spaventata per dormire, ma stanca fin nel profondo delle giunture. L'aria era tiepida, e vedere la casa di Turlin Street dalla panchina le dava conforto. Valutò se prendere qualcosa per il dolore – le pillole che aveva in borsa – ma preferì rimanere vigile di notte nel parco. Come fosse emerso da un film dell'orrore, un vecchio ubriacone le passò davanti barcollando. Juno lo conosceva; Vic, lo chiamavano. Un tipo rabbioso, a quanto ricordava. Si era sempre tenuta alla larga. Alcuni di loro notavano la tua presenza e facevano finta di niente, ma altri – come Vic – ti si paravano davanti e ti mettevano a disagio. La gente era uguale dappertutto: periferia, carcere, bassifondi di Seattle – tutti temevano per la propria esistenza. Temevano di fare le scelte sbagliate... Temevano le conseguenze di quelle scelte. E secondo Juno, era per quello che si comportavano come stronzi senza cervello.

Una decina di metri più in là, Vic gettò qualcosa nel lago. Juno credette di sentirlo gridare: «Vaffanculo, Howie!». "Cosa bisogna fare per avere un po' di pace e tranquillità in questo posto?", pensò. Seguì un altro richiamo angosciato: «Howieee!». Dopodiché Vic si sedette a terra, probabilmente per spararsi qualcosa in vena. Juno si rilassò un poco, giocherellando con una pillola che aveva in tasca. Adesso poteva riflettere in santa pace. Dalla sua posizione vedeva la camera da letto di Winnie e Nigel. "E quella di Sam", pensò, spostando lo sguardo sulla finestra della stanza che apparteneva al ragazzo.

Il problema di Juno era rientrare in casa il mattino seguente senza far scattare l'allarme. Il piano era passare dalla porta della cucina con la chiave presa in prestito dal mazzo di riserva. Doveva cal-

colare il momento giusto, per entrare dal retro nello stesso istante in cui Sam usciva dalla porta principale. Aveva un margine di tre minuti per entrare senza che partisse l'allarme. Doveva calcolare i tempi in modo da…

"In modo da… cosa?", pensò. "Tornare sottoterra nella topaia in cui vivi come una talpa". Era quasi primavera, poteva tornarsene nel parco, lasciare l'abitazione dei Crouch. La casa aveva assolto al suo dovere: offrirle rifugio per l'inverno. Se non fosse stato per lo scantinato sarebbe morta, Juno ne era certa. E non stava affatto bene – tutt'altro.

Tuttavia aveva scelto di seguire la famiglia sbagliata, una famiglia con segreti profondi, oscuri. "No", replicò a sé stessa. Non c'era niente di sbagliato nel fare la cosa giusta. Juno non aveva mai creduto esistesse una ragione per tutto, non aveva mai rimproverato Dio per la sorte che le era capitata, sapeva che le persone erano artefici del proprio destino. Ne era la testimonianza vivente. Ma Sam non apparteneva a quel disastro. Oltretutto, Juno sapeva che il matrimonio dei Crouch stava andando in pezzi. Che ne sarebbe stato di Sam se avessero divorziato? Come sarebbe stata la sua vita? Aveva diritto a una vita diversa, con la sua vera famiglia. Il tempo stringeva e Juno voleva accertarsi che Sam fosse al sicuro. Sam era la sua priorità. Sam era rimasto invischiato in quella storia perché lo avevano rapito. Juno aveva letto il rapporto della polizia, visto i campioni insanguinati. Era stato sottratto un bambino. Come a lei avevano sottratto i suoi figli. E non aveva alcun diritto, alcuno status giuridico che le consentisse di vederli. Kregger l'aveva cancellata dalle loro vite.

Il corpo di Juno fu scosso da una fitta di dolore diverso. Gemette piano, un lamento sommesso in fondo alla gola. "I suoi ragazzi, i suoi ragazzi, i suoi ragazzi". Dale e Marcus. Uno sportivo, l'altro studioso. Li aveva cresciuti lei. Quando Kregger lavorava al casinò fino a tardi, li aveva cresciuti lei. Due ragazzini e lei non era altro che la matrigna. Per fortuna era ben preparata. Juno li aveva amati al punto da lasciare in stand-by il dottorato, per fare la madre an-

ziché studiare. Non aveva mai rinfacciato a Kregger di aver dato per scontato che crescesse lei i suoi figli; era stata lei a volerlo fare. E lui glieli aveva portati via. Come Winnie aveva portato via Sam.

Dalla radura Vic lanciò un grido di dolore. Distratta, Juno non notò il furgone che fece due volte il giro della casa, né prestò attenzione al suo indugiare sull'angolo tra Aurora e Turlin Street, o al conducente che gettava un mozzicone di sigaretta sul prato immacolato di Winnie.

24
Winnie

Winnie indugiò sulla porta della camera da letto, gli occhi che perlustravano la stanza; era tutto a posto. Lì dentro, quantomeno, pensò. Forse era lo stress della vita che cominciava a farsi sentire. Sì, doveva essere così. In fondo, quei pensieri non giocherellavano con la sua mente da anni, tormentandola senza sosta? Probabilmente la paura aveva ingorgato il suo subconscio, e ora si manifestava con chiarezza nella sua vita. Si vergognava ancora per l'ombra che era convinta di aver visto alla finestra della camera da letto. Forse aveva bisogno di riprendere la terapia. Quella stagione della sua vita era conclusa, quella parte di sé sepolta così in profondità che Winnie aveva creato una persona nuova, migliore, per rimpiazzare la precedente. Respirò a fondo, costringendo la mente a svuotarsi della negatività. Sarebbe andato tutto bene… Sarebbe andato tutto bene…

Quando il mattino seguente Winnie scese di sotto in vestaglia, Samuel era già in cucina, seduto a tavola con il cellulare e una ciotola di cereali. Era uno spettacolo, con i capelli appiattiti da un lato e sparati per aria dall'altro. Sembrava il bambino che le mancava tanto, quello che correva da lei, in cerca di baci e abbracci. Ma Winnie sapeva fin troppo bene che adesso c'era un adolescente in ebollizione al posto del suo bambino. E non voleva l'affetto di sua madre.

Passandogli accanto per arrivare al lavello, con finta indifferenza, vide gli anellini colorati nel suo latte e si morse la lingua. Samuel sapeva di non poter mangiare zuccheri. Winnie tuttavia si tappò la

bocca, per evitare discussioni. Era sabato, e voleva godersi il più possibile il fine settimana.

Aprì il frigorifero. «Facciamo due passi attorno al lago dopo pranzo?». Strinse la mano sulla maniglia in attesa di un possibile rifiuto.

Samuel alzò lo sguardo dal cellulare, ignaro che la madre stesse trattenendo il fiato. Fece spallucce e rispose con un fiacco: «Okay».

Winnie fu sollevata. Piccole vittorie. Il suo psicologo le diceva sempre di concentrarsi su quelle, sulle piccole vittorie – non sui problemi giganteschi e opprimenti che le rodevano la mente senza sosta. Mascherò il sorriso e si preparò il suo caffè lungo con nonchalance.

Samuel però lasciò la stanza fin troppo in fretta. Winnie lavò la sua ciotola vuota e gli schizzi di latte dal ripiano, sfregando a casaccio finché la cucina non tornò lustra. Come al solito, suo figlio la spiazzava; la carota un minuto prima e il bastone quello dopo. Fare la madre era decisamente il mestiere più faticoso che Winnie avesse mai esercitato, e mancavano appena cinque anni prima che Samuel andasse al college.

Nigel la prendeva spesso in giro quando lei definiva il ruolo del genitore un contratto, eppure lo era. Il contratto dolorosamente più vincolante e meno appagante del mondo… Eppure… era la cosa che la motivava di più nella vita, che detestava e adorava allo stesso tempo. "No, non è vero", pensò Winnie. Non detestava essere madre, detestava fare il genitore: il gendarme, l'insegnante e, il più delle volte, la cattiva di turno. Quel giorno voleva essere la buona di turno, ricordare al figlio il legame indissolubile che li univa. Intendeva godersi il più possibile i suoi ultimi anni di giovinezza; aveva la sensazione che Samuel le stesse scivolando tra le dita sempre più in fretta. Era serio, rideva poco e scrutava sia lei sia Nigel con diffidenza. Winnie non capiva perché. Negli ultimi tempi cominciava a pensare che lo avessero viziato troppo. Era quello il problema dei figli unici; lo sapeva perché anche Nigel lo era. Avevano una sorta di presunzione incisa dentro, l'idea che le

cose dovessero andare sempre come volevano loro. Non avevano nessuno contro cui lottare, solo due genitori affettuosi – niente fratelli che ti urlavano in faccia, tiravano i capelli o davano calci, con i quali dover condividere tutto. Il mondo era il loro parco giochi. E nelle rare occasioni in cui le cose non andavano secondo i loro piani – be', allora apriti cielo. Ecco cosa stava succedendo a suo figlio, si diceva. L'alternativa… no, non voleva neppure pensarci.

"Che cosa sa Samuel?".

Winnie ripose nella credenza la ciotola dei cereali, lavata e asciugata, con più forza del voluto. Sbatté l'anta e le tazze all'interno tintinnarono. Fu a quel punto che rimase pietrificata, notando la scatola vuota dei Froot Loops che fuoriusciva dal contenitore della raccolta differenziata. Dove aveva preso quei cereali? Winnie era stata così assorta nei propri pensieri da chiederselo solo in quel momento. Impossibile che glieli avesse comprati Nigel dopo l'ultima discussione che avevano avuto in merito, e di certo non era stata lei. A meno che Samuel non se li fosse comprati da solo. Possibile? Winnie lo stressava così tanto sul mangiare che forse si procurava altro con i suoi risparmi. A volte suo figlio era a casa da solo dopo la scuola, prima che uno di loro due rientrasse, ma non si trattava mai di più di mezz'ora. Forse bastava per andare e tornare dal supermercato? Mise la confezione sopra il coperchio del bidone, scattò una foto e la mandò a Nigel. Lui le scrisse subito.

"Dove li ha presi?".

Winnie fu sollevata dalla risposta.

"Non ne ho idea!!!", replicò. Nigel inviò un emoji che si grattava la testa. Winnie posò il cellulare. Rivolse lo sguardo alle scale, chiedendosi se dovesse accennare qualcosa a Samuel; erano solo cereali. Magari glieli aveva dati qualche amico – cosa più probabile –, Subomi o Angelo. Ma Winnie conosceva le madri di entrambi, e appartenevano alla categoria del biologico e antiglutine. "Sono solo cereali", si ripeté con fermezza prima di salire di sopra. Ma perché proprio *quelli*?

Come prevedibile, la loro passeggiata attorno al lago dopo pran-

zo fu un disastro. Winnie tentava di attirare Samuel in una conversazione, ma ricevette in cambio solo la fredda indifferenza che di recente sembrava essere la sua specialità.

Ai tempi d'oro, Winnie era sempre la persona più popolare nella stanza e quella sicurezza, ancora radicata nella sua personalità, subiva un duro colpo ogni volta che il figlio la rifiutava. Quando Samuel accelerò il passo per allontanarsi da lei, Winnie ci rinunciò e tirò fuori di tasca il cellulare. Manda l'aveva cercata e alla fine le aveva scritto alcuni messaggi. Li lesse con mezzo occhio rivolto a Samuel, l'umore che sprofondava sotto le scarpe. La previsione di Nigel si era rivelata azzeccata: Manda rifiutava di riprendersi in casa Dakota, mostrando una spina dorsale d'acciaio.

Mentre si apprestava a rispondere, il cellulare squillò e sul display comparve il nome di Manda.

«Ehi, stavo giusto per risponderti», disse Winnie. Vide Samuel chinarsi per accarezzare un grosso bulldog più avanti.

«Mi sta minacciando». La moglie di Dakota, in genere così riservata, sembrava furiosa. «Dice che qualcuno deve avermi messo in testa queste cose perché non sono mai stata così inflessibile. Riesci a credere quanto sia bravo a rigirare la frittata?».

Winnie intuì che la cognata stesse camminando avanti e indietro; gliel'aveva visto fare spesso quando telefonava, inciampando con i piedi nelle lunghe gonne che indossava. Manda diceva che erano un ricordo della sua educazione pentecostale.

«Aspetta, aspetta», disse Winnie. «Ti sta minacciando *in che senso*?»

«Secondo te in che senso, Winnie? Dio mio, so quanto idolatrate vostro fratello, ma da un po' di tempo Dakota non è più in sé. Nessuno vuole ammetterlo».

Winnie fece un respiro profondo mentre Manda si rivolgeva ai figli. «Chiedi a tuo fratello, Lincoln, va bene? Vai… adesso. Vai!».

«Lo farò io». Winnie era stanca di giustificare Dakota; anche lei aveva i suoi problemi a cui pensare. «Di cosa credi che abbia bisogno?».

Manda tacque a lungo e quando riprese a parlare sembrava essersi calmata.

«Sente le voci, Winnie. Credo sia schizofrenico o qualcosa del genere».

Samuel aveva superato il bulldog e ora stava bevendo da una fontana pubblica, la punta delle Vans arancioni premuta sul pedale. Winnie trasalì. Lo faceva per provocarla. Poi il figlio schizzò fuori dalla sua visuale, senza dubbio per evitare l'occhiataccia che stava per lanciargli.

«In che senso, sente le voci?»

«Non lo so. Chiedilo a lui. Non riesco a credere che non ti abbia detto niente. Dice di aver visto un fantasma a casa vostra. Non gli permetterò di avvicinarsi ai ragazzi, neanche morta. Se aggiungiamo l'alcol e la droga, è una bomba a orologeria».

Adesso Samuel si stava dirigendo verso la strada; Winnie non voleva che attraversasse senza di lei.

«Manda, è stato ubriaco per metà del tempo trascorso a casa nostra. Girava in boxer piangendo. Non so cosa creda di aver visto, ma hai ragione a non farlo avvicinare ai ragazzi. Lo chiamo io, per capire cosa gli stia passando per la testa. Promesso».

«Non serve che lo chiami, Winnie», replicò Manda seccamente. «Ho chiuso. Avrà anche qualche disturbo mentale, ma è un alcolizzato presuntuoso e narcisista, e siete state *voi* a farlo diventare così».

«Sei ingiusta. Sai che ha perso il padre quando aveva…».

«È proprio questo il punto. Maledizione, Winnie, credevo tu fossi diversa. Crede di poter fare a me e ai ragazzi tutto ciò che vuole, poi si mette a piangere per i suoi guai e io lo perdono, come fa sempre la vostra famiglia. E vi rifiutate di vedere che ha problemi seri perché vi fa comodo così».

«Manda, mi hai chiamata tu…».

«Sì, per avvertirti che Dakota ce l'ha con tuo marito. Addio Winnie».

Aprì la bocca per protestare, ma la cognata aveva già riattaccato.

Samuel era sparito dalla visuale. Winnie infilò il cellulare in tasca reprimendo le lacrime e accelerò il passo. Com'era il detto? Non fasciamoci la testa prima di rompercela.

Samuel si era già chiuso in camera quando lei entrò in casa. Si lasciò cadere su una sedia della cucina e rimase accasciata con la faccia tra le mani, cercando di dare un senso a quello che le stava succedendo. Prima la busta con i ritagli degli articoli che, a parte la sera dell'incidente, aveva segnato l'unico altro giorno peggiore della sua vita. Poi il mistero della tessera della biblioteca – non sapeva ancora come spiegarselo. E ora i Froot Loops. Samuel si stava comportando come un perfetto estraneo.

25
Juno

Il necrologio era breve:

> Annunciamo la morte improvvisa di Josalyn Russel, figlia naturale di Terry Russel e figliastra di Mark Gordon, sopravvenuta l'8 febbraio 2008. La cerimonia funebre si terrà presso la Prima Chiesa Battista di Lima, Ohio.

Glaciale, pensò Juno. Non era *affatto* il necrologio di una figlia amata. Negli anni aveva conosciuto tanti genitori sconvolti dal comportamento dei figli. Li portavano da lei come fossero ingredienti di una ricetta che non sapevano come utilizzare. Uno dei due solitamente era ansioso e abbattuto, l'altro speranzoso. Un po' come la coppia poliziotto buono/poliziotto cattivo trasferita all'ambito familiare: Che cos'è questo? Come possiamo inserirlo nella nostra famiglia? E troppe volte, quando la terapia non funzionava, Juno vedeva i genitori indurire il cuore contro i propri figli – una causa persa, il figlio problematico, il figlio che non si riusciva a raggiungere. Il distacco emotivo diventava un'abilità per la sopravvivenza. Inconsciamente le persone trasformavano le proprie emozioni per proteggersi. Josalyn, pensò Juno, era stata una figlia problematica. Lo capiva dalla scelta delle parole: "morte improvvisa".

Droga, pensò. Era quella a portarli via così giovani. "Morte improvvisa per overdose" sarebbe stato troppo crudo per un necrologio.

Il numero dei Russel era indicato sull'annuncio. Juno se lo scrisse sulla mano, tracciando con la penna linee nere e decise sulla pelle. Poi, seduta nel tinello della cucina a fissare il pavimento a scacchi,

lo digitò e attese. Una voce austera di donna rispose: «Pronto?», e Juno colse nel tono un misto di classe e aceto. Era una donna che aveva perso una figlia, che era stata costretta ad alterare la realtà per accettare di essere sopravvissuta alla bambina che aveva cresciuto in grembo.

«Buongiorno, signora Russel. Mi chiamo Juno Holland. Perdoni l'intrusione, ma la sto chiamando per Josalyn».

Seguì un lungo silenzio, così lungo da farle credere che Terry avesse riattaccato, poi la sentì rilasciare il fiato e immaginò che avesse sospirato. Juno proseguì. «Sono una psicologa clinica in pensione, signora Russel, e vorrei chiederle come...».

«È morta. Aveva vent'anni. Cos'altro vuole sapere? Non capisco perché lei e i suoi colleghi continuiate a chiamare».

Colta alla sprovvista, Juno sbatté le palpebre verso la parete di fronte. Sentiva attraverso il telefono il respiro pesante di Terry Russel, come se la donna stesse trattenendo le lacrime. Per qualche ragione, tuttavia, non riattaccava. Juno colse l'opportunità per insistere: «I miei colleghi? Non credo di capire a chi si riferisca. Non avevo idea che Josalyn fosse venuta a mancare e le porgo le mie sentite condoglianze, signora Russel».

Ci fu un silenzio scioccato all'altro capo della linea. La mente di Juno prese a vorticare. "I suoi colleghi...". Possibile che anche Winnie avesse telefonato alla madre di Josalyn? In effetti avrebbe avuto senso, per farsi confermare la morte della ragazza.

«Senta», continuò abbassando la voce di un'ottava; era un tono compassionevole ma padrone della situazione. Ogni volta che lo usava, i pazienti la guardavano come se fosse sul punto di proferire il verbo del buon Dio. «Ho perso anch'io i miei ragazzi, capisco cosa si prova. Ero molto affezionata a sua figlia. Nutrivo la speranza che Josalyn potesse...». Lasciò la frase in sospeso e Terry la concluse al posto suo.

«Nutrivamo tutti quella speranza. Purtroppo Josalyn era troppo malata per provare a cambiare».

Juno, che aveva ancora gli occhi chiusi, aggrottò le sopracciglia.

Ci *aveva* provato, invece, no? Rivolgendosi al centro di salute mentale Illuminations, che le aveva assegnato una tutor di nome Winnie Crouch.

«Come ha detto di chiamarsi?»

«Juno Holland, signora Russel. Ho conosciuto sua figlia a Seattle, Washington... prima che morisse», mentì.

«Davvero?», rispose Terry con leggera impazienza.

«Mi sono occupata brevemente del suo caso presso il centro Illuminations. Ne avrà senz'altro sentito parlare». Juno non attese che la donna confermasse, non era necessario. «Era molto brava a scrivere. Ecco come ho saputo di lei. Scriveva racconti e poesie su di lei per le sedute di gruppo».

Juno non aveva la minima idea se Josalyn conoscesse l'alfabeto, né se la madre l'avrebbe sbugiardata. Trattenne il fiato e un istante dopo fu confortata dalla risposta di Terry: «Una volta vinse un concorso di racconti... a scuola...». Sembrava nostalgica. Per deformazione professionale, Juno detestava non approfondire quella nostalgia, ma non aveva telefonato per fornire sostegno psicologico a Terry.

Proseguì.

«Mi rincresce rievocare un vissuto tanto doloroso, signora Russel, ma c'è qualcosa che mi tormenta da qualche tempo. Josalyn vi aveva mai accennato di essere incinta?».

Seguì una lunga pausa all'altro capo della linea, durante la quale Juno si rese conto del mostruoso mal di testa che le stava risalendo la nuca a tentoni.

«Sì...», rispose Terry incerta. «Ma si drogava. Diceva un mucchio di cose. Anche a quattordici anni si era inventata di essere incinta. La portammo dal medico e lui disse che l'imene era ancora intatto...».

Juno si schiarì leggermente la gola. In quel momento non le interessava approfondire la cosa. Non avrebbe fatto uno straccio di differenza per la signora Terry Russel, che aveva già deciso che la figlia defunta era una drogata bugiarda.

«Lo aveva accennato alla sua tutor all'epoca... Winnie Crouch». Juno immaginò il nome attraversare la distanza che le separava. Cercò il solito punto dietro l'orecchio e se lo premette con il polpastrello freddo.

«No, Winnie non era la sua tutor, conosco quel nome. Winnie era una sua amica. Così diceva lei. Winnie la stava aiutando. Mi fece proprio il suo nome la penultima volta che le parlai. Io risposi: "Be', che razza di genitore chiamerebbe la figlia Winnie e che esperienza ha per aiutarti?". E lei mi rise in faccia».

A Juno non solo vennero i brividi, ma cominciò a tremare dalla testa ai piedi. E così Winnie si era conquistata la fiducia di Josalyn al punto da farsi considerare un'amica; tanto che la ragazza l'aveva definita tale di fronte alla madre. Le si era prosciugata la bocca, dovette staccare la lingua dai denti prima di riprendere a parlare.

«Le disse di essere incinta in quell'occasione?»

«No. Le chiesi perché stava chiamando noi se c'era la sua amica Winnie ad aiutarla. Non la prese bene. Mi rivolse parole orribili che non starò a ripeterle e mi chiuse il telefono in faccia. Quando la sentii di nuovo era così fatta da non riuscire a infilare una parola dietro l'altra».

«Ricorda in che anno le riferì di essere incinta? Non a quattordici anni, la seconda volta».

«Non capisco perché le interessi tanto».

Juno stava perdendo l'attenzione della donna; doveva agire in fretta.

«Perché credo fosse davvero incinta».

All'altro capo della linea il respiro di Terry si fece pesante, forse cercava di capire se Juno fosse pazza o attendibile.

«Aprile 2007», rispose infine. «Chiamò per chiederci dei soldi. Viveva nell'Oregon e disse di essere incinta di otto settimane e di voler tornare a Seattle».

«Ebbe sue notizie dopo quella volta? O venne a sapere della nascita del bambino?».

Terry indugiò, e quando riprese a parlare aveva un tono diverso, meno sicuro.

«Sì. Mi chiamò dopo averlo presumibilmente dato alla luce. Ma non si sentiva nessun bambino in sottofondo. Così le domandai che fine avesse fatto».

«Josalyn cosa rispose?», incalzò Juno, sempre più impaziente.

«Disse che Winnie gliel'aveva rapito».

Juno si sentì avvampare da capo a piedi. Per un attimo dovette chiudere gli occhi e abbandonare la testa all'indietro.

"Mi serve un momento", pensò frastornata. Ma non c'era tempo; all'altro capo della linea Terry stava aspettando la sua reazione. Juno si vide riflessa nelle fotografie in cornice di Winnie sulla parete davanti a lei. Un solco profondo le divideva la fronte in due. Era lì da quando aveva venticinque anni. Kregger lo chiamava la sua Fossa delle Marianne. "Prova a capire il punto di vista di Terry", suggerì a sé stessa.

Ricordò il necrologio: "morte improvvisa". Non era una menzogna, soltanto un'omissione. Terry era stata delusa dal frutto del suo grembo e aveva indurito il proprio cuore contro il sangue del suo stesso sangue. Davvero Juno voleva allertarla sulla possibilità di avere un nipote? Be'... sì, perché se Sam era figlio di Josalyn, rivelarlo a Terry era la cosa giusta. A Juno importava solo di Sam e lui meritava di conoscere la sua vera famiglia.

«Come?», disse.

«Era una ragazza molto disturbata. Diceva un mucchio di cose», rispose Terry.

«Ho cresciuto anch'io due figli», replicò Juno. «Si accetta quel che viene e si cerca di aiutarli meglio che si può. Sta a loro decidere se accettare l'aiuto o meno».

Finalmente Juno aveva toccato il nervo scoperto; Terry Russel scoppiò a piangere. All'inizio in modo sommesso, poi si lasciò andare, ansimando e singhiozzando nella cornetta come se fosse la spalla della sua migliore amica.

«Mi perdoni», riprese dopo qualche istante, tirando su col naso.

Con le narici congestionate, la sua voce aveva perduto in parte la raffinatezza iniziale. «Non si smette mai di soffrire, immagino ne sappia qualcosa anche lei, vero?».

Juno sapeva fin troppo bene che a prescindere da quanto la ferita fosse fresca, il dolore dell'infezione continuava a pulsare. Nessun giorno era sicuro, nessuna ora, nessun minuto; il dolore andava e veniva a piacimento.

«No, ma andando avanti si trovano nuove ragioni di speranza. Terry...», continuò, chiamandola con il nome di battesimo senza chiederle il permesso, «posso avere il suo indirizzo e-mail? C'è qualcosa che vorrei condividere con lei».

26
Juno

Dopo la telefonata con Terry, Juno si fiondò al computer, la bocca schiusa in un bocciolo. Si sedette, ruotò verso la tastiera e sfiorò il mouse con cautela, ripensando alla conversazione con la madre disaffezionata di Josalyn Russel.

Terry si era tenuta sul vago circa le circostanze della morte di sua figlia, ma Juno era un'estranea. Si era comunque stupita che si fosse sbottonata tanto. Perché allora le erano parse quasi chiacchiere maligne? Digitò "ragazza scomparsa Lima/Seattle morta" e ottenne tre pagine di risultati. Le bastò aprire il primo: un breve articolo dal «Seattle Times».

Il 10 febbraio 2008 era stato ritrovato il corpo non identificato di una donna in una discarica nei pressi dell'inceneritore di Tacoma, Washington. La vittima aveva tra i sedici e i venticinque anni, era alta un metro e settanta per cinquanta chili di peso, aveva i capelli tinti sbiaditi. Indossava un paio di slip neri e portava un anello alla mano destra. Il tono muscolare si presentava buono così come l'igiene dentale, di cui doveva essersi presa cura a un certo punto della sua vita. La data presunta del decesso era l'8 febbraio.

La scomparsa di Josalyn Rose Russel dalla sua abitazione di Lima, nell'Ohio, era stata denunciata nel 2005, quando la ragazza era scappata dopo una lite in famiglia; così aveva appreso Juno online. Secondo un conoscente, Josalyn aveva raggiunto la California in autostop, dopodiché nessuno ne aveva più avuto notizie.

Juno si appoggiò allo schienale della sedia, le nuove informazioni

che si azzuffavano nella sua mente. Quindi Josalyn aveva lasciato l'Ohio e nel 2006, un anno dopo, era finita nello Stato di Washington, un'adolescente fuggitiva presa in carico da Winnie Crouch. Nel 2007 aveva avuto un bambino e nel 2008 era stata rinvenuta morta. Winnie, Juno ne era certa, nutriva sentimenti materni nei confronti della ragazza. Ma perché Josalyn era scappata di casa in primo luogo? Ripensò alla fredda indifferenza percepita nel tono di Terry Russel. La tipica "madre negazione", come le chiamava lei quando ancora esercitava la professione: donne che trascinavano i figli drogati e scontrosi nel suo studio per farglieli aggiustare. Non volevano avere nulla a che fare con la terapia; mostravano una forte avversione per la verità.

«Un altro caso di negazione molto forte», diceva alla segretaria Naveen, che le prendeva di mano la cartella con un sorriso triste e consapevole. Tuttavia, pur essendo stata una madre negazione, Terry aveva tutto il diritto di sapere che aveva un nipote. "E lui ha tutto il diritto di sapere della sua esistenza", concluse Juno tra sé con decisione.

Josalyn aveva riferito alla madre che Winnie era un'amica. Perciò la ragazza si fidava di lei. Spesso gli assistenti sociali venivano scambiati per amici dai loro pazienti ed era facile confondere i confini. Quindici anni prima Winnie doveva avere appena concluso la specializzazione, era giovane e piena di energia. In ogni stanza e su ogni parete spiccavano fotografie di lei che posava con i vari titoli e traguardi raggiunti: diploma di maturità, diploma di laurea, fidanzamento, matrimonio, diploma di specializzazione... e poi, immaginò Juno, era giunto il momento di pensare a un figlio. A Winnie piaceva stabilire un preciso ordine per tutto e Juno supponeva che a un certo punto avesse deciso che fosse il momento giusto e ne avesse parlato con Nigel. Eppure – colpo di scena – non riusciva a rimanere incinta. La privilegiata e viziata Winnie – chissà quanto l'aveva indispettita scoprire che Josalyn, adolescente senza dimora, si era ritrovata incinta senza volerlo, quando invece lei non poteva concepire. Juno provò un moto di disgusto per Winnie

– e anche per Nigel, che sapeva tutto e aveva aiutato la moglie a prendersi da Josalyn quel che voleva.

Si creò un nuovo account di Gmail; impiegò qualche minuto a scegliere un indirizzo adatto. Alla fine optò per uhm123@gmail.com e cliccò su SCRIVI.

«Come andare in bicicletta», disse rivolta al nulla. Tutti quegli anni con il computer sempre sottomano: uno a casa, uno al lavoro e uno sempre in borsa, un portatile sottile color argento. Le veniva da ridere e vomitare al tempo stesso.

Digitò:

> Cara Terry, ci siamo sentite oggi per telefono. Grazie per aver accettato di parlare con me. So di averle chiesto molto dal punto di vista emotivo. Quando le ho parlato di Josalyn e mi ha raccontato che sua figlia insisteva di aver partorito verso fine 2007, ho fatto qualche ricerca e mi sono imbattuta in una denuncia presentata alla polizia da una donna senza fissa dimora nel dicembre del 2007, in cui si segnalava il rapimento del figlio appena nato.

Juno non aveva fatto alcuna ricerca; aveva trovato le fotocopie dei due documenti della polizia nella cassetta di sicurezza di Winnie, insieme ai frammenti di tessuto insanguinati. Uno conteneva la denuncia del rapimento del figlio neonato da parte di un'anonima senza fissa dimora nel dicembre 2007. Il rapporto, depositato dal sergente Morales, precisava che la donna era parsa sotto l'effetto di alcol o stupefacenti, forse entrambi. L'altro riguardava il rinvenimento del corpo di una giovane donna nel febbraio 2008. Nessuna delle due donne, quella ritrovata morta e quella senza dimora, veniva citata per nome. Tuttavia Juno sapeva per esperienza che agli occhi della popolazione generale i senzatetto rimanevano perlopiù anonimi, associati solo alla dipendenza dalle droghe o ai crimini commessi anziché a un'identità e una personalità precise. Quella donna era Josalyn, ne era convinta. Nel primo rapporto era lei a denunciare il rapimento del figlio neonato, sempre lei la vittima trovata morta nel secondo. Winnie era responsabile anche del decesso della ragazza? Si spiegava così il tessuto insanguinato nella cassetta di sicurezza?

Le dita di Juno cercarono i tasti per riprendere a scrivere.

Non ha rivelato il suo nome alla polizia ma allego al rapporto anche il numero assegnato al caso, così potrà verificare lei stessa. Senza dubbio a questo punto sarà confusa, signora Russel, ma mi lasci aggiungere una cosa: nella dichiarazione, l'ufficiale di polizia precisò che la ragazza presentava dei segni sulle braccia e uno stato di disorientamento associato a difficoltà nel parlare. Non accettò di essere accompagnata in ospedale per farsi visitare, nonostante insistesse di avere appena partorito e che il figlio le fosse stato rapito. Quando il poliziotto tentò di persuaderla con la forza a lasciarsi aiutare, divenne aggressiva e attraversò la strada di corsa rischiando di farsi investire da un veicolo di passaggio. L'ufficiale, il sergente Morales, precisò con una postilla nel rapporto di avere notato del sangue sui pantaloni della ragazza, di cui però non aveva potuto accertare l'origine. Non seguirono ulteriori indagini, poiché la ragazza si era rifiutata di lasciare nome e recapito e di essere accompagnata in ospedale. Tuttavia le chiedo di notare un particolare. Nel rapporto il sergente nomina la presenza di un tatuaggio, mi chiedevo se Josalyn ne avesse qualcuno. Ne troverà una breve descrizione nell'ultima riga del documento. Qualora dovesse riconoscere che il tatuaggio apparteneva a sua figlia, le allego un indirizzo.

Juno fece una pausa, raccogliendo le mani in grembo per riflettere su come formulare l'ultima parte. L'ultima parte era importante.

Suo nipote è in quella casa.

Premette INVIO senza neppure prendersi la briga di firmare. Ecco. Ora non doveva fare altro che restare in attesa. Di Terry, della redenzione, della morte.

27
Winnie

L'ultimo giorno al centro di salute mentale Illuminations, Winnie aveva dovuto restituire il cellulare e il portatile aziendali, che sarebbero stati assegnati a chiunque l'avesse sostituita. Ricordava di aver quasi provato un senso di sollievo infilando i dispositivi in una scatola insieme al cartellino identificativo e alle tessere d'accesso per lasciarli sulla scrivania del suo superiore. Mai più legami con le cose del passato. Uscendo dall'edificio per l'ultima volta, l'aria frizzante di febbraio a riempirle i polmoni, si era sentita… libera. Ecco cosa la stava aiutando a comprendere il suo psicologo: alla fine di un trauma si apriva la strada per un nuovo inizio.

In quel momento Winnie era convinta di non meritare un bel niente di nuovo – poi la speranza si era manifestata sotto forma di una mestruazione mancata e un test di gravidanza positivo. Dopo tanti anni d'attesa, dopo i sei aborti spontanei che non era riuscita a lasciarsi alle spalle, nonostante lo strazio che aveva sofferto. Aveva persino conservato alcuni frammenti dei vestiti che indossava al momento di ciascun aborto, per quanto sembrasse macabro.

Rinfrancata, si era sentita come se Dio le avesse concesso il perdono tanto implorato. Non era una donna orribile; era una brava persona che aveva preso una pessima decisione. E per il resto della vita Winnie avrebbe prestato ammenda per quella scelta, a cominciare dal proprio bambino. L'avrebbe cresciuto, o cresciuta, attento a ogni forma di vita, sensibile, completo. Winnie avrebbe rimediato al proprio errore. Avrebbe cresciuto un figlio meraviglioso, consapevole e premuroso. Così per cominciare si era licenziata per

dedicarsi al bambino a tempo pieno. Con l'intenzione di riprendere il lavoro non appena il piccolo fosse andato all'asilo.

Sam stava solo attraversando una fase; tutti gli adolescenti si ribellavano ai genitori. Quante volte se l'era ripetuto negli ultimi sei mesi? A essere del tutto onesta, Winnie avrebbe riconosciuto che il suo attuale desiderio di maternità scaturiva dal fatto che Samuel si era allontanato dalle sottane di mamma. Riempire il vuoto, essere una madre migliore stavolta. Una menzogna spudorata che le piaceva raccontarsi. Avrebbe potuto mettere al mondo altri dieci figli ma il primo posto nel suo cuore e nella sua mente sarebbe appartenuto per sempre a un solo bambino. "Che tu hai ucciso", rammentò a sé stessa. E non avrebbe mai, mai dimenticato quel giorno.

Winnie rincasò quando il cielo si stava ormai risvegliando. Non ricordava di essere salita in auto né di aver guidato fino a casa e ora, armeggiando con il lavello in cucina, aprì l'acqua e si chinò per bere direttamente dal rubinetto. "Non sta succedendo, non è vero, è solo un brutto sogno", si diceva. In sottofondo uno strano ronzio, interrotto dai cinguettii. Un cellulare. Da qualche parte stava squillando un cellulare. Era il suo, lo sapeva. Non riusciva neppure a fare lo sforzo di cercarlo per guardare il display – sapeva quale nome vi avrebbe letto. Guardò l'acqua scendere nello scarico. Sentì la voce di Nigel alle spalle, in cucina. Più forte di quell'orribile rumore – quel dannatissimo ronzio.

«Cos'è successo, cos'è successo?», ripeteva di continuo. Lei non ne aveva idea; era solo un sogno. No, era tutto vero. Il rumore proveniva dalla sua bocca; Winnie si accorse che stava piangendo, miagolando come un gattino smarrito.

«Cos'è successo?», chiese lui di nuovo.

Winnie abbassò lo sguardo sulla felpa, all'altezza del cuore. Quello spazio era vuoto. Aveva estratto il corpicino e lo aveva adagiato sul sedile del passeggero.

«Winnie!», gridava ora Nigel, scuotendola. Poi sollevò la mano e le diede uno schiaffo, tanto forte da ridestarla dall'incubo.

Così gli raccontò tutto. Lui smise di gridare e la fissò, gli occhi più sgranati che mai. Non lo aveva mai visto tanto spaventato.

«Faceva troppo freddo, Nigel, stava soffrendo… Volevo solo aiutarlo». Winnie tremava così forte da battere i denti. Suo marito fece un passo indietro. «C'era sporcizia ovunque. Mi sono dovuta inginocchiare a terra per raggiungerlo…».

«Winnie… Winnie…», la interruppe Nigel, ansimante. «È morto? Il bambino è morto?».

In risposta a quella domanda, dal profondo del suo ventre emersero gemiti orrendi e viscerali. Nigel la afferrò e le premette la faccia contro il suo petto per farla smettere.

«La macchina. È scivolata sul ghiaccio. Lo avevo infilato nella felpa». Indicò con il pugno il punto preciso; si sentiva ancora addosso il suo calore, quel corpicino vulnerabile accoccolato contro il petto. «Credevo di poterlo scaldare. Volevo portarlo in ospedale. L'auto è slittata… Ho urtato il guardrail». Si portò tre dita alla fronte, dove aveva sbattuto sul volante. C'era sangue, ma solo un rivolo. «Credo sia morto nell'impatto, oppure l'ho soffocato io!». La sua voce era isterica.

Nigel le prese il viso, lo strinse tra le dita e la studiò con occhi spiritati.

«È morto. Oh, mio Dio!». Winnie prese a graffiarsi la faccia, affondandosi le unghie nella carne, senza provare nulla.

«Winnie!». Nigel la scosse così forte da farle schizzare la testa all'indietro. «Qualcuno ti ha vista prenderlo?».

Lei scosse la testa, le labbra serrate. «No, Jos… era sola».

«E l'incidente?». Il marito le conficcò le dita nelle braccia strappandole un grido.

«Non mi ha visto nessuno», singhiozzò. «Mi fai male».

«Come fai a esserne sicura?». Winnie si sentiva battere i denti mentre lui la scuoteva come una bambola di pezza.

«Stava nevicando! Non c'era nessuno per strada». Si ritrasse, cercando di sfuggire alla presa, ma Nigel non glielo consentì. «La macchina partiva ancora, così sono tornata a casa».

«Dov'è? Dov'è il corpo?»

«Sul sedile». Winnie allungò le mani verso il viso del marito, ma lui si ritrasse disgustato. «Devi seppellirlo. Lo ha fatto nascere in una tenda. Era una drogata!». Gli gridò quell'ultima frase in faccia, schizzandogli la guancia di saliva. Lui la fissò allibito.

«E questo dovrebbe giustificarti? Cazzo!». Nigel si tirò i capelli, scuotendo il capo. «Non sta a noi decidere. Dobbiamo seguire la procedura, riferirlo alle autorità...».

Winnie percepì il respiro affannoso del marito, il battito martellante del suo cuore. Nigel aveva paura.

«No! Nigel, no. Mi arresteranno... Perderò il lavoro. Non possiamo... Ti prego».

Winnie si avvinghiò al suo petto in preda al panico. Non avrebbe mai pensato, mai e poi mai, che suo marito le avrebbe suggerito di costituirsi. Si immaginò in prigione e scoppiò a piangere. Nigel le afferrò i polsi, li tenne stretti. Lei si dimenò, voleva sfuggirgli, ma allo stesso tempo lasciarsi stringere finché non le fosse passata la crisi isterica.

«Smettila. Basta», ordinò il marito. Winnie pensò che stesse per darle un altro schiaffo, ma lui non lo fece.

«L'hai ucciso, Winnie. Hai rapito un neonato e sei responsabile per quello che ne hai fatto dopo».

«Che ne ho fatto... Non è un oggetto, Nigel. È un bambino».

«Era!», gridò lui così forte da farla arretrare e sbattere contro il frigorifero.

Nigel respirò a denti stretti.

«Un bambino che apparteneva a qualcun altro, qualcuno che un giorno potrebbe tornare a cercarlo». Nella pausa che seguì, Nigel chinò lo sguardo verso l'incavo del collo della moglie. Non riusciva a guardarla in faccia. Quando alla fine si girò di schiena, Winnie piagnucolò alle sue spalle, cosciente del suo rifiuto.

«Nigel... ti prego. Mi dispiace».

Il marito si girò così di scatto che lei si coprì il viso come se ne avesse paura.

«Ti dispiace*? Tu... tu stanotte hai ucciso un neonato! Per la tua stupidità. Perché non ti basta mai niente». E a quel punto sferrò un pugno contro la parete, accanto alla testa della moglie, sfondando il cartongesso con la mano in un colpo secco. Winnie cacciò un grido e scivolò a terra, gli occhi chiusi, le mani agitate a mezz'aria. Leggeva l'odio nello sguardo del marito, ne percepiva l'intensità, e in quel momento comprese che non sarebbe mai riuscita a liberarsene.*

«Ti prego!». Gli si aggrappò alla maglietta, ma Nigel si allontanò, strappandogliela dalle mani. Winnie lo guardò a bocca aperta, cercando di dire qualcosa, incapace di proferire suono. Nel bene e nel male, lo aveva forse dimenticato? «Aiutami. Io ti amo. Aiutami, ti prego...».

28
Winnie

Nigel era andato a correre, era uscito solo da pochi minuti quando suonarono alla porta. Winnie stava rassettando la cucina, raccogliendo le ultime briciole nel palmo della mano per versarle nel lavello, quando sentì lo scampanellio. Si sfregò i palmi e si diresse alla porta, uno sguardo alle scale al suo passaggio, chiedendosi se Samuel avesse finito i compiti. Gli avrebbe portato uno spuntino tra qualche minuto, decise. Prima di uscire, il marito le aveva schioccato un bacio generoso sulle labbra e ritraendosi aveva detto: «Hai di nuovo quella faccia, piccoletta».

«Eh? Quale faccia?».

Lui le aveva rivolto un sorriso d'intesa, ma Winnie aveva già capito. Le cose tra loro non si erano sistemate del tutto, ma andava molto meglio. Lei aveva smesso di girarsi dall'altra parte quando lui si avvicinava e Nigel si era licenziato dal lavoro per stare lontano da Dulce e dare una possibilità al loro matrimonio. Come sempre, Winnie era ottimista. Il marito le aveva dato un altro bacio e accarezzato il seno destro, dicendo: «Dopo…». E adesso la prospettiva che fosse già di ritorno per concretizzare quel "dopo" la eccitava. Ma perché aveva suonato il campanello? Si era dimenticato le chiavi? Winnie non aveva controllato il cellulare; magari aveva anche provato a chiamarla.

Non guardò nello spioncino come era solita fare. Aprì con un sorriso, pronta a qualsiasi battutina del marito.

In un primo momento pensò che la donna fosse una venditrice porta a porta. Era più anziana di lei, forse oltre la sessanti-

na, con un taglio di capelli raffinato e un piglio deciso. Winnie alzò mentalmente gli occhi al cielo; si riprometteva da tempo di fissare alla porta il cartello "Niente venditori". Si ricompose, sforzandosi di non apparire troppo seccata. Anche lei aveva un taglio di capelli ricercato e rispose con sicurezza allo sguardo della donna.

«Posso esserle d'aiuto?». Formula di circostanza.

«Mi chiamo Terry», si presentò lei, inclinando il capo da un lato per esaminarla, cosa che Winnie prese come un affronto.

Dopodiché la donna si affrettò a spiegare, pronunciando frasi che non trovavano collocazione nel mondo di Winnie: una psicologa di nome Juno Holland le aveva dato il loro indirizzo; forse lei sapeva indicarle dove fosse suo nipote? Winnie uscì sulla soglia per avvicinarsi alla nonnina in evidente agitazione, perlustrando la via in lungo e in largo in cerca di un ragazzino smarrito. Non era ancora calata del tutto la sera e nel parco oltre la strada si distinguevano diversi bambini. Essendo madre, Winnie provò ansia per la sconosciuta; una volta anche lei aveva perso Samuel a Greenlake Park ed era stato il giorno peggiore della sua vita.

«È sparito? Ha chiamato la polizia?».

La donna tuttavia spinse lo sguardo oltre Winnie, dentro la casa. Osservava le fotografie di famiglia appese alla parete. Osservava Samuel.

«Suo nipote», ripeté Winnie, con il desiderio di schioccare le dita davanti al viso della signora, per riportarla in sé. «Ha bisogno del telefono?».

La donna – Terry – si guardò di nuovo alle spalle, verso il parco, e annuì. Era un'anziana di bell'aspetto e nel guidarla dentro casa Winnie le sentì i muscoli tonici sotto la camicetta abbottonata fino alla gola. Yoga, pilates, istruttore di tennis – riconobbe il foulard di Hermès annodato al collo della donna. Si era smarrito un bambino ricco, constatò. Un volta nell'ingresso, fece accomodare Terry su una sedia. «Torno subito».

E si precipitò in cucina a prendere il cellulare e una bottiglia

d'acqua dal ripiano. Quando girò l'angolo, telefono in mano, l'anziana non era più seduta. Le spalle rivolte a Winnie, studiava la fotografia di classe di Samuel in terza elementare, ma quando la vide tornare non fece alcuna mossa verso il cellulare.

«Tenga», disse Winnie porgendoglielo. Aveva già aperto il tastierino, pronto per digitare il 911.

«Signora?». Non le piaceva rivolgersi così alle altre donne; in particolare, quelle dell'età di sua madre lo detestavano. «Mi scusi, Terry...».

«Suo figlio, quanti anni ha?»

«Mi scusi?», ripeté Winnie. D'un tratto avvertì come delle piccole dita risalirle la spina dorsale – metterla in guardia. Ritrasse la mano che stava porgendo il telefono e fece un passo indietro.

«Mi chiamo Terry Russel».

Terry Russel. Quel nome fece risuonare un sonoro *gong* nella testa di Winnie.

«Credevo fosse qui perché ha perso suo nipote. Che cosa vuole?».

Strinse il cellulare in mano con più forza. Aveva lei il controllo della situazione; poteva chiamare la polizia.

«Me lo dica lei». Terry Russel le rivolse un sorriso gelido, servito con due occhi azzurro ghiaccio. Indossava un paio di décolleté nere con il tacchetto basso. Winnie si rese conto che nessuno andava a passeggio nel parco con il nipotino con un paio di décolleté Prada ai piedi.

«Dirle cosa? Non ho idea di cosa stia parlando e se non esce subito da casa mia chiamo la polizia».

A quelle parole la donna sorrise e si rimise seduta sulla sedia di Winnie.

«Dovrebbe proprio», suggerì, accavallando le gambe. Sembrava intenzionata a piantare le tende. «Dica pure che la madre di Josalyn Russel è qui e desidera il test del DNA di quel ragazzo!». Puntò l'indice verso la fotografia di Samuel.

Le dita che percorrevano la spina dorsale di Winnie sprigionaro-

no un calore che le incendiò il petto. Sentì la propria voce balbettare: «Ja… joss…».

Terry la guardò trionfante. «Josalyn», ripeté enfatizzando ogni sillaba, lo sguardo accusatore a trapanarle il viso. «Mia figlia».

Winnie non sapeva cosa fare. A sentire il nome della ragazza morta era rimasta paralizzata e fissava Terry Russel con una maschera di gesso sul viso. Come aveva fatto quella donna ad arrivare a lei? Gli eventi che si erano susseguiti quella notte le erano sembrati la tipica sequenza di un film, la serie di errori commessi da un personaggio stupido che ti faceva gridare: «Ma no!» contro la TV.

Pur essendo in casa propria, nel proprio territorio, Winnie fece un passo indietro, mossa che bastò a confermare la sua colpevolezza agli occhi di Terry. La donna assunse un'aria omicida.

«So tutto», disse. «So esattamente quello che ha fatto».

«Allora è stata lei!», esclamò Winnie. «A mandarmi quegli articoli e prendere in prestito quel libro non si sa come con la mia tessera della biblioteca! È una stalker!». Scosse il capo allibita, così arrabbiata da non notare lo sguardo confuso sul viso dell'altra. «Lei è pazza! Non ho fatto proprio niente a sua figlia. Esca da casa mia!». Marciò verso l'uscita, decisa a sbattere fuori quella psicopatica prima che Samuel se ne accorgesse o Nigel tornasse. Mentre spalancava la porta e fissava Terry in attesa, si sforzò di non lasciare trapelare la paura. Aveva imparato che ostentando sicurezza nell'impartire ordini, spesso gli altri si sentivano obbligati a obbedire.

Sentì la porta della stanza di Samuel che si apriva, proprio mentre Terry Russel si girava verso la soglia che non aveva alcuna intenzione di attraversare. Fissò Winnie dritto negli occhi e le disse: «So che lavorava per Illuminations, il presunto centro presso il quale mia figlia Josalyn si stava facendo curare».

Il cuore di Winnie prese a battere all'impazzata. Se lei o Terry avessero chiamato la polizia, ci sarebbero state domande. Certo, non esisteva nessuna prova – niente di niente. O forse sì?

«Ho il rapporto della polizia in cui Josalyn denuncia il rapimen-

to del figlio», continuò l'anziana e a quel punto la vista di Winnie subì uno scossone come se nella sua testa si fosse scatenato un terremoto. Se non fosse stata appoggiata alla porta, pronta a cacciare Terry, sarebbe caduta a terra.

Il rapporto della polizia. Nessuno ne era a conoscenza, perché non si faceva il nome della ragazza – era rimasta anonima. Josalyn aveva recuperato in qualche modo il suo numero di casa quando Winnie aveva smesso di risponderle – e le aveva lasciato un messaggio sulla segreteria telefonica.

Winnie ricordava ancora la sua voce, impastata per l'alcol o il fumo. Quando aveva pronunciato il suo nome, le era uscito una specie di «Wunnie».

«Qualcuno si è preso il mio bambino, mio figlio, cazzo. Chiamami per favore. Non ho più un cellulare, telefono da una cabina. Ho provato a denunciarlo alla polizia, merda, ma non gliene frega un cazzo di me, come sempre! Vaffanculo, sergente Morales!». Aveva gridato l'ultima frase come se avesse davanti il poliziotto. «Hanno pensato che ero ubriaca, non mi hanno voluta ascoltare!». Poi era caduta la linea. Winnie aveva riascoltato il messaggio, poi lo aveva cancellato. Nel giro di un'ora aveva disdetto la linea di casa alla compagnia telefonica e gettato l'inutile cordless nel sacco per la beneficenza. Aveva cambiato anche numero di cellulare, assicurandosi che quello nuovo non fosse registrato sull'elenco. In seguito, passata la paura, aveva ripristinato la linea fissa e Nigel le aveva chiesto come mai l'avesse disdetta la prima volta.

«Non ricordo», gli aveva mentito.

Nelle settimane successive aveva spulciato le notizie in rete, cercando qualunque accenno a Josalyn, senza sapere di preciso cosa cercare. Una ragazza? Una senzatetto? Una prostituta? Quando era sotto la sua tutela, Josalyn era stata tutte e tre le cose, ma non solo: anche una ragazza simpatica e molto vulnerabile. Non aveva trovato alcun riferimento sui giornali online, né alcuna notizia sulla scomparsa di un neonato. Un bambino di cui nessuno conosceva l'esistenza aveva semplicemente cessato di esistere. Winnie

avrebbe potuto lasciarsi tutto alle spalle, ma il bisogno di sapere le sorti della ragazza la consumava. Alla fine aveva fatto l'unica cosa possibile: chiedere aiuto a Nigel.

«Perché non la smetti di pensarci?»

«Non vuoi saperlo anche tu così potremo...?»

«Cosa, Winnie?». Il marito l'aveva guardata con disgusto. «Prepararci meglio a mentire per farla franca?».

A quel punto Winnie non ci aveva visto più; sembrava quasi che volesse vederla dietro le sbarre. «Be', sì, Nigel», era sbottata. «Non voglio finire in prigione. È questo che vuoi tu?». Si era posata le mani sul ventre, ormai delle dimensioni di un melone. Il marito aveva capitolato. Non aveva nessuna intenzione di crescere un figlio da solo. Insieme avevano deciso che lui si sarebbe rivolto a Mike, il marito di Shelly. Non solo Nigel gli piaceva molto, ma Mike era proprio uno di quei tipi da «la famiglia prima di tutto». Se Nigel avesse chiesto al cognato sbirro di tirare fuori scheletri da qualche armadio o di poter dare un'occhiata ai rapporti della polizia, Mike avrebbe acconsentito. E se poi gli avesse chiesto di mantenere il riserbo, avrebbe accettato anche quello – meglio ancora se in cambio di qualche birra.

«Non ho idea di cosa stia parlando», rispose ferma Winnie, mascherando la paura dietro al profondo disprezzo per quella donna che si era presentata alla sua porta per scatenare una guerra.

«Certo che no». Terry Russel sorrise con amarezza. «Ma l'ho portato con me se vuole vederlo». Dalla tasca laterale della borsetta estrasse un foglio ripiegato e glielo porse. Winnie scrutò il rettangolo bianco inorridita. Non aveva alcuna intenzione di toccarlo. Scosse il capo, senza distogliere gli occhi dalla faccia dell'anziana. Non le serviva leggerlo; sapeva benissimo cosa c'era scritto. Com'era finito nelle mani di quella donna? Né voleva lasciar intuire a Terry Russel che stesse prendendo in considerazione la spazzatura che le usciva di bocca. "Non è spazzatura, però, vero Winnie?", suggerì una vocina interiore.

Fece un altro tentativo. «Voglio che se ne vada subito». Se l'an-

ziana non fosse uscita da casa sua entro venti secondi, l'avrebbe spinta fuori di peso. Tuttavia anche Terry Russel sembrava aver perso il filo della propria lucidità mentale. Winnie aveva visto quello sguardo un mucchio di volte – spesso riflesso nello specchio. Con un macigno sullo stomaco, si rese conto che non sarebbe riuscita a liberarsi di quella donna tanto facilmente.

Terry, cogliendo qualcosa nei suoi occhi, ritrasse il labbro superiore e domandò a denti stretti: «Dov'è il figlio della mia bambina? Dov'è il figlio di Josalyn?».

Winnie aveva la bocca così secca da non riuscire a proferire parola neanche volendo. Quella donna stava forse insinuando... Pensava forse che... Si affannava ancora a cercare di ricostruire quella situazione, cioè che un'estranea la stesse accusando a gran voce in casa sua mentre suo figlio era di sopra a fare i compiti. Samuel. Quella donna pensava che Samuel...

«Hai preso tu il bambino di mia figlia!». Terry non lo aveva urlato, ma il suo tono era così gelido che era come se lo avesse fatto.

«Lui... non è suo figlio!», ansimò Winnie. «Vecchia puttana psicopatica. Esci subito da casa mia!».

Non dava della puttana a qualcuno da quando aveva diciott'anni, e pure allora lo aveva fatto solo perché la sua migliore amica era stata a letto con il suo ragazzo. L'insulto le era uscito di bocca accompagnato da un tale veleno che Terry Russel rimase pietrificata nelle sue scarpette a tacco basso. Dopodiché – stranamente – ruotò il capo verso destra, come se avesse scorto qualcosa fuori dalla porta aperta. Winnie credette di vedere le sue sclere ingigantirsi con il passare dei secondi, poi la donna spalancò la bocca ed emise un gorgoglio di stupore.

Fu a quel punto che accadde: ci fu un cambio di scena e i cattivi si disposero in un nuovo ordine. Non poté durare più di una decina di secondi, ma per Winnie si svolse con una lentezza atroce.

Un lamento anticipò suo marito, un gemito incerto e gutturale che le fece rizzare i peli sulla nuca. Nigel comparve sulla soglia con passo lento e affaticato, come se stesse trascinando qualcosa. Win-

nie vide la sua fronte, poi il naso, infine le spalle varcare in affanno la porta spalancata in direzione di Terry, che sembrava una statua, gli occhi sbarrati.

Nigel si muoveva in maniera strana, come uno zombie. La prima cosa che Winnie notò fu che la T-shirt bianca che si era messo per andare a correre non era più bianca. Una chiazza rossa si allargava poco sotto la spalla, vicino alla clavicola, scura al centro e più vivida lungo il contorno. Winnie fece appena in tempo a realizzare che il marito era ferito – in modo orribile – che lui si accasciò tra le braccia di Terry. Winnie gli si precipitò incontro, ma allo stesso tempo il peso di Nigel fece perdere l'equilibrio all'anziana, trascinandola sul pavimento dell'ingresso con un tonfo sordo. Rimasero a terra in un groviglio di gambe. Prima che Winnie potesse raggiungerli, tuttavia, Nigel rotolò via dal corpo di Terry Russel e giacque supino e rantolante sul pavimento.

Winnie gli cadde accanto in ginocchio. Lui si sforzava di sollevare la testa, per guardare fuori.

«Dakota...».

La moglie lo sentì ma non comprese. Nigel sembrava una bottiglia di vino rotta, che sgorgava sul parquet. Winnie non si accorse neppure che Terry Russel si era trascinata sulle cosce fino alla porta del ripostiglio, la mandibola lasca per l'orrore.

Guardò il sangue sulla maglietta di Nigel e in quell'istante suo fratello varcò la soglia, una pistola in una mano e un coltello nell'altra.

29
Winnie

«Dakota… oh mio Dio, chiama un'ambulanza!». Winnie aveva le mani viscide e preferiva non pensare al colore del liquido che le ricopriva; un colore che bruciava gli occhi ed era davvero, davvero tanto. Stava tentando di arrestare il fiume di sangue che fuoriusciva dalla spalla di Nigel.

Un secondo prima aveva il cellulare in mano; dov'era finito? Con lo sguardo setacciò il pavimento attorno a sé, sforzandosi di ricordare se le fosse caduto. Nigel gemeva, le sclere degli occhi che vibravano attraverso la stretta fessura delle palpebre. Come poteva fermare l'emorragia? Winnie si strappò di dosso il maglioncino, lo appallottolò e glielo premette contro la spalla. L'indumento color crema si inzuppò di sangue come fosse una spugna e lei cacciò un grido. Dio, sarebbe morto dissanguato. Quell'orribile donna – Terry Russel – si stava rialzando lentamente, aggrappandosi alla porta del ripostiglio per scivolare lungo la parete. Aveva perso una décolleté con il tacco, giaceva accanto alla testa di Nigel.

«Dakota!», gridò di nuovo Winnie, poi si rivolse a Terry con una furia talmente rabbiosa che le parole le raschiarono la gola: «E tu! Vattene! Vattene subito!». Dopodiché si girò di nuovo verso il fratello. «Sei ubriaco, Dakota? Mi hai sentita? Nigel è ferito!».

«Lo sa benissimo», rispose Terry Russel, in tono quasi asciutto. «È stato lui».

La sua voce richiamò l'attenzione di Dakota, che fissò Terry sen-

za il minimo interesse. A quel punto Winnie fu presa dal panico, lo sguardo sulla lama che il fratello stringeva mollemente tra le dita, e avvertì un brivido di insicurezza, ma Nigel le strinse la mano. La scarsa energia che gli rimaneva defluiva dal suo corpo a una velocità allarmante, il suo viso una tavolozza di grigi che la terrorizzò. Nessuno sbiancava in quel modo se non era ferito gravemente. Nigel fissava Dakota con sguardo stralunato, la bocca dilatata dal terrore.

Winnie collegò i puntini più lentamente di quanto avrebbe saputo fare se non avesse avuto sotto gli occhi il marito moribondo. Terry Russel invece aveva capito esattamente cosa stava succedendo, ecco perché non si era fiondata verso la porta: l'oggetto della sua paura la ostruiva. Dakota. Winnie rivolse di nuovo lo sguardo alla donna e vide i suoi occhi perlustrare la stanza, poi posarsi con un luccichio di speranza sulla sua borsetta, quella che stringeva con grazia sottobraccio quando aveva bussato alla porta.

Dakota aveva una faccia inespressiva, come se stesse guardando inebetito la TV anziché il cognato che si dissanguava sul pavimento. Infilò il coltello in una fondina legata alla cintura: era quella che usava per andare a caccia, Winnie lo sapeva perché gliel'aveva regalata lei. Fece per gridare di nuovo il suo nome, per risvegliarlo da quello stato di trance indotto dall'alcol o dalla droga, quando avvistò *davvero* la pistola, e all'improvviso ricordò le parole di Manda: «Dakota ce l'ha con tuo marito…».

«Dakota, che stai facendo?».

Lui ignorò la domanda – anzi, ignorò la sorella in toto e si diresse verso Nigel, puntando il braccio armato.

«Dakota!», strillò Winnie, ma l'unico segnale a indicare che il fratello l'avesse sentita fu un leggero movimento del capo nella sua direzione.

Chinò lo sguardo su Nigel, terrorizzata al pensiero di spostare le mani e ancora di più all'idea di spostare lui, ma se il suo cellulare era incastrato sotto… Doveva calmarsi, riordinare le idee.

Pensò a Samuel in camera sua a fare i compiti – prima aveva davvero sentito la sua porta che si apriva o se l'era sognato? – e lo implorò mentalmente di non muoversi. Se aveva udito la voce di Dakota, non si sarebbe mosso dalla sua stanza. Dakota però non aveva ancora detto una parola, era quella la cosa più strana e spaventosa.

Winnie provò ad alzarsi ma fu sbattuta di nuovo a terra. Avvertì un'esplosione di dolore all'altezza delle ginocchia e cadde in avanti, addosso a Nigel, atterrando quasi di peso con il palmo sulla sua spalla sanguinante. Sgomenta, si girò di sbieco verso Dakota, che l'aveva spinta. Il fratello era di schiena; puntava gli occhi su Terry Russel, la nota stonata della situazione. Winnie riprovò ad alzarsi con lo stesso risultato: la mano pesante di Dakota le atterrò sulla spalla facendole sbattere di nuovo le ginocchia a terra. Stavolta lei riuscì a strisciare al di sopra delle gambe di Nigel, lontana dal fratello.

«Che diavolo ti prende?», ansimò, indietreggiando ancora. L'unica risposta di Dakota fu alzare la pistola, la canna puntata contro il petto di Nigel, e sparare una… due volte. Winnie non gridò; era troppo sconvolta. Oltretutto, era stupido gridare se tanto era solo un sogno, no?

Fu Terry Russel a urlare, invece. L'urlo di una donna anziana, profondo e gracile, di breve durata. Il corpo di Nigel sussultò solo dopo il secondo proiettile. Dal punto in cui la pallottola gli aveva centrato il petto si levò un filo di fumo sottile – o quantomeno dal punto che Winnie credeva essere il foro d'entrata. Gli spari erano stati così forti che le si era sfocata la vista, e quando era tornata nitida suo marito era morto. Winnie si domandò come mai avesse provato dolore alle ginocchia quando Dakota l'aveva sbattuta a terra, un dolore che non sembrava plausibile nei sogni. Vide un fiume rosso allargarsi sotto Nigel; la sua maglietta prima era bianca, no? Allungò la mano per toccare il sangue; se era caldo, allora non stava sognando. Nei sogni non si percepiva il calore. Winnie spalancò la bocca per gridare; nello

stesso momento avvertì un'improvvisa esplosione di dolore nella testa e tutto si oscurò.

Aprì gli occhi con delicatezza, ma subito dopo fu travolta dal momento più straziante di tutta la sua vita. Le bruciava la testa come se qualcuno le avesse aperto il cranio e versato dentro carboni ardenti. Premendosi il palmo della mano sull'occhio destro, si sforzò di alzarsi a sedere. Quando riacquistò la vista, scorse per prima Terry Russel seduta di fronte a lei sul pavimento della stanza azzurra, quella dell'appartamento indipendente. Non stava sognando, perciò significava che Nigel era morto.

Winnie sentì il dolore squarciarle il petto; le sgorgò fuori dalla bocca in un urlo angosciato che tuttavia, soffocato dal bavaglio, somigliava più a un singhiozzo sommesso. Aveva le mani legate dietro la schiena con qualcosa che sembrava nastro adesivo. Non vedeva niente; dietro le lacrime, gli occhi si sforzavano di mettere a fuoco qualunque altro dettaglio oltre a Terry Russel. Gemette di nuovo, stavolta di frustrazione, sbattendo le palpebre con furia per schiarirsi la visuale. Dov'era Samuel? Il panico la spinse ad alzarsi, con suo grande sollievo i piedi non erano legati. Barcollò incerta prima di guizzare verso la porta. Con i polsi annodati non riusciva ad afferrare la maniglia. Di sicuro era stata chiusa a chiave dall'altra parte, dalla casa principale. Nigel aveva insistito per installare una serratura robusta su quella porta, nel caso avessero voluto affittare l'appartamento; in tal modo si sarebbero assicurati che l'inquilino non entrasse in casa loro, chiudendo la porta a chiave dall'altro lato. Winnie si guardò attorno, verso il cucinino e la porta del bagno. Oltre la porta chiusa a chiave c'era lo studio di Nigel. Immaginò il Lovesac, quel ridicolo divano ultracostoso che lui amava tanto. Al pensiero del marito, Winnie si ripiegò su sé stessa, inspirando dal naso a piccoli colpi. "Concentrati. Samuel… Samuel… Samuel… Concentrati".

Esaminò la stanza con gli occhi in fiamme.

Quella parte della casa – l'aggiunta – aveva un ingresso indipen-

dente, per il quale il marito aveva tanto insistito, che conduceva sul viale dietro l'abitazione.

Gli occhi di Winnie schizzarono di colpo verso quella porta e la testa di Terry Russel scattò nella stessa direzione. In quel momento Winnie non volle pensare a quell'orribile donna; suo fratello aveva perso il senno e ucciso Nigel a sangue freddo, e lei doveva trovare Samuel. Se fosse riuscita a raggiungere la strada, avrebbe potuto chiedere aiuto ai vicini. Dakota però le aveva legato i polsi così stretti dietro la schiena da non lasciarle gioco. Come poteva aprire la porta? Non aveva idea di che ora fosse, né di quanto tempo fosse rimasta incosciente, ma fuori dalle finestre era buio. Avrebbe potuto sbattere la testa contro i vetri finché qualcuno per strada non l'avesse sentita. Quante chance di successo aveva, tuttavia? L'avrebbe sentita suo fratello, se era ancora in casa, oppure si sarebbe procurata una commozione cerebrale e non avrebbe potuto aiutare Samuel.

Terry oscillava avanti e indietro, gli occhi che le ruotavano nelle orbite. Dakota l'aveva imbavagliata con il suo stesso foulard, ficcandole in bocca anche parte dei capelli. Non si sforzava neppure di rendersi utile, si limitava a fissare Winnie con il panico negli occhi. Lei cominciò a ingegnarsi per liberare le mani.

Neanche due minuti dopo, però, Dakota entrò nella stanza, la pistola ancora in mano. Winnie allungò il collo per vedere se Samuel era con lui, sforzandosi di chiamarlo nonostante il bavaglio.

«Dov'è Samuel? Dov'è Samuel?».

Le uscì un farfuglio senza senso, simile a: «Dessaué… Dessaué». Le lacrime le offuscarono di nuovo la vista. Sopraffatta da tutto quello strazio e orrore, si piegò su sé stessa, rivivendo la morte di Nigel dietro le palpebre, il corpo del marito che sobbalzava trafitto dalle pallottole.

Dakota la afferrò bruscamente per le spalle e la gettò sul letto. Winnie cadde riversa di schiena con le gambe all'aria, proprio come contava il fratello, che le legò le caviglie prima che lei pro-

vasse a rialzarsi. Winnie gli inveì contro attraverso il bavaglio, gridò fino a scorticarsi la gola nel vano tentativo di farsi riconoscere dal fratello, ma Dakota aveva lo sguardo vacuo come quello di un manichino.

30
Juno

Juno era nell'Angolo degli orli mentre Dakota sparava a Nigel. Trasalì quando partirono i colpi, ma il suo sussulto fu soffocato dalle grida roche all'esterno, che cessarono di colpo. Sentì il tonfo di un corpo che cadeva a terra e a quel punto se la fece addosso.

Terry Russel era particolarmente silenziosa per essere capitata nel bel mezzo di una tragedia familiare e aver visto assassinare un uomo davanti ai propri occhi. O forse Dakota aveva sparato anche a lei? Juno aveva udito due spari e un solo grido. Oltre il ripostiglio si avvertiva un respiro affannoso, ma non riusciva a identificarne l'appartenenza.

Nel sentire la voce di Terry all'inizio, Juno si era avvicinata alla porta. Aveva atteso che si presentasse, ci contava. Nigel che rincasava barcollando qualche minuto dopo con Dakota alle calcagna era stato invece uno shock assoluto. Juno si aspettava che lui tornasse dalla sua corsetta e sorprendesse le due donne intente a discutere, e a quel punto la merda sarebbe uscita dalla tazza. Invece ora Nigel era morto – supponeva – e lei non aveva mai voluto che accadesse una cosa simile. Allungò la mano verso la botola. Sarebbe strisciata nello scantinato finché tutto fosse finito. I vicini dovevano aver visto – o sentito – qualcosa e presto la casa sarebbe brulicata di poliziotti. Tuttavia, prima che riuscisse a sollevare l'asse e scivolare all'interno, udì delle voci. Terry Russel – era viva! – che implorava. Parlava in tono concitato, come se Dakota le stesse puntando la pistola contro. Juno affondò il viso nella moquette, moquette che emanava ancora un lieve sentore di urina da quella volta.

«Mi chiamo Terry Russel. Sono qui per mio nipote. Ho dei soldi. Può prendere tutte le mie carte di credito, tenga…».

Doveva aver offerto la borsetta a Dakota, perché subito dopo aggiunse: «La prenda pure. Nella tasca laterale ci sono cinquecento dollari in contanti, e tutte le mie car… Ma che fa? No!».

Una colluttazione. Juno sentì qualcosa sbattere contro la porta del ripostiglio – un gomito o forse un ginocchio. Poi uno schianto e il tintinnio di vetri rotti caduti a terra. Juno strisciò ancora più indietro, il cuore che le martellava in gola, e chiuse gli occhi. Winnie continuava a ripetere a Dakota, come un disco rotto: «Che stai facendo, che stai facendo! Dakota!». Juno si coprì la bocca con la mano per soffocare qualunque suono potesse tradirla. "Che sta facendo? È impazzito", pensò. Per paura di emettere qualsiasi rumore che li avvertisse della sua presenza, Juno strisciò sopra la botola addossandosi il più possibile alla parete in fondo, gli orli dei vestiti che le accarezzavano il viso. Doveva nascondersi alla vista nel caso in cui la porta si fosse aperta per qualche motivo. Era questione di sopravvivenza, sparire se necessario.

Dakota doveva aver preso il sopravvento su Terry, perché Juno sentì l'anziana che lo implorava di nuovo – «Ti prego non farmi del male» – mentre lui la trascinava via. Sembrava diretto verso lo studio di Nigel e il piccolo appartamento con l'ingresso indipendente. Juno scivolò fuori dal nascondiglio, conscia solo in parte delle giunture che urlavano per l'artrite. Aprendo la porta del ripostiglio vide per prima cosa Nigel, riverso di schiena in un lago di sangue. Winnie era accartocciata a terra accanto a lui e Juno capì che Dakota sarebbe tornato a prenderla da un secondo all'altro. Girò l'angolo e sfrecciò su per le scale, la paura così bruciante che ne emanava persino l'odore. "Ecco cosa provano gli animali quando vengono cacciati", pensò. Strinse i denti dal male, pompando le gambe con forza mentre si avvicinava alla curva delle scale. Avrebbe fatto meglio a prendere una pastiglia, una di quelle pillole meravigliose che zittivano il dolore. Intuì che Dakota l'avesse scoperta. Non lo vide, aveva già imboccato

la seconda rampa di scale, issando il proprio corpo recalcitrante con l'aiuto del corrimano.

«Tu!», gridò lui, mentre Juno spariva dietro l'angolo. «Lo dicevo a Manda che non sono pazzo, lo sapevo che c'era un fantasma!».

Tuttavia non la seguì, come lei temeva. Si era preparata ai suoi passi pesanti sulle scale, ma l'unico suono che avvertiva nelle orecchie era il proprio respiro affannoso. "Probabilmente vorrà occuparsi di me dopo", pensò correndo verso la camera di Sam, "oppure mi crede davvero un fantasma". Spalancò la porta della stanza, ma la trovò vuota. Fece un passo all'interno, aspettandosi di trovarlo nascosto, ma il ragazzo proprio non c'era. "Grazie a Dio, grazie a tutti gli dèi". Fu allora che notò la finestra aperta. Sam era scappato. Avrebbe avvertito la polizia. Il sollievo di Juno fu immenso, ma adesso sentiva Dakota sulle scale. Il *tum tum* pesante dei suoi scarponi da lavoro rimbombava sul pavimento. Juno sapeva dove nascondersi; era sempre pronta. Si affrettò a uscire dalla stanza di Sam prima che Dakota completasse la curva delle scale.

Lo sentì perlustrare svelto tutte le stanze. Suppose che non volesse perdere troppo tempo, per via delle due donne al piano terra; sembrava controllare a malapena. Juno era nel mobiletto sotto il lavandino, dove Winnie riponeva gli asciugamani puliti. Sentì Dakota entrare in bagno, le sue scarpe cigolare sul pavimento di marmo. Tremava così forte che le battevano i denti e avrebbe giurato che la sentisse anche lui, invece Dakota uscì un secondo dopo, lo sentì riprendere le scale.

Allora l'aveva già vista una volta. Juno non voleva ammettere di essere stata così imprudente, eppure lui l'aveva vista. Quella volta era ubriaco e Juno non sapeva che cosa avesse scorto di preciso quando era sgusciata fuori dal bagno in punta di piedi mentre lui usciva dalla cucina. Era buio ed era schizzata via, proprio mentre Dakota si voltava perché aveva avvertito qualcosa alle spalle. In preda al panico, Juno si era infilata nel ripostiglio con la paura di non riuscire a raggiungere lo scantinato, ma lui non l'aveva seguita fino al suo rifugio.

Juno riaprì l'anta del mobiletto e distese gli arti come un soldatino di ferro. Indugiò sul tappetino del bagno, gli occhi che saettavano a destra e sinistra nella stanza in cerca di una soluzione. Era colpa sua se Terry Russel si trovava in quella casa; le aveva messo in testa che il figlio di Josalyn viveva con i suoi rapitori e le aveva fornito l'indirizzo dei Crouch. Se Terry fosse morta, la responsabilità sarebbe stata solo sua.

«Oh, Dio...», mormorò piano. Ferma sul tappetino del bagno, si tappò le orecchie con le mani, strizzò forte gli occhi e cominciò a dondolarsi avanti e indietro. Sentiva l'attacco di panico in arrivo. Una regressione in piena regola. In prigione, ricorreva a quel sistema per controllare le crisi d'ansia, si metteva in un angolino e si dondolava come in piena visione mistica. L'avevano soprannominata Ave Maria, e non gliene fregava niente perché quando si trasformava in Ave Maria la matta, Juno non sentiva né vedeva nessuno. Stavolta, tuttavia, non aveva intorno altre donne a infastidirla, era sola. C'era cascata di nuovo, nell'errore che aveva distrutto la sua famiglia tanti anni prima: lasciarsi coinvolgere troppo dalle vite degli altri, fare un passo di troppo, superare la linea di confine. E per cosa? Kregger le aveva rinfacciato di avere studiato psicologia per il suo bisogno di intromettersi nelle vite altrui. E lo aveva davvero, no? Fin da quando era piccola nel salone di sua madre e origliava di tresche e trucchi, ripensando poi a quelle storie la sera a letto. Darla Hess, che era incinta del quinto e non lo voleva; Sarah O'Neil, che aveva lasciato il marito per l'allenatore di football del liceo, e poi... Pattie e il pastore Paul.

Invece no. Stavolta non era colpa sua. Winnie aveva rapito il figlio di un'altra e lo aveva cresciuto come fosse suo. Juno si era semplicemente imbattuta in quell'informazione e aveva agito come qualunque persona normale, facendo la cosa giusta. Lo stesso valeva per Terry, che aveva scelto di presentarsi a casa Crouch anziché rivolgersi alle autorità. Eccola servita.

Juno aprì gli occhi e abbandonò le mani lungo i fianchi. Doveva uscire da quella casa, allontanarsi da quella gente velenosa. Non

era più in prigione, non doveva rimanerci per forza. Fece tre passi e ricordò la finestra aperta in camera di Sam. Perlustrò con gli occhi la sua scrivania per capire cosa potesse essergli passato per la testa prima di scappare. Il suo zaino non c'era più. Juno aprì il cassetto del comò; sapeva che il ragazzo vi teneva i suoi risparmi, arrotolati con un elastico. Il fatto di tenere i soldi nascosti l'aveva spinta a riflettere, la prima volta che li aveva visti.

E se Sam avesse sentito Terry Russel parlare con Winnie? Forse era uscito prima ancora dell'arrivo di Dakota? Juno trattenne il respiro accarezzando la possibilità che il ragazzo fosse proprio fuggito di casa, anziché correre in cerca d'aiuto. Il rotolo di banconote era sparito dal solito posto. A quel punto il cuore di Juno prese a martellare a tutto spiano. Era scappato. Non le importava cosa sarebbe accaduto a Winnie. Aveva scelto da tempo da che parte stare. Le importava solo di Sam. Mosse i piedi, prima strisciandoli e poi di corsa.

31
Winnie

Una volta legate anche le caviglie della sorella, Dakota la mise a sedere per terra e si voltò verso Terry. Winnie rimase a fissargli la nuca, chiedendosi che fine avesse fatto il suo gemello e se qualcuno potesse trasformarsi tanto… nel giro di una notte. Tuttavia non era accaduto nel giro di una notte, no? Dakota si inginocchiò davanti a Terry, impedendo a Winnie per un istante di vedere la faccia terrorizzata della donna. Sapevano tutti che suo fratello aveva dei problemi, e da anni Manda provava ad avvertirli di quanto fossero seri, ma la famiglia non le aveva prestato la dovuta attenzione, ritenendo che Dakota ormai fosse solo un problema della moglie. Quando lui si rialzò, il foulard a fiori appeso al palmo, Terry si leccava le labbra, lo sguardo fisso su di lui come un animale messo all'angolo.

«Chi è tuo nipote?», chiese Dakota. Aveva la voce roca, ruvida, come appena svegliato da un sonnellino. Winnie ripensò alla prima notte che lui aveva dormito a casa loro, quando lo aveva trovato sul divano a singhiozzare come un bambino. Ora non c'era più traccia di quell'uomo.

Non si sforzò nemmeno di ascoltare.

Terry rispose senza batter ciglio: «Samuel».

Winnie sentì il sudore rapprendersi tra i seni e sulla fronte. Dakota schioccò forte le labbra e le gettò uno sguardo oltre la spalla. A lei non piacque quello che gli lesse negli occhi – o forse a spaventarla fu ciò che non vi lesse, l'assenza di suo fratello.

«Samuel?», ripeté lui in lieve tono di scherno, come se Terry fosse la persona più squilibrata della stanza.

«Ha rapito il figlio di un'altra e lo ha fatto passare per suo», spiegò la donna. «Perché non prova a chiederglielo?».

Winnie urlò nel bavaglio, la rabbia che alimentava le sue grida demoniache. Si girarono entrambi a guardarla. Dakota la fissò impassibile.

«È vero, Win? Hai rapito il figlio di un'altra?».

Lei continuò a strillare nel bavaglio fino a scorticarsi la gola, ma Dakota non sembrava più interessato; osservava Terry rapito.

«Si direbbe proprio da te, Win. Ricordi quando da piccola hai rubato il cagnolino dei vicini per portarlo a casa nostra?».

Winnie lo fissò allibita. Era successo più di venticinque anni prima. Quella storia era stata raccontata a ripetizione dai suoi fratelli, che a ogni versione la dipingevano come una sorta di sociopatica senza scrupoli. Era solo una bambina, aveva visto un cagnolino correrle incontro oltre la recinzione e l'aveva... preso. Aveva fatto uno sbaglio. Dakota non parlava sul serio, impossibile.

Provò a gridargli qualcosa, ma non riuscì ad articolare le parole.

«Il ragazzo non è qui», disse lui, ancora rivolto a Terry. «Ma anche se ci fosse, perché dovrei credere a una storia tanto assurda, anche se sembrerebbe proprio tipico di mia sorella?». Parlava con il tono di un uomo che rimprovera il figlio disubbidiente. Le si rizzarono di nuovo i peli sulla nuca. Non sembrava per *niente* suo fratello.

Oltre la spalla di Dakota, vide gli occhi di Terry oscillare a destra e sinistra come un metronomo. Tramava qualcosa, si rese conto, e prima di battere ciglio una seconda volta Terry affondò il colpo.

«L'hai mai vista incinta? Tua... sorella?».

Winnie rimase di sasso. Quando la donna riprese a parlare, sembrava a corto di fiato, risucchiato dalle sue menzogne.

«Desiderava tanto un bambino, vero? Sarà stata gelosa quando le sue coetanee hanno cominciato a partorire».

Dakota si alzò di colpo, incombendo su Terry Russel, il capo che ruotava da parte a parte come per un terribile torcicollo. Soppesò le parole della donna per un istante, poi disse: «Ora che mi ci fai pensare...».

L'espressione di Terry mutò dalla speranza al trionfo, mentre le lacrime di Winnie le rigavano lentamente il viso. Aveva la gola in fiamme a forza di urlare nel bavaglio e una fitta al centro del petto così forte da paralizzarla. Terry raccontò la sua storia a Dakota con voce calma e nitida, dipingendosi come una madre distrutta e preoccupata, la cui figlia si era lasciata trascinare dalla compagnia sbagliata che alla fine l'aveva strappata via da Lima, nell'Ohio, per l'erba più verde dello Stato di Washington. La sua dolce Josalyn si era ritrovata a Seattle, incinta e indigente. Ed ecco entrare in scena Winnie.

Winnie, che non aveva più la forza di tenere la testa sollevata, sedeva accasciata contro la parete, la faccia abbandonata verso l'inguine. Quando Terry Russel pronunciò il suo nome, non si prese neppure la briga di alzare lo sguardo. Quella donna aveva ricomposto il puzzle creando l'immagine che più le conveniva. E si era documentata.

«Lavorava al centro di salute mentale Illuminations quando Josalyn si è rivolta a loro in cerca di aiuto», continuò Terry. «Ho parlato con il direttore della struttura e mi ha confermato che tua sorella era la sua tutor. A dirla tutta, quando lei lasciò il lavoro...». Fece una pausa. «Josalyn contattò il centro più volte, chiedendo il numero di telefono di Winifred Crouch. Disse persino alla segretaria che aveva rapito il suo bambino».

Winnie fissava la nuca di suo fratello, chiedendosi se si sarebbe bevuto quella storia. Solo sei mesi prima, avrebbe saputo rispondere a quella domanda. Credeva di sapere tutto di suo fratello, ma ora si rendeva conto di conoscere solo ciò che preferiva, che le faceva comodo.

Terry Russel gli stava chiedendo di dare un'occhiata al rapporto della polizia che aveva nella borsetta. Dakota le diede retta, la pistola ancora in mano, e gettò da una parte il portafogli di Terry dopo aver controllato velocemente i suoi documenti.

«È davvero chi dice di essere», riferì a Winnie, le sopracciglia inarcate con falso stupore. Lei non poté fare altro che serrare

gli occhi. Aveva una sete selvaggia. Continuava ad aspettarsi che Nigel entrasse dalla porta, che la tirasse fuori da quella situazione. Ma suo fratello l'aveva assassinato. Assassinato. Quella parola le era estranea. Non si era mai preoccupata che qualcuno dei suoi cari potesse morire assassinato, non era mai stato necessario.

Vide Terry sorriderle con freddezza, quasi con aria di sfida. Josalyn aveva raccontato a Winnie che il patrigno la molestava e che la madre preferiva non vedere. Osservando quella donna, Winnie si domandò se fosse vero. E come era arrivata a lei? Chi diavolo era Juno Holland? Un'altra delle puttane di suo marito, pensò. Come se Dulce Tucker non fosse bastata. Quel pensiero la riempì soprattutto di rabbia: Nigel aveva raccontato tutto a qualcuno che poi aveva mandato quella donna a casa sua.

«Tuo nipote è morto!», gridò attraverso il bavaglio. Ma si rese conto che nessuno dei due l'aveva sentita.

Terry si leccò di nuovo le labbra, gli occhi fissi su Dakota quasi volesse ipnotizzarlo.

«Lo prendo e me ne vado. Non dirò a nessuno cos'è accaduto. Voglio solo mio nipote. Ti prego».

Lui impiegò qualche secondo a elaborare quelle parole, poi scoppiò a ridere. Lo sguardo scioccato di Terry mostrò quanto fosse convinta che la negoziazione stesse andando a buon fine.

«Non vorrai fargli del male, è solo un ragazzo».

Winnie fissava l'uno e l'altra con disperazione. Terry Russel stava cercando di salvare suo figlio da qualunque piano Dakota avesse in mente, ma soltanto per portarglielo via. Era come restarsene a guardare un'automobile che ti piombava addosso a tutta velocità sapendo che tanto prima dello schianto ti avrebbe comunque ucciso un fulmine. «Il ragazzo non è qui», aveva detto Dakota.

Samuel doveva essersi nascosto in casa da qualche parte, terrorizzato. Oppure era riuscito a scappare saltando fuori dalla finestra di camera sua?

«Solo un ragazzo», ripeté Dakota, annuendo lentamente. La sua voce era piatta e priva di emozioni, quasi leggesse un copione. «Nessuno si preoccupa dei miei ragazzi. Nessuno si preoccupa se non avranno un padre». Winnie lesse la paura negli occhi di Terry, la vide sbattere le palpebre velocemente.

«Può esserlo ancora. Può davvero. Esci subito da qui e…».

Dakota però stava piangendo, le spalle tremanti. Adesso sembrava più normale, pensò Winnie, e in silenzio pregò suo fratello di tornare in sé.

«Nigel», bofonchiò lui, «mi ha portato via la mia famiglia». Voltò le spalle a Terry e puntò verso Winnie con tale decisione che lei fu certa che l'avrebbe uccisa lì su due piedi. Dakota si inginocchiò per guardarla dritto in faccia. «Manda non mi vuole più e Nigel ha messo anche te contro di me». Sull'ultima parola fece uno scatto verso di lei, che si preparò a parare il colpo. Ma Dakota non la colpì. La guardava come se non sapesse che fare di lei.

«Tu non sei la mia famiglia», le disse. «Hai smesso di esserlo il giorno in cui hai preso le parti di quel porco e hai cacciato fuori di casa il sangue del tuo sangue». Biascicava le parole come se fosse ubriaco o avesse la bocca piena d'acqua. Winnie cominciò a gemere. Conosceva quei discorsi; aveva lavorato per anni con i malati mentali.

Dakota si alzò per andare alla finestra, senza guardare nessuna delle due, a fissare il buio, il capo reclinato da una parte. Suo fratello era andato fuori di testa; non importava come o perché, ma adesso avrebbe ucciso anche loro come aveva fatto con Nigel. Gli serviva un capro espiatorio per aver buttato nel cesso la sua vita, e ora che Manda era in procinto di firmare le carte per il divorzio…

«Cos'hai da dire a tua discolpa, sorella?».

Winnie però non poteva rispondere; il bavaglio le impediva di parlare.

Dakota barcollò su sé stesso per qualche istante, sul punto di

perdere l'equilibrio, come se non sapesse più dove si trovasse, poi tornò da Terry Russel, con la pistola puntata.

«Pum, pum», disse. E le sparò. Due colpi, come a Nigel. Winnie si mise a gridare. Urlava così forte da non respirare più, le lacrime che le schizzavano dal viso mentre scuoteva la testa incredula. Ebbe un conato vedendo come Dakota osservava il corpo di Terry Russel affascinato.

Winnie gemette di nuovo; non sarebbe rimasta vittima della rabbia di suo fratello, ma morta soffocata dal proprio vomito. Dakota si girò e i suoi occhi privi di vita la videro collassare sul tappeto. La fissò per quella che parve un'eternità, poi si inginocchiò davanti a lei e le tolse il bavaglio dalla bocca. Winnie rotolò su un fianco, rantolando in cerca d'aria. Sentì la puzza di vomito e anche di qualcos'altro – di sangue. Lo vide sulla parete, gli schizzi simili a un test di Rorschach, Terry accasciata sul pavimento.

«A pensarci bene, sorellina, non ti ho mai vista incinta».

I brividi le percorsero gli arti come fossero insetti.

«Io… Non lo avevamo detto a nessuno, ricordi? Dopo gli aborti, abbiamo tenuto il riserbo fino all'ultimo trimestre. Tu all'epoca vivevi a Tacoma. Ecco perché non ci siamo mai visti».

"Ti prego, Dio, fa' che accetti la verità". La sua voce sembrava stridere sulla ghiaia; non sapeva per quanto ancora sarebbe riuscita a parlare.

Dakota scosse il capo, come se gli avesse dato la risposta sbagliata. «Non avete neppure organizzato il baby shower se non dopo la nascita del bambino. Un po' strano, no? Ricordo di aver accompagnato Manda, perché era incinta di nove mesi e non ci stava più dietro il volante. L'ho portata dentro ed eccoti lì, magrissima e perfetta come se non fossi mai stata incinta». Fece un sorriso ebete. «Manda mi ha sussurrato persino all'orecchio che avevi un'aria splendida per aver appena partorito».

Winnie si teneva in bilico sulle ginocchia. Dal mento le colò un rivolo di saliva, ma non fece alcuna mossa per asciugarlo. Suo fra-

tello gemello stava puntando di nuovo la pistola. Winnie non riusciva più a pensare con lucidità; cercava ancora di capire come fossero arrivati fino a quel punto.

«Questo non sei tu», disse prima che il panico le serrasse la gola provocandole un accesso di tosse. «Questo non è mio fratello. Dakota, ti prego...».

32
Juno

Ignorando per una volta le fitte lancinanti che le trafiggevano la schiena come artigli, Juno si chinò su Nigel e si concentrò a rovistare con le dita rigide nelle tasche dei suoi calzoncini da corsa. Erano vuote, a parte gli auricolari. Il cellulare doveva essergli caduto oppure l'aveva preso Dakota insieme a quello di Winnie, che era sparito come il cervello del fratello. Sentì gridare nell'appartamento accanto, vide il sangue di Nigel scorrerle attorno ai piedi. La vista le tremava come un budino di gelatina e Juno temette di collassare. I ritratti di famiglia dei Crouch la fissavano dalla parete. Juno sentì subentrare l'istinto di sopravvivenza.

"Lenta ma decisa", pensò, avanzando verso la porta d'ingresso. Sam era al sicuro – più di quanto non lo sarebbe stato in casa, quantomeno; in ogni caso, era l'unico di cui le importasse qualcosa.

Certo Terry non si sarebbe trovata in quella situazione se non fosse stato per lei. "Devi decidere, Juno, vuoi fare l'eroe o tornare strisciando nel tuo nascondiglio?". Si sfregò il solito punto dietro l'orecchio.

Poteva uscire da quella porta subito, salvarsi la pelle. Scavalcò Nigel. Le parve di udire la voce di Terry Russel. Non erano affari suoi. Sentì passare una macchina, la radio con la musica rap a tutto volume. Fuori era vicinissimo; ancora pochi passi e l'avrebbe accolta la frescura della notte. Ma cosa sarebbe accaduto a Winnie? Juno tentò di scacciare quel pensiero, di pensare ad altro.

Avrebbe seguito la storia al telegiornale dal ricovero femminile

per i senzatetto, se fosse arrivata in tempo per accaparrarsi una brandina, magari l'indomani, e nessuno avrebbe mai scoperto che si trovava in quella casa. Stavolta non ci sarebbe stata lei al centro delle notizie e non sarebbe finita in prigione. Il pensiero del carcere le provocò una scarica di panico lungo gli arti. Juno stava morendo, non aveva la minima intenzione di rendere l'anima in una merdosa cella di cemento mentre la sua compagna si masturbava nel letto sopra di lei. Allungò la mano verso la serratura.

A quel punto udì altri due spari, accecata dal terrore avanzò d'istinto. Doveva fare alla svelta – e muoversi svelta le costava un gran dolore. Il tastierino dell'allarme era proprio davanti a lei, ma nella fretta premette con dita tremanti il pulsante d'emergenza e subito riecheggiò per tutta la casa un lamento terrificante. Armeggiando con la serratura, Juno azzardò un'occhiata alle spalle e vide Dakota attraversare la cucina a passi pesanti, diretto verso di lei. Juno si concentrò di nuovo sulle proprie mani e riuscì a sganciare la serratura. La porta si aprì e l'aria fresca le sferzò il viso, riempiendole la bocca aperta. Juno raggiunse il margine di cemento dove il vialetto sprofondava nell'erba fino al marciapiede. Fuori era buio, la strada deserta.

Si mise a correre, nonostante il corpo dolorante, pompando i muscoli delle gambe più forte di quanto non facesse da anni quando correva nel parco insieme ai suoi ragazzi. Eppure qualcosa non andava; non avanzava di un millimetro. E a quel punto sentì una mano afferrarla e strattonarla indietro, prima ancora che toccasse il marciapiede. Con l'allarme che le urlava in testa, braccia e gambe che si dimenavano come i pupazzi gonfiabili pubblicitari di certi negozi, Juno fu trascinata di nuovo dentro da Dakota.

Quando ritrovò la voce, rifugiata in fondo allo stomaco, lui stava richiudendo la porta e disattivando l'allarme. Ovvio che sapeva il codice – dopotutto aveva dormito in quella casa più di una volta. La scaraventò lontano e Juno andò a sbattere con la spalla contro la porta del ripostiglio. Il dolore le mozzò il fiato, ma non gridò. Dakota comprese subito che allontanarla era stato un errore e cer-

cò di riacciuffarla, ma di mezzo c'era il corpo di Nigel, sul quale inciampò rovinando a terra. Juno aveva una frazione di secondo per valutare le alternative: la porta principale era fuori questione, nemmeno due passi e lui l'avrebbe raggiunta. Le restava l'appartamento oltre la cucina, ma quella porta aveva un'altra serratura da aprire e, superata quella, il cancello con il chiavistello prima del viale. Chissà poi cosa avrebbe trovato in quell'appartamento. Due donne morte?

Imboccò le scale prima che Dakota riuscisse a rialzarsi. Non sentì i suoi passi alle spalle. Buon segno; aveva tempo. Arrivata in cima, mentre correva verso la finestra della camera di Sam, lo sentì gridare. I suoi polmoni erano in sofferenza come le sue giunture mentre ansimava a corto di fiato. Se Dakota non l'aveva seguita per le scale, significava forse che una delle due donne era ancora viva e Juno scommise su Winnie. Raggiunta la finestra di Sam, si rese conto che la casa era piombata in un silenzio inquietante.

Portò il dito sul solito punto dietro l'orecchio, ma ritrasse subito la mano, tremante. Da lì a poco Dakota sarebbe salito di sopra; con ogni probabilità era già sulle scale. Juno si guardò alle spalle, verso la finestra dalla quale Sam era scappato neanche venti minuti prima. Come minimo si sarebbe rotta l'osso del collo cadendo dal tetto.

"Almeno non sarà Dakota a spezzartelo. Non preferisci morire a modo tuo?". Aveva sbagliato tutto, però. Samuel – Sam – quella sera aveva perso Nigel e forse non lo sapeva ancora; Juno poteva davvero spegnersi in pace sapendo di essere responsabile anche della morte di sua madre? Non guardò più la finestra, la finestra che di sicuro le avrebbe salvato la vita. La lasciò aperta e tornò invece a nascondersi nel mobiletto sotto il lavandino.

Nigel aveva portato gran parte dei propri prodotti per l'igiene personale nel bagno del piano terra e non li aveva più rimessi a posto. Così nel mobile si era creato uno spazio nel quale Juno si raggomitolò come una pallina. Dakota era vicino e Juno trattenne il fiato, la schiena curva nel vano angusto. Lo sentì chiudere la fi-

nestra di Sam con uno slancio e girare la maniglia, poi perlustrare rapidamente la stanza del nipote, il bagno, il ripostiglio, infine i suoi passi scesero di nuovo di sotto. Juno udì un certo trambusto al piano terra; di cose sbattute in giro. Era pronta a sentire un nuovo sparo, ma non vi fu. Quando i colpi e i tonfi di Dakota parvero allontanarsi, Juno aprì l'anta del mobiletto e si sbirciò attorno nervosa.

Doveva impedirgli di uccidere Winnie; era l'unica madre che rimaneva a Sam, pur non essendo quella biologica. Juno aveva commesso un errore lasciandosi coinvolgere; aveva sbagliato e ora doveva rimediare. Si rialzò con la grazia degli anni giovanili e il dolore di quelli senili. Non ebbe la minima esitazione. Puntò alle scale con un piano nella mente che a poco a poco prendeva forma.

Di sotto, Dakota stava barricando le porte, quasi si preparasse a una sorta di assedio. Quando Juno scese l'ultimo gradino, vide che aveva spinto la sedia dell'ingresso contro la porta e riattivato l'allarme, la luce rossa simile a un occhio minaccioso.

Dakota non voleva permettere a nessuno di uscire. Ma dove si era cacciato?

Juno si accucciò dietro la parete, grata per la centesima volta che Sam non fosse in casa, e avanzò verso la cucina. Mentre i suoi piedi strisciavano sul pavimento a scacchi bianchi e neri, udì le grida roche di Winnie provenire dall'appartamento. «Che stai facendo? L'hai uccisa! Dakota!».

Juno li sentì lottare mentre raggiungeva il cassetto delle cianfrusaglie, lo apriva e vi cacciava dentro la mano fino in fondo. Trovò quello che stava cercando. Quando lo strinse tra le dita per infilarselo dietro i pantaloni, sentì Dakota ululare come un animale ferito, poi esclamare incredulo: «Mi hai morso!».

Pur nel bel mezzo di quella situazione, Juno lo trovò ridicolo. "Come osi mordermi dopo che ho sparato a tuo marito?". Ancora più ridicolo era che nessuno dei vicini avesse chiamato la polizia. Com'era possibile? Dov'era finito il signor Nevins? Juno udì un tonfo pesante e corse in direzione del rumore. Dakota avrebbe

sparato anche a Winnie, ne era certa. Non solo voleva punire la sfuggente Manda che lo aveva ferito nell'orgoglio cacciandolo di casa, ma voleva mostrare alla sua famiglia cosa sarebbe accaduto privandolo della priorità che meritava. Juno comprese anche qualcos'altro: alla fine si sarebbe ucciso pure lui. Adesso le era chiaro che Dakota aveva pianificato tutto; Juno aveva visto il suo furgone girare attorno alla casa ma non vi aveva dato peso. Nell'atto finale della sua presa di potere, Dakota doveva ferire tutti quelli che avevano ferito lui.

Juno rilasciò con pacifica rassegnazione la sua ultima diagnosi da psicologa – pur non essendo più abilitata – e avanzò verso la meta, la mensola del camino. I vistosi soprammobili di Winnie pesavano almeno un paio di chili ciascuno; i busti e la statua del David che Juno tanto detestava erano ancora più massicci. Quello arancione spiccava proprio al centro – le ricordava Joe con il suo succo d'arancia. Juno corse a prenderlo, sfrecciò oltre la porta aperta dello studio e lo afferrò per il collo. Oltre la stanza, nell'appartamento accanto, Dakota stava tirando in piedi la sorella gemella. Juno colse un breve scorcio della schiena di Winnie, poi il caminetto le coprì la visuale. Non sapeva se Dakota l'avesse vista. Il peso del David arancione la costrinse a piegarsi sulle ginocchia; Juno si stabilizzò e si tolse di torno, nascondendosi dietro la porta aperta dello studio di Nigel.

Chiuse gli occhi e recitò una preghiera silenziosa, il cuore le martellava così forte da fare male.

Dakota uscì spingendo Winnie davanti a sé, procedendo lentamente, la pistola puntata alla testa della sorella. Lei aveva le mani legate e di nuovo il bavaglio sulla bocca. Tuttavia, quando Dakota superò la soglia ed entrò nel campo visivo di Juno, per lui era già troppo tardi. Nascosta dietro la porta aperta, Juno lo sorprese alle spalle. Fece un passo avanti e, tenendola per il collo, oscillò la scultura tracciando in aria un arco come se fosse una mazza da baseball. Il David arancione si abbatté sulla testa di Dakota con un tonfo sordo e Juno lo lasciò cadere, mentre l'impatto le scaricava

una fitta di dolore lungo il braccio. Dakota lasciò la presa su Winnie, che sembrava a malapena cosciente, e barcollò in avanti. La sorella cadde di faccia sul tappeto e rimase a terra immobile; Juno non capì se fosse svenuta o si fingesse morta. Entrambe le parvero ottime idee. Fissò Dakota accasciato sulle ginocchia, che ringhiava per il dolore, il viso contorto in una smorfia orribile. Juno non attese la sua mossa successiva. Si mise a correre di nuovo.

Il braccio stretto al petto, le gambe che pompavano grazie all'ultimo briciolo di adrenalina. Raggiunta la porta d'ingresso, vide la sedia pesante che Dakota aveva incastrato sotto la maniglia. Per spostarla avrebbe perso tempo… Se però fosse tornata indietro verso la cucina, come minimo sarebbe corsa incontro a Dakota. Riuscì a sbloccare la serratura prima di sentirlo alle sue spalle, ma non poteva aprire la porta senza spostare la sedia, e tra la sedia e la porta c'era il corpo di Nigel. Diamine, Dakota non era stupido come sembrava. Juno corse allora verso il ripostiglio, aprì la porta e se la chiuse alle spalle; con la mano buona sollevò la botola. Era talmente distratta dalla paura che Dakota la stanasse da un momento all'altro, che non allontanò il viso dalla traiettoria dell'asse, il cui spigolo la colpì sopra l'occhio sinistro ferendole il sopracciglio. Sentì un bruciore, poi il sangue che fuoriusciva tiepido. Non attese che la vista le tornasse nitida – proprio mentre la porta del ripostiglio si apriva, si calò nel suo rifugio.

In cuor suo Juno sapeva che avrebbe dovuto lasciare quella casa quando ne aveva avuto l'opportunità. Invece eccola lì, a sprofondare sempre di più nella merda anziché tirarsene fuori. Dopotutto, non era la storia della sua vita? Fuori con la libertà condizionale, ma in una prigione diversa. "Nello scantinato, però, sei al sicuro", si disse. Ne era convinta, e Dakota non c'era mai stato, perciò lei partiva in vantaggio nonostante il corpo straziato dal dolore.

Si mise carponi e sgattaiolò via. Non aveva bisogno di luce per trovare la direzione, ma a Dakota sarebbe servita. Lo sentì imprecare alle sue spalle, poi atterrare con un tonfo dei piedi sul pavimento. Era grande e grosso, la sua mole lo avrebbe rallentato, ma

aveva pur sempre una pistola con sé. Scivolando con le mani tra la polvere e la ghiaia, Juno pensò a Winnie, legata a terra a faccia in giù, del tutto ignara della sua esistenza, ancora frastornata per il comportamento del fratello. Quella donna sarebbe morta senza capirci niente e, per il bene di Sam, Juno avrebbe fatto del proprio meglio per allontanare il più possibile quell'eventualità. Pensò a Samuel – Sam – e ai loro brevi incontri, così significativi per lei. Pensò anche a Nigel; lui era morto. Mentre avanzava carponi, un frammento di vetro le graffiò il palmo, ma non lo spostò, nella speranza che anche Dakota si ferisse. Juno non ricordava di avere mai rotto niente – quel vetro era sempre stato lì?

Non potendo fermarsi a tamponare il sangue che le scorreva dal sopracciglio, era completamente cieca da un occhio e le bruciava anche la mano.

E a quel punto udì lo sparo: un colpo forte, una pressione contro la spalla. Cadde faccia a terra, inalando polvere senza riuscire a respirare. L'aveva colpita qualcosa, ma non una pallottola, forse un sasso; il proiettile aveva urtato il pavimento schizzando per aria la ghiaia. "Mi ha sparato", constatò Juno incredula. "Quell'idiota buono a nulla mi ha sparato". Ma l'idiota buono a nulla la stava ancora inseguendo; Juno lo sentiva grugnire e sbattere le mani a terra. Strisciò via ancora più veloce, verso il cumulo di terra oltre il quale si era spinta di rado. La parte più remota dello scantinato le metteva ancora i brividi. Sentì qualcosa colpirla sulla nuca, ma non si fermò. Poi una mano l'afferrò per una caviglia, tirandola indietro. Mentre Dakota la trascinava sul pavimento irregolare, le si arrotolò la felpa e qualcosa di appuntito le si conficcò tra i seni. Juno si mise a gridare, inveire e scalciare, e arpionandosi a terra si divincolò dalla presa. Guadagnò qualche spanna e sentì Dakota imprecare. Poi si arrampicò su una sporgenza del terreno che si innalzava quasi fino al soffitto dello scantinato e per oltrepassarla dovette strisciare sulla pancia. Lui non avrebbe potuto seguirla fino lì, no? Dopodiché scese rotolando dall'altra parte, la terra che si mescolava al sangue sul suo viso, come una maschera. Non

dovette rotolare a lungo. Si fermò sdraiata di pancia ai piedi del cumulo, sputando fango. Rimase immobile in ascolto, per capire quanto distassero i grugniti di Dakota. «Sei una cazzo di lumaca!», gli gridò. «Per forza tua moglie ti ha lasciato».

Colpito nel segno. «Chi cazzo sei, brutta troia?». Ma Juno sentì la sua voce tremare di paura. Gli uomini insultavano sempre quando erano spaventati.

«Cosa volevi fare, Dakota? Uccidere la tua gemella e poi suicidarti?».

Seguì un silenzio scioccato, durante il quale Juno lo sentì ansimare affannosamente. Dakota stava avanzando più in fretta e se lei ci teneva alla pelle, ancora per un po' almeno, doveva rimettersi in moto.

Si mise a strisciare sull'addome, trascinandosi con i gomiti. C'era quasi arrivata, alla piccola tomba. Si era spinta fin laggiù solo una volta, e le era bastato. Non ricordava il motivo, forse la noia, ma aveva trovato i resti, chiaramente di un animale. Non era altro che un mucchietto di ossa, ma l'avevano terrorizzata al punto da non tornarci mai più. In quel punto il terreno sprofondava e girava attorno alla sporgenza rialzata, ma Dakota non poteva saperlo. Ormai era quasi arrivato; avrebbe trovato la discesa dalla quale era rotolata giù, ma con quel buio non sarebbe stato in grado di vedere lei. "Come minimo sparerà di nuovo", pensò Juno. Messi i piedi al sicuro, Juno infilò la mano in tasca ed estrasse l'oggetto che aveva preso dal cassetto della cucina; poi cominciò ad avanzare lentamente. Aggirò la salita proprio mentre Dakota arretrava. Sapeva che lui non si aspettava di trovarla lì. Per continuare a cercarla avrebbe dovuto girare attorno alla sporgenza. Juno adocchiò la pistola, Dakota la stringeva nella mano destra premuta a terra, mentre grugniva meravigliato di non vederla più. Da un momento all'altro si sarebbe voltato e se la sarebbe ritrovata davanti. Se lei non avesse agito subito, sarebbe morta come Terry Russel, per mano di un uomo malato e collerico. Non le piacevano quelle condizioni.

Juno non aspettò: si scagliò in avanti e puntò il taser rubato dal cassetto della cucina al collo di Dakota. I due denti appuntiti affondarono nella sua pelle nel punto in cui pulsava l'arteria, rilasciando una scarica elettrica che gli provocò le convulsioni. In quello spazio angusto, Juno non fece in tempo a spostarsi; il braccio sinistro di Dakota oscillò e le si abbatté sulla testa, facendole vedere le stelle per un paio di secondi. Juno si riprese, la vista ancora sfocata. Tastò disperatamente il terreno in cerca della pistola, graffiando la polvere con le dita. Aveva già usato il taser altre volte, sapeva a cosa andava incontro. Dakota era forte; presto sarebbe tornato in sé. Juno stimò di avere meno di cinque secondi a disposizione per trovare la pistola e spararagli, se non voleva essere lei a morire. Dakota le balzò contro con un ruggito, ma lei non arretrò; con le mani tracciava archi frenetici nella polvere, finché i suoi polpastrelli sfiorarono la canna fredda e un lampo di sollievo le attraversò la mente. Prima di riuscire ad afferrare la pistola con mano salda, Dakota la prese per un braccio e la attirò a sé, trascinandola rovinosamente sul pavimento. Provò a rialzarsi senza lasciarla andare, ma sbatté la testa contro il soffitto con un *crack* agghiacciante. Temporaneamente frastornato, Dakota mollò la presa. Juno rotolò a terra, non aveva altra scelta e aveva visto i coccodrilli sopraffare la preda in quel modo. Udì a malapena l'urlo di dolore di Dakota, sovrastato dal panico roboante che le riempiva la testa. Con la mano destra recuperò la pistola. Strinse le dita sulla canna e la avvicinò al petto. Ebbe appena il tempo di girarsi sulla schiena e puntare l'arma verso l'alto. Premette il grilletto.

33
Winnie

Winnie fu svegliata dal suono delle sirene. Il suo primo pensiero andò a Samuel. Dov'era Samuel? Era sepolto nello scantinato! Si sollevò di scatto e la stanza si rimise a posto, ma non la sua testa. No. Samuel era vivo. Non era lui quello sepolto nello scantinato. Samuel era il suo bambino. Suo. Winnie si premette i palmi sul viso e una fitta di dolore le infiammò le orbite fino alla base del cranio. A quel punto si accorse: aveva le mani libere. Ricordava di essere finita a terra, ancora imbavagliata, uno dei suoi soprammobili in frantumi, frammenti di porcellana arancione simili a bucce di mandarino sparse sul tappeto. Poi vide i vestiti macchiati di sangue, e tutto d'un colpo le ultime ore le riaffiorarono alla memoria, soffocandola per lo shock.

Dakota aveva sparato a Nigel. Nigel era morto. Winnie si alzò in piedi, strizzando gli occhi per il dolore che le stritolava il cervello. Frammenti di nastro adesivo spezzato le pendevano dai vestiti e li strappò via. Era stato Dakota a liberarla? Una volta stabile, mosse qualche passo incerto fino a ottenere una chiara visuale dell'appartamento. Terry Russel non era frutto della sua immaginazione; l'anziana giaceva su un fianco con la schiena rivolta verso di lei. Un gemito le risalì dal profondo della gola, insieme al sapore di sangue e bile. Dov'era suo fratello. Perché aveva fatto una cosa del genere? Sopraffatta dalla nausea, Winnie si piegò in avanti, pronta a vomitare. Le aveva slegato lui le mani? No. Non aveva tempo di vomitare. Si raddrizzò e avanzò barcollante. Doveva trovare Samuel, il suo piccolo miracolo, il *suo* bambino – non di Josalyn.

Aveva pregato Dio per quel bambino, come Anna nella Bibbia, malgrado non si sentisse degna di diventare madre dopo quello che aveva fatto. E poi, quando aveva scoperto di essere incinta poco dopo quella notte orribile, era stato come se Dio l'avesse perdonata, le avesse dato fiducia donandole un bambino tutto suo. Si era comportata in modo orribile con Josalyn Russel ed era stata troppo vigliacca per assumersi la responsabilità dell'accaduto, ma Samuel era solo suo. Winnie raggiunse l'ingresso e scavalcò Nigel, rifiutandosi di guardarlo. Non voleva pensare a Josalyn in quel momento. La porta d'ingresso era spalancata, i mobili rovesciati e spinti agli angoli come se qualcuno li avesse calciati di lato in fretta e furia. Dall'esterno il suono delle sirene si riversò in casa insieme all'aria fresca e pungente. Sentendola sulla pelle, Winnie sussultò e varcò la soglia, agitando le braccia per richiamare i soccorsi che finalmente arrivavano da ogni direzione. Il signor Nevins era in piedi ai margini del giardino, le braccia abbandonate lungo i fianchi, il viso esangue. Winnie distolse lo sguardo dal vicino per rivolgerlo alla polizia che attraversava il prato di corsa, le armi puntate.

«Vi prego, vi prego, aiutate mio figlio! Per favore!», implorò mentre loro le urlavano di restare a terra. Winnie si girò verso la casa mentre i poliziotti le sciamavano intorno e dentro la porta aperta. Avrebbero trovato suo fratello o era scappato prima di lei?

Seguì un turbinio di voci e volti, poi i paramedici tentarono di caricarla sull'ambulanza. Winnie gridò il nome di Samuel finché una di loro, una donna di colore con i capelli bianchi cortissimi, le parlò con tale fermezza da placare la sua ribellione all'istante.

«Non sarai più la mamma di nessuno se muori. Mi hai sentita?».

Winnie si calmò mentre la donna le infilava il braccio nel manicotto per misurarle la pressione. «Bene, mi hai dato retta. Hai una commozione cerebrale e ti stiamo portando in ospedale, perciò basta schiaffi. Me ne hai dato uno in faccia e la cosa mi fa imbestialire perché sono qui per aiutarti».

«Mio figlio…».

«Sì, Samuel, lo so, negli ultimi dieci minuti non hai fatto che gri-

dare il suo nome. La polizia lo sta cercando. Forse è scappato. Ora come ora non possiamo fare altro che aiutare sua madre. Sdraiati».

Winnie obbedì, ripensando alla porta aperta. Sì, forse era uscito, era scappato prima che Dakota lo prendesse. E quella fu l'ultima cosa che ricordò.

Quando si risvegliò era in ospedale, attaccata ad almeno un migliaio di cavi. Riaffiorò tutto all'istante. Stavolta ricordava ogni momento con lucidità, anche se avrebbe preferito il contrario. Cercò con lo sguardo qualcuno a cui chiedere notizie del figlio, ma la stanza era vuota.

«Eh… ehi», chiamò. «Ehi… sono qui».

Un attimo dopo un'infermiera entrò e le sorrise prima di premere un pulsante sulla parete. «Chiamata per il dottor Willis, la paziente è sveglia».

"La paziente", pensò Winnie. Era lei; la donna non aveva neanche dovuto specificare nome o numero di stanza. Serrò gli occhi per la paura delle possibili implicazioni.

L'infermiera le portò un bicchiere di plastica e le infilò la cannuccia tra le labbra.

«Solo un goccio, so che la sua gola è ridotta male».

Winnie bevve qualche sorso, poi fece per partire a raffica con le domande, ma l'infermiera glielo impedì.

«Il dottor Willis sarà qui a momenti. Risparmi il fiato e chieda tutto a lui quando arriva». Non lo aveva detto in tono scortese e Winnie concordò che in effetti aveva ragione; il solo tentativo di parlare le aveva infiammato la gola. Il dottor Willis entrò qualche minuto dopo; era piuttosto giovane, con i capelli rossi e l'atteggiamento umile.

«Signora Crouch», disse avvicinandosi al suo letto. «Siamo felici che si sia svegliata. Ha avuto una brutta commozione».

Winnie raccolse quelle parole e le analizzò mentalmente, a occhi chiusi. Faticava a ragionare.

«Quanto tempo…?»

«Undici giorni», rispose il dottore inclinando il capo e chissà perché le venne da piangere.

«Dov'è mio figlio? Dov'è mio figlio?». Cominciò a tossire e trascorsero diversi minuti prima che il suo corpo si placasse abbastanza da permetterle di sentire le parole del medico.

«Sta bene. È da sua sorella».

Winnie fu investita da un tale sollievo che provò a mettersi seduta. I cavi la trattennero, i macchinari si misero a suonare e sotto lo sguardo del dottore l'infermiera accorse a respingerla delicatamente verso il materasso.

«La polizia l'ha trovato a Greenlake Park qualche ora dopo il suo trasporto in ospedale. Non aveva idea di cosa fosse successo a casa, la sua intenzione era di scappare». Il medico fece una pausa, per Winnie quelle parole erano come un pugno allo stomaco. Ora Samuel sapeva, buon Dio, sapeva che il padre era stato assassinato dallo zio. Il dottor Willis, notando l'espressione sul suo viso, le concesse un momento per elaborare. «Qui fuori c'è un detective che vorrebbe parlarle. Non è obbligata se non se la sente, ma la polizia staziona nei corridoi e importuna le infermiere. Le dispiacerebbe riceverlo, signora Crouch?». Winnie annuì senza esitazione. Era ansiosa di chiedere alla polizia notizie di Samuel.

Il detective disse di chiamarsi Rey Abbot. Avvicinò una sedia al suo letto e le chiese come si sentisse, guardandola con sincera compassione.

«Preoccupata per mio figlio. Confusa sull'accaduto». Il poliziotto annuì comprensivo e quando lei scoppiò a piangere le porse la scatola dei fazzoletti.

«Sua cognata, Amanda Straub, ci ha detto che suo fratello Dakota e suo marito erano ai ferri corti da tempo». Fece una pausa e Winnie scosse il capo confusa.

«Ai ferri corti? Mio marito non andava matto per mio fratello. Dakota è... imprevedibile, ma Nigel lo ha comunque accolto in casa nostra quando sua moglie lo ha cacciato».

«Signora Crouch, abbiamo ragione di credere che la questione fosse un tantino più seria. Che il loro rapporto fosse degenerato negli ultimi mesi».

«Non capisco dove voglia arrivare. Nigel è morto e Dakota lo ha ucciso. L'ho visto con i miei stessi occhi».

«Suo fratello e Nigel hanno avuto un diverbio a pochi passi da casa vostra, nel parco oltre la strada. Un testimone dice di aver visto un uomo attraversare di corsa diretto verso la vostra abitazione, poi un altro seguirlo subito dopo. Suo fratello ha pugnalato Nigel qui…». Si indicò poco sotto la spalla, vicino alla clavicola, e Winnie ricordò il flusso di sangue che aveva cercato di bloccare con le mani… che le scorreva tra le dita inarrestabile. Si perse in quell'istante, al ricordo del sangue sulle mani, mentre il detective ripercorreva l'omicidio di suo marito in tono pacato e neutro.

«Poi ha legato lei e una donna di nome Terry Russel. Abbiamo ritrovato la signora legata e morta per i colpi di pistola alla testa… nell'appartamento annesso a casa sua. Quando la polizia è intervenuta sulla scena, lei stava correndo fuori. La compagnia dell'impianto d'allarme ha confermato che qualcuno lo aveva disinserito dall'interno poco prima del nostro arrivo».

Il detective le scrutò il viso con attenzione. Winnie non sapeva mascherare le proprie emozioni.

«Mio fratello deve averlo staccato prima di scappare. La porta era spalancata. Dev'essere stato lui a liberarmi». Le mancava il fiato, il dolore dei ricordi ancora troppo fresco. Si piantò le unghie sul collo, cercando aiuto nell'espressione del detective. Che stava succedendo? Dakota aveva cambiato idea all'ultimo minuto e l'aveva risparmiata? Oppure non aveva mai avuto intenzione di ferire lei e Sam, soltanto Nigel.

«Esca subito». All'infermiera bastò una sola occhiata a Winnie per congedare con disprezzo il detective Abbot. Questi fece per protestare, ma rinunciò e lasciò la stanza lanciandole un ultimo sguardo. Lei tese le braccia verso l'infermiera, incapace di respirare, le mani che annaspavano a mezz'aria.

«Ha un attacco di panico», sentì dire a qualcuno. Vide accorrere altre persone, poi più nulla. Quando si risvegliò, sua sorella era seduta al posto del detective.

«Shelly», disse Winnie, sforzandosi di mettersi seduta. «Come sta Samuel?».

Shelly sembrava invecchiata di dieci anni dall'ultima volta che l'aveva vista. Aveva la bocca incurvata in una brutta smorfia, e per il resto sembrava ridotta in pezzi.

«Preoccupato per te, ma a parte quello, se la sta cavando bene».

Winnie si rilassò di nuovo sul cuscino. Decine di domande le si affollavano nella mente ma era troppo confusa per metterle in ordine. «Dakota...», disse.

I lineamenti tirati di Shelly fremettero, poi la sua bocca cedette dando voce al resto della storia. Winnie tentò di ricomporne i frammenti tra i singhiozzi della sorella.

«Aspetta... Shelly... stai dicendo che non l'hanno preso?». Winnie si sentì lo stomaco in gola.

«N-n-no...», balbettò Shelly con un conato. «Ha ucciso quella donna e poi, poi è... fuggito».

«Fuggito dove? Mi ha liberata lui?». Winnie scoppiò a piangere. «Ha ucciso Nigel. Dov'è finito, Shelly?».

La sorella si alzò e si sedette sul bordo del suo letto, prendendo le mani di Winnie tra le proprie. Piansero insieme per qualche minuto, tenendosi per mano, poi Shelly riprese: «Non ne hanno idea, piccola Winnie Pooh. Quando è arrivata la polizia, Dakota era già sparito, la porta d'ingresso era spalancata come se si fosse dileguato il prima possibile...».

«Ma i vicini... Il signor Nevins lo avrà visto per forza».

«Il tuo vicino...». Winnie percepì il disprezzo nella voce di Shelly al solo nominare quell'uomo. «Ha sentito gli spari, quelli che hanno ucciso Nigel e quella Russel. All'inizio pensava fossero i petardi dei bambini nel parco. Ha chiamato la polizia, suppongo per lamentarsi del baccano. Poi se n'è tornato agli affari suoi».

Winnie pensò fosse proprio tipico del vicino; un ficcanaso im-

piccione e ipocrita. Shelly era disgustata che non fosse andato a verificare dopo la prima chiamata. Lei lo avrebbe fatto.

«A quanto pare, una ventina di minuti dopo ha sentito lo stesso rumore, un altro sparo. Solo *allora* ha deciso di dare un'occhiata. È uscito di casa in direzione del parco, dove dice di essersi fermato per cinque minuti buoni, prima di tornare indietro». Dopo un istante Shelly aggiunse: «E a quel punto ha visto la vostra porta spalancata e ha chiamato la polizia per la seconda volta».

«Che altro sparo?», chiese Winnie, ma la sorella scosse il capo.

«Non si sa. C'è dell'altro, Winnie». Stavolta non la guardò negli occhi. «C'erano delle impronte in mezzo al sangue». Shelly si asciugò il naso con il dorso della mano e guardò il lenzuolo. «Non erano tue, né di Nigel o di quella donna». Rivolse lo sguardo a Winnie. «Erano piccole».

«Cosa vorresti dire? Di un bambino?»

«Non erano di Sam. E lui non aveva tracce di sangue addosso o sui vestiti», si affrettò a precisare Shelly. «Ma è di questo che il detective voleva parlarti».

«Delle impronte?». Winnie era così confusa. Non sapeva proprio a chi potessero appartenere, ma quanto tempo ci sarebbe voluto perché scoprissero il legame tra lei e Josalyn Russel?

«Non capisco dove vuoi arrivare, Shelly».

«Senti, non lo so nemmeno io. Hanno interrogato la famiglia di quella Russel e nessuno aveva idea di cosa ci facesse nello Stato di Washington. Era dell'Ohio, Winnie». Shelly si chinò su di lei, i suoi occhi iniettati di sangue la fecero trasalire. «Che cosa ci faceva a casa tua?».

Winnie percepì l'aroma del caffè nell'alito della sorella. All'improvviso le mancava l'aria e chiuse gli occhi. Suo figlio era al sicuro, suo figlio era al sicuro.

Quando li riaprì, Shelly la scrutava fisso. Winnie ne fu profondamente irritata. Qualunque predica la sorella avesse in serbo, non aveva intenzione di starla a sentire; il suo gemello le aveva assassinato il marito ed era ancora a piede libero da qualche parte. Win-

nie si preparò allo scontro. Non avrebbe perso Samuel, non per colpa di una svitata come Terry Russel.

«Quella Russel aveva un mucchio di roba nella borsetta... documenti, un'e-mail. Persino un rapporto di polizia di una tizia anonima...». Shelly guardò la porta e Winnie avrebbe voluto urlare per l'impazienza. «Proprio dell'e-mail volevo parlarti. Qualcuno ha scritto a quella donna dicendole certe cose su Sam». A Winnie girava la testa. Si aggrappò alla sbarra del letto e guardò Shelly dritto negli occhi. Non aveva la forza di risponderle come la sorella avrebbe voluto. «Quali cose?»

«Che Sam era suo nipote, nato dalla figlia deceduta. E che tu gliel'hai rapito».

Winnie non ebbe bisogno di fingersi scioccata; il panico dipinto sul suo viso fece agitare Shelly sulla sedia. «La polizia pensa che volesse rapire Sam».

Winnie si sforzò di elencare tutte le domande prima che entrasse qualcuno. La testa non le funzionava come doveva; aveva bisogno di tenere a mente quella conversazione. «Chi ha spedito l'e-mail?», chiese.

Shelly scosse il capo, ma per un attimo Winnie le lesse il dubbio negli occhi. «So solo quello che mi riferisce Mike». A Winnie non andava particolarmente a genio il cognato Mike Stallwart, ma lui non lo sapeva. Negli anni gli aveva chiesto qualche favore e lui era stato così carino da non farne parola con nessuno della famiglia. Stavolta però la faccenda non riguardava solo lei, perciò era ovvio che Mike avesse informato tutti.

Winnie passò oltre. «Era sposata? Che mi dici del marito?»

«Sì, lo era. Il marito ha raccontato alla polizia che dalla morte della figlia la moglie soffriva di periodi di depressione e aveva persino contattato una medium...». Shelly fece una pausa per lasciarle assimilare l'informazione. «La figlia era una senzatetto, l'ultima volta che si erano sentite era l'inizio del 2007 e la ragazza viveva a Seattle ed era incinta».

Winnie annuì lentamente, ma le tremavano le mani anche da

giunte. «Allora perché era convinta che Sam fosse il bambino di sua figlia? Sam è nato nel 2008».

Shelly fece spallucce. «Terry evidentemente non lo sapeva quando si è presentata da te».

«Quindi Samuel sa che sono io sua madre, giusto?»

«Certo», rispose Shelly. «Dicono sia stata solo una terribile coincidenza che Terry ti abbia fatto visita proprio la sera in cui Dakota...». Winnie scosse il capo con forza. Non voleva più sentirlo nominare.

«Comunque», concluse Shelly a bassa voce, «stanno indagando. Sono certa che la polizia farà quel che deve».

Winnie preferiva non sapere cosa intendesse. Chiunque fosse stato a scrivere a Terry Russel, ne sapeva abbastanza da attirare quella donna. Spostò la conversazione su Manda, per riflettere meglio in seguito. Al solo sentire nominare la moglie di Dakota, il viso di Shelly si inasprì.

«È arrabbiata. Dà la colpa a noi... a tutti noi», aggiunse guardando la sorella. «Dice che Dakota ha sempre sofferto di disturbi mentali e che noi pur sapendolo lo giustificavamo». Shelly sputò fuori quelle parole quasi divertita e Winnie cominciò a scaldarsi sotto il lenzuolo sottile dell'ospedale, tanto da dover chiudere gli occhi per non mettersi a urlare. «Dakota era normale prima di conoscere lei. È stata lei a...».

«Dio mio, smettila. Io c'ero, Shelly. Manda ha ragione. Forse non sarà solo colpa nostra, ma abbiamo ignorato quello che avevamo davanti agli occhi. Gli ho persino comprato del fumo, per la miseria».

A quelle parole Shelly rizzò la testa. «Un po' di marijuana non rende qualcuno un assassino», replicò a denti stretti.

«No, certo, ma che lo nascondesse a moglie e figli, che abbia sparato a Nigel e cercato di uccidere me... Tutto riconduce al fatto che era malato, cazzo!».

«Piantala», sibilò Shelly, guardandosi attorno nervosa. «Lo troveranno. Ma quando accadrà, tuo fratello finirà in cella a vita. Lo capisci? Tuo fratello gemello, Winnie».

Winnie non poté fare altro che fissare sua sorella sbigottita. Le stava forse chiedendo di provare pena per Dakota in quel momento, di giustificarlo?

«Io capisco solo che merita di finire in prigione per aver ucciso mio marito».

Shelly si alzò dalla sedia con la consueta superbia che Winnie aveva sempre rispettato, ma che adesso la faceva infuriare.

«È della famiglia. Scusa se non riesco a odiare mio fratello».

«Lo odieresti se fosse successo a te. Torna a casa, Shelly. Voglio restare da sola».

«Sei sempre stata la più grande ipocrita della famiglia», la rimproverò la sorella, avviandosi verso la porta. «Sam ci ha raccontato che Nigel era costretto a nascondere le bottiglie di liquore da te. Perciò io starei attenta a puntare il dito».

Winnie guardò la sorella sbattendo le palpebre con una smorfia di repulsione. Davvero stava mettendo sullo stesso piano una bottiglia di Jack Daniel's e un omicidio? Non si sprecò neppure a risponderle. Prima di andare, Shelly sferrò l'ultimo colpo. «La mamma ha il cuore spezzato. Prima ha perso il marito e ora suo figlio è scomparso».

Winnie fu dimessa dall'ospedale tre giorni dopo. La madre di Nigel, Nancy, prese lei e Sam e li portò a casa sua, dove sarebbero rimasti finché non avessero trovato un'altra sistemazione. Sam – aveva chiesto con decisione di essere chiamato così – rimase incollato al suo fianco. La madre di Nigel lo aveva già portato in terapia e Winnie ne era felice. Non era certa di poter ancora prendere decisioni per entrambi, così per il momento rimasero rintanati nella camera degli ospiti della suocera. Il detective Abbot passava tutte le settimane a controllare le loro condizioni e aggiornarla sul caso. Erano trascorse sei settimane e Dakota non era ancora stato rintracciato. Aveva lasciato il suo furgone a qualche isolato di distanza, parcheggiato sulla strada con la serratura aperta, il portafogli ancora nel vano portaoggetti. Winnie, che aveva sempre

avvertito una sorta di connessione con il gemello, ora non sentiva proprio niente. Se lui era ancora vivo, le sue azioni avevano reciso qualunque legame esistesse tra loro. Quanto a Josalyn, alla fine la polizia aveva scoperto il nesso tra lei e la ragazza e il detective Abbot era tornato a parlarle a casa della suocera.

«Josalyn era una sua paziente, perciò riteniamo che Terry Russel avesse deciso di sfogarsi contro di lei per la morte della figlia. È stata una decisione affrettata. Ha ricevuto l'e-mail e prenotato il volo per lo Stato di Washington neanche un'ora dopo».

«Chi ha spedito quell'e-mail? Può averlo fatto Dakota?». Winnie tuttavia conosceva la risposta prima ancora di riceverla. Suo fratello non era così istruito da architettare un piano tanto articolato; agiva solo per rabbia e impulsività. Oltretutto, come poteva sapere di Josalyn? Quando Terry gli aveva raccontato la sua storia nella stanza azzurra dell'appartamento, si vedeva che lui la stava ascoltando per la prima volta.

«Sapeva che Dakota e Nigel avevano avuto una discussione la sera prima che suo fratello si presentasse a casa vostra armato di pistola?».

Winnie scosse il capo. Avrebbe preferito mandare avanti il nastro di quella conversazione; il detective stava per rivelarle particolari che le avrebbero fatto odiare sia suo marito sia suo fratello.

«Sua cugina Amber ha raccontato a Dakota che Nigel la tradiva. Ricorda di averne parlato con lei?».

Winnie annuì. «Sì, ma Amber non ha precisato di averlo detto anche a Dakota».

«Suo fratello ha minacciato Nigel nel parcheggio del suo ufficio. Si sono presi a spintoni prima che intervenisse l'addetto alla sicurezza».

«È assurdo. Se fosse successa una cosa simile, Nigel me l'avrebbe detto».

«Ne è sicura?».

L'espressione del poliziotto non le piacque.

«Va bene...», esitò. «Cosa sta insinuando? Che Dakota è venuto

a casa mia e ha ucciso mio marito perché mi tradiva? Perché allora mi ha legata e stava quasi per sparare anche a me?»

«Riteniamo che non vedendola apprezzare ciò che stava facendo per lei...».

«Ma andiamo!».

Il detective Abbot sollevò una mano. «Mi lasci un minuto. A Dakota non interessava che lei non sapesse del suo scontro con Nigel. Lui era il fratello coraggioso e galante e lei l'ingrata».

«No. Non ci credo». Winnie guardò fuori dalla finestra dove un gabbiano si posò brevemente sul parapetto prima di volare via.

«Sapeva che suo fratello soffriva di episodi di schizofrenia?»

«No! Be', non ho voluto crederci». Winnie era inorridita. Manda aveva sempre detto la verità. Aveva capito che i problemi di Dakota erano seri, ma nessuno della famiglia si era preoccupato di darle retta. Il detective estrasse un foglio dalla cartelletta color crema che teneva in mano. «Durante una partita di calcio, Dakota puntò un coccio di vetro contro il collo di un tizio, accusandolo di averci provato con la sua fidanzata».

«Senta, detective, è successo anni fa. Ma so che mio fratello è malato. Non lo metto in discussione. Mi interessa solo sapere che mio figlio è al sicuro e che Dakota non verrà a cercarci».

«Stiamo facendo il possibile per trovarlo. Le indagini però ruotano ancora attorno a due casi separati. Come sa le e-mail ricevute da Terry Russel sono state inviate dall'indirizzo IP di casa vostra e le registrazioni telefoniche confermano che dalla vostra linea sono state effettuate alcune chiamate dirette al suo numero».

«Detective Abbot, con tutto il rispetto, sono stanca di sentirla insinuare che sia stato Nigel a portare quella donna a casa mia. Mio marito è morto e non può risponderne».

L'accenno di un sorriso incurvò le labbra del poliziotto senza però estendersi fino agli occhi, notò Winnie. Sentiva forse il battito del suo cuore?

«Un'ultima cosa, signora Crouch, poi tolgo il disturbo». Winnie ne dubitava molto, ma si sforzò di assumere un'espressione grade-

vole. «La terza serie di impronte rinvenute nel sangue attorno al corpo di Nigel...».

«Oh, ancora questa storia? Parla sul serio? Io sono stata lì per tutto il tempo. Non c'era nessun altro. Avete trovato un'impronta minuscola in un angolo della stanza e ora pensate che quello psicopatico di mio fratello avesse un complice bambino?»

«Tuttavia non è stata *cosciente* per tutto il tempo, o sbaglio?». Il detective si premette un dito al centro della fronte come per schiacciare un pulsante. Winnie rimase il più immobile possibile perché nulla potesse tradire il frastuono che le rimbombava nella testa.

«Va bene... Va bene», concluse il poliziotto, senza smettere di studiarla con gli occhi. «Be', conosce la procedura».

«Anche troppo. Qualora mi venisse in mente altro, la contatterò. Sa come arrivare alla porta, presumo».

Una volta uscito il detective, Winnie si preparò una tazza di tè e si sedette sulla sdraio accanto alla finestra a guardare il lago. Sam era a scuola; Nancy era rientrata al lavoro qualche giorno prima. Winnie la capiva: in quel momento tenersi impegnati era la cosa migliore. A lei avevano concesso un permesso prolungato, che ogni tanto si rivelava una pessima idea, come quel giorno. Aveva troppo tempo per pensare e la visita di Abbot l'aveva scombussolata. Stava cercando di tenere a bada il proprio dolore e contemporaneamente aiutare Sam a uscirne; nelle prime settimane analizzare ogni singolo istante di quella sera le aveva quasi fatto perdere la ragione. E adesso le pareva quasi un lusso con tutto quello che aveva in ballo.

Ripensò alla minuscola impronta. In casa aveva sentito un'altra voce, una voce femminile, o così le era parso. Gli eventi di quel giorno però erano confusi, e il ricordo del fratello che rincorreva qualcuno si alternava al suo continuo andirivieni dallo stato di incoscienza. Winnie aveva accarezzato l'idea assurda che il fantasma di Josalyn fosse venuto ad aiutarla, ma dopo quello che le aveva fatto, quella ragazza non l'avrebbe aiutata neanche da morta. Mise

a tacere quella vocina interiore perché le sembrava l'unica cosa sensata.

La settimana prima aveva messo in vendita la casa di Turlin Street e aveva già un offerente. Non ne avrebbe ricavato il prezzo di mercato: gli eventi macabri che vi erano accaduti ne avevano complicato la vendita, benché non così tanto da impedire a qualcuno di cogliere l'occasione di accaparrarsi una villa a prezzo stracciato a Greenlake Park, a quanto pareva. Un volta conclusa la trattativa, Winnie programmava di trasferirsi a Portland con Sam – uno scenario fresco per favorire la guarigione. Ormai non rivolgeva quasi più la parola a nessuno della famiglia. Avevano chiarito tutti a sufficienza che era colpa di Manda e Winnie se Dakota aveva agito in quel modo. Nessuno osava incolpare Nigel; i morti non potevano difendersi.

Quanto a Terry Russel, Winnie concluse che non avrebbe mai scoperto perché il marito le avesse inviato le informazioni che l'avevano spinta a varcare la soglia di casa Crouch. Come aveva potuto Nigel? Quella notte l'aveva aiutata, mentre lei gli si avvinghiava in lacrime, le braccia incollate alla vita. Lui era andato in macchina, aveva preso il corpo del bambino e l'aveva portato dove nessuno l'avrebbe mai più trovato. Così le aveva promesso. "Nessuno lo troverà mai. Lo porto al sicuro". L'aveva infilata nella doccia, raccogliendo al suo passaggio i vestiti insanguinati dal pavimento del bagno, ed era tornato qualche minuto dopo con qualche sonnifero e un bicchiere d'acqua. Winnie si era lasciata rivestire e accompagnare a letto in stato semi catatonico. Come poteva averla aiutata in quell'occasione per poi attirare Terry a casa loro? E come ci era riuscito senza rimanere coinvolto? Quale altra spiegazione poteva esserci, tuttavia? Abbot aveva detto che le e-mail erano state spedite dall'indirizzo IP di casa loro.

Il mattino dopo la morte del neonato, Winnie si era alzata e aveva trovato Nigel in cucina a bere il caffè, fresco di doccia. Quando lui aveva alzato lo sguardo e incrociato il suo, Winnie aveva notato qualcosa di diverso nei suoi occhi, qualcosa era... scomparso.

Sapeva di aver rovinato le loro vite quel giorno. Era forse bastato perché Nigel alla fine perdesse la testa facendo condannare entrambi, dopo tanti anni?

Winnie era rimasta talmente sconvolta dagli eventi da convincersi quasi a confessare il crimine commesso quattordici anni prima. Alla fine aveva deciso di non poter più fare nulla per quel bambino, ma di poter aiutare il proprio figlio rimanendogli accanto. "Lascia in pace i morti con i morti", aveva concluso tra sé. E per un bel pezzo quello fu l'ultimo suo pensiero riguardo alla vicenda.

Epilogo

Vivevano nella nuova casa da un mese quando sentirono la puzza. Era terribile, di umido e marcio. Quando George se ne accorse, fece il giro di tutta la casa, annusando, strisciando persino carponi in cucina, sicuro di trovare un topo morto dietro il frigorifero. Non c'era nessun roditore, invece, solo il tanfo penetrante della morte.

«È un animale, è morto in casa... Oh, mio Dio, e se ha fatto i cuccioli tra le pareti?».

La moglie faceva il gufo della situazione, ma George aveva sentito dei rumori strani nella notte ed era proprio di notte che gli animali più subdoli uscivano allo scoperto. "Forse non ha tutti i torti", pensò.

L'odore era più intenso al piano terra; l'animale era grosso, concluse George. Arraffò da sotto il lavello una manciata di grossi sacchi per la spazzatura di formato industriale. Avrebbe preferito coprirsi naso e bocca con una mascherina – ovunque fosse l'origine di quella puzza, avvicinandosi poteva solo peggiorare. Le mascherine però scarseggiavano, vai a capire, certi virologi se la stavano facendo sotto. George recuperò una bandana dal cassetto di sua moglie e se la strinse attorno a naso e bocca, poi scese nell'ingresso con indosso i guanti che usava per i lavori da giardino.

L'accesso allo scantinato si trovava nel ripostiglio, quello a sinistra guardando la porta principale. George aveva dovuto recuperare le piante della casa per scoprirne l'esistenza, ma sapeva che le abitazioni vecchie ne avevano sempre uno. Spalancò la porta del ripostiglio e studiò il pavimento con attenzione. Era rivestito

di moquette, a prima vista recente. Forse gli sarebbe toccato rimuoverla. Si inginocchiò a terra per cercare una cucitura, e la trovò: sotto il rettangolo di tessuto era nascosta una botola. George si strinse meglio sul viso la mascherina improvvisata. Già, veniva proprio da lì sotto. La botola era una cazzo di autentica asse di legno, come non ne aveva mai viste. Sollevarla fu più semplice del previsto e, una volta aperta, si levò dal basso una folata terrificante che gli strappò un conato. "Ormai non si torna indietro", pensò.

Puntò la torcia verso il foro, pregando Dio che dal buio non sbucasse niente a divorargli la faccia. "Cuccioli di ratto", pensò. No – più grossi – forse di opossum. Tuttavia, ruotando il fascio di luce verso l'oscurità con scatti rapidi e concitati non rilevò alcun movimento. Il buco non era profondo, così si lasciò cadere e atterrò accovacciato. Da quella posizione notò che il pavimento di terra era irregolare, rendeva l'ambiente simile a montagne russe con zone più alte e altre più basse. Come nelle caverne. George scelse una direzione a caso e cominciò a esplorare.

Quel posto gli metteva i brividi, cazzo. Era avanzato di poco quando impilato in un angolo in fondo scorse quello che sembrava un ammasso di spazzatura. Puzzava da morire. "Come diavolo...", pensò. Si fece strada in lui una brutta, bruttissima sensazione. I peli gli si rizzarono sulla nuca. In un altro angolo, lattine, sacchetti, incarti vari e bottiglie di plastica da litro allineate con ordine contro una parete. Immondizia a sufficienza da riempire una discarica. A quel punto, preso dal panico, George cominciò a tastare il pavimento, fermandosi di tanto in tanto a vomitare il pranzo, per poi riprendere la ricerca. Allontanandosi dalla montagna di spazzatura l'odore diventava sempre più forte; la sua mano urtò qualcosa di umido e appiccicoso ma proseguì comunque, le ginocchia senza dubbio sanguinanti per via della ghiaia che gli rotolava sotto i palmi.

L'agente immobiliare che gli aveva venduto la casa, una tipa tosta originaria di New York, aveva menzionato qualcosa a proposito dei vecchi proprietari. George non badava ai pettegolezzi femmi-

nili, ma sua moglie si era aggrappata all'argomento e l'aveva torchiata di domande. Loro due erano nuovi della zona. Forse quello non era un quartiere sicuro? Quante famiglie vivevano in quella via? Con i suoi interrogativi aveva sfinito la tipa tosta di New York, così almeno aveva lasciato in pace George. L'agente si chiamava Amber; aveva raccontato che i precedenti proprietari si erano trasferiti a Portland in seguito a una tragedia familiare, tuttavia c'era un dettaglio che George si sforzava di ricordare, un dettaglio importante che all'epoca li aveva colpiti.

Quando qualcosa lo ferì a un ginocchio, conficcandosi nel muscolo tenero sopra la rotula, cacciò un gemito. Vetro. Lo estrasse e lo gettò da una parte. Si stava addentrando troppo; doveva decisamente tornare indietro, cazzo. Indietro. Il padrone di casa era morto, insieme a una donna, ecco cos'era successo. Uccisi dal cognato dell'uomo, che poi era sparito. George aveva sentito la notizia al telegiornale, ma i dettagli scabrosi delle vite altrui erano pane per i denti di sua moglie. Lui non ci aveva più pensato fino a – *cazzo* – adesso si vedeva qualcosa. Pantaloni di una tuta… capelli… George boccheggiò, la testa rivolta a terra. Aveva la maglietta fradicia e la puzza del suo sudore sovrastava quella generale. Un rivolo di saliva gli colò dalle labbra, oscillando verso terra. Dov'era finita la bandana di sua moglie? Alzò lo sguardo di nuovo, stavolta più lentamente, riluttante a guardare ma incapace di non farlo.

Vide due piedi, piccoli, come quelli di un bambino. George doveva capire; non aveva sofferto tanto per arrivare fino lì e adesso battere in ritirata. Strisciò attorno al corpo per arrivare al viso. Intorno al cadavere il terreno si sollevava formando una specie di culla; George dovette arrampicarsi strisciando sulla pancia, la torcia stretta tra i denti. Il cadavere aveva un berretto in testa, ben calcato, ma alla luce tremula della torcia George ne scorse le lunghe ciocche di capelli bianchi incollate al viso cinereo e chiazzato. Non era un bambino, ma il contrario. Nel bagliore giallo della torcia aveva un'aria quasi serena. Ma cosa gli saltava in mente? C'era un

cadavere nello scantinato – nel *suo* scantinato – e non aveva certo avuto una morte *serena*. George spalancò la bocca e la torcia cadde nella culla insieme al corpo. Non poteva tornare indietro senza. Allungò la mano verso la luce, attento a non toccare niente – a non toccare *quello*. Tuttavia nel recuperare la torcia smosse qualcosa, sbucato dalla polvere.

Lo raccolse, inorridito e allo stesso tempo incapace di trattenersi. Era piccolo, sembrava un pezzo di gesso. George se lo avvicinò al viso, ansimando, il sudore che gli colava lungo la crepa del culo. Un osso. Doveva essere un frammento dell'anca di un animale molto piccolo. "Caaazzo!". Lo lasciò cadere, scrollando la mano. "È un osso umano", constatò, ma cambiò idea altrettanto in fretta. *Non* lo era; non poteva esserlo. Era troppo piccolo. Ancora in forte stato di shock George riprese il lungo percorso a ritroso verso la botola. Cos'avrebbe raccontato a sua moglie? Aveva scelto lui quella casa come nuovo inizio per loro, malgrado avesse una storia cruenta, ma non appena le avesse detto cosa c'era lì sotto – "E *cosa* c'era, poi?", si domandò. Era quasi arrivato alla botola, illuminandosi davanti e dietro con la torcia strada facendo, per paura che qualcosa gli saltasse addosso. Poi il fascio di luce si posò su qualcos'altro e lui sobbalzò, sbattendo la testa contro una trave per poi cadere a terra sul sedere. Almeno aveva ancora la torcia in mano. La puntò nell'oscurità, ansimando piano. "Hai già visto un cadavere, cretino", pensò. Non aveva nessuna voglia di vederne un altro, però, anche se adesso era quasi certo che ce ne fossero due. Ebbe un nuovo conato di vomito.

E infatti eccolo: poco più di un metro dietro la botola, riverso su un fianco in mezzo alla spazzatura come un cavolo ingrigito e rigonfio; come aveva fatto a non vederlo subito? George cacciò un grido. La bocca spalancata gli si riempì di polvere e cominciò a tossire e lacrimare. Sembrava un cazzo di procione moribondo. Qualcuno aveva ornato il cadavere di quell'uomo con la spazzatura, ammucchiata attorno a lui come fosse una tomba. Aveva qual-

cosa tra le labbra grottesche dalle gengive scoperte e ai suoi piedi era poggiato un pezzo di cartone con una scritta.

George puntò la torcia verso la bocca che lo avrebbe tormentato nei peggiori incubi per anni a venire e riconobbe la canna di metallo di una pistola. Qualcuno aveva infilato l'arma, al contrario, nella bocca del cadavere che ora lo fissava con un solo occhio. George abbassò lo sguardo verso il cartone, la scritta storta come fosse stata scribacchiata da un ubriaco. Si domandò cos'avesse fatto quell'uomo per meritarsi una pistola ficcata in gola al contrario. E chi poteva avercela tanto con lui da fare una cosa simile? Allungò le braccia verso la botola, gettando un'ultima occhiata inorridita a quel volto che in seguito avrebbe scoperto appartenere all'uomo scomparso, l'assassino. Qualcuno, probabilmente chi stava marcendo nella fossa laggiù in fondo, aveva lasciato un messaggio.

"Mi dispiace. Ho sbagliato. Volevo solo fare la cosa giusta".

Ringraziamenti

Grazie alla mia agente, Jane Dystel, della quale sono una fan assoluta. Sei un portento di donna *e* hai due zigomi favolosi. Sono così grata di averti.

Alla mia editor, Brittany Lavery, che mi ha regalato un mare di pazienza e flessibilità mentre scrivevo questo libro e mi ha suggerito le ultime parole di Juno. Hai classe da vendere, Brittany! Al mio team di Graydon House, del quale sono sinceramente entusiasta di far parte: Ana, Pam, Susan, Roxanne. A HarperCollins Canada: Karen, Leo, Cory, Jaclyn, Kaiti. Grazie di essere la mia squadra dei sogni. Mi fate sentire davvero fortunata. Grazie a Sean Kapitain per la super copertina.

A Shannon Wylie per aver lavorato con me alla trama nei primi giorni di stesura del romanzo.

A Serena e Luke Knautz, grazie di essere sempre presenti e disponibili a darvi da fare per gli altri. Quello che avete fatto per me e la mia carriera è impagabile. Vi adoro, ragazzi. E a Sophia e Cash, che mi prestano la loro mamma tutti i giorni – grazie, ragazzi! È la migliore.

A Traci Finlay, alla quale è dedicato questo libro. Sei stata la mia prima compagna di scrittura e la mia prima migliore amica. Non conosco nessuno che abbia uno sguardo più acuto per la narrazione. Grazie di avere sempre mollato tutto per venirmi in soccorso.

A Erica Rusikoff di Erica Edits e Christine Estevez di Wildfire Marketing. Grazie ai blogger che hanno accolto le mie storie nella loro passione per la condivisione dei libri.

Al mio Personal Learning Network che mi ha sostenuta in tutte le fasi della mia scrittura e della mia vita, attribuisco a voi gran parte della mia gioia e del mio successo. Grazie di essere una voce forte per la mia arte. Sarete sempre i miei preferiti. Barbari. Odio i bacchettoni.

A Willow Aster per essere il mio quotidiano sostegno, amore e stabilizzante della salute mentale. A Colleen Hoover, ti adoro fino alla nausea ma non riesco a smettere. A Kathleen Tucker, Dina Silver, Claire Contreras, Christine Brae, Cait Norman. A Holly, per essermi venuta in soccorso quando ne avevo più bisogno. A Bertha, ti adoro, grazie di avermi aiutata a tenere insieme i pezzi della mia quotidianità. Ai miei primi lettori, Dez, Tobi, Amy, Lindsey, Tasara, Jaime. All'adorabile Tess Callahan che ha scritto uno dei

miei libri preferiti, *April & Oliver*. Ad Andrea Dunlop, per la tua preziosa visione. A Shanora Williams, per la tua amicizia. A James Reynolds, per la tua amicizia e le idee ben chiare.

Alle mie splendide bambine, che si sono mangiate una montagna di take-away mentre scrivevo questo libro, grazie per tutte le ore di babysitteraggio e per avermi tenuto compagnia nel mio studio durante i mesi in cui mi ci sono rinchiusa. E ad Avett, che mi ha stracciato il bloc-notes con la scaletta di *La famiglia sbagliata*: grazie di avermi ricordato che sono una scrittrice istintiva, Avett.

Grazie mamma, per avermi sempre dato il tuo sostegno senza mai dirmi di cercare un lavoro vero. Mi hai detto che potevo farcela e io ci ho creduto. A Jeff, per il supporto e nutrimento costante.

A mio marito Joshua, che mi è rimasto seduto accanto al buio per ore mentre scrivevo, mi ha portato drink e spuntini e ha dormito sul pavimento del mio studio per non lasciarmi sola. Sei l'amore più romantico che potrò mai desiderare.

E per finire, a mia zia Marlene Groenewald, che vent'anni fa mi ha raccontato una versione di questa storia. Ti penso ogni giorno. Senza di te questo libro non sarebbe mai esistito. Ti voglio un mondo di bene e mi manchi. Salutami papà.

INDICE

TARRYN FISHER

TRE MOGLI

Volume di 320 pagine, euro 9,90

Il marito di Thursday, Seth, ha altre due mogli. Lei ne è al corrente, ma non le conosce.
Non sa assolutamente niente di loro, e neppure le interessa, perché è pazza di lui. Tra loro c'è un patto: Thursday non tenterà mai di avvicinarsi alle altre due, e in cambio avrà Seth tutto per sé una volta alla settimana. Non è certo il matrimonio perfetto, ma è un sacrificio che lei è disposta ad accettare. Eppure, la curiosità sa essere più forte di qualsiasi promessa e quando Thursday trova tra i vestiti del marito una ricevuta con su scritto il nome di una di loro, decide di provare a mettersi in contatto con la fantomatica "Hannah". Scoprirà così che Seth non è l'uomo meraviglioso che finge di essere, e che nasconde molti più segreti di quanti lei potesse immaginare…

NEWTON COMPTON EDITORI

B.P. WALTER

L'OSPITE

Volume di 320 pagine, euro 12,00

Charlie e Matthew sono sposati, hanno un figlio, Titus, abitano a Londra e la loro vita non potrebbe essere più felice. O almeno così sembra.
Una delle attività preferite di Matthew è discutere dei libri che legge, cosa che lo ha spinto a creare anche un bookclub.
Un giorno, in libreria, i due conoscono Rachel: si è appena trasferita in città, e Matthew di impulso la invita a unirsi al loro club. Charlie non è d'accordo, ma ormai la proposta è fatta, e Rachel ha accettato.
Una sera accade l'impensabile, e quella che doveva essere una normale cena si trasforma in un vero e proprio incubo: Titus è scioccato e immobile, Matthew giace riverso sul tavolo in un lago di sangue e Charlie fissa sconvolto Rachel, che sta chiamando la polizia con ancora in mano il coltello insanguinato…

NEWTON COMPTON EDITORI

ALICE HUNTER

LA MOGLIE DEL SERIAL KILLER

Volume di 384 pagine, euro 9,90

Beth e Tom Hardcastle sono la coppia perfetta. I vicini li invidiano: il loro matrimonio sembra una perpetua luna di miele, la casa che possiedono è splendida e hanno una figlia adorabile. Sembra che nulla possa incrinare la felicità della loro famiglia. Una sera però, mentre Beth attende il rientro del marito dal lavoro, la polizia bussa alla sua porta. Tom è stranamente in ritardo e lei viene colta dal panico temendo il peggio… Ben presto scoprirà che il peggio va oltre ogni immaginazione. Perché gli agenti sostengono che suo marito sia un assassino. Un mostro che prova un sadico quanto ripugnante piacere nell'uccidere. Troppo sconvolta da quella rivelazione, Beth non comprende subito ciò che i poliziotti vogliono da lei. Una sola, semplice risposta: è davvero possibile che la moglie di un serial killer non sospettasse nulla?

NEWTON COMPTON EDITORI